btb

MARYSE CONDÉ

DAS EVANGELIUM DER NEUEN WELT

Roman

Aus dem Französischen
von Bettina Bach

btb

Für Pascale – nie war eine Freundin
eine bessere Assistentin.
Für Serina, für Mahily, für Fadel, für Leina,
als Hommage an José Saramago.

ERSTER TEIL

1 Es ist ein ringsum von Wasser umgebenes Stück Land, eine Insel, wie man üblicherweise sagt, nicht so groß wie Australien, aber auch nicht eben klein. Sie ist weithin flach, hat aber ein Relief aus dichten Wäldern und zwei Vulkanen. Einer von ihnen, der Piton de la Grande Chaudière, machte bis 1820 Sperenzchen, dem Jahr, in dem er das hübsche Städtchen auf seinen Hängen zerstörte, ehe er gänzlich erlosch. Weil auf der Insel ewiger Sommer herrscht, wimmelt es von Touristen, die mit ihren todbringenden Apparaten auf alles Schöne zielen. Von manchen Bewohnern wird sie zärtlich »mein Land« genannt, aber es ist gar kein Land, es ist ein französisches Territorium jenseits des Meeres, kurz, ein Überseedepartement!

In der Nacht, in der Er geboren wurde, kämpften Zabulon und Zapata oben am Firmament miteinander und schleuderten bei jeder Geste mit Lichtstrahlen. Kein alltäglicher Anblick! Wer gern zum Himmel schaut, sieht oft den Kleinen und den Großen Bären, Kassiopeia, Venus, Orion, nicht aber zwei Konstellationen aus solchen Tiefen des Alls, das war unerhört. Ein Hinweis auf das außergewöhnliche Schicksal dessen, der in jener Nacht geboren wurde. Doch das ahnte in diesem Augenblick scheinbar niemand.

Das Neugeborene brachte die winzigen Fäustchen zum Mund und schmiegte sich zwischen die Hufe des Esels, der ihn wärmte. Soeben hatte Maya hier entbunden, in diesem Schuppen, in dem die Ballandras ihren Dünger, die Unkrautvernichtungsmittel und Gartengeräte lagerten. Nun wusch sie sich, so gut es ging, mit Wasser aus einer Kalebasse, die sie zum Glück mitgenommen hatte. Tränen kullerten ihr über das runde Gesicht.

Sie hätte nicht gedacht, dass es ihr so schwerfiele, das Kind zurückzulassen. Sie hatte nicht gewusst, dass der Schmerz ihr mit seinen scharfen Krallen den Bauch zerreißen würde. Aber es gab keine andere Lösung. Sie hatte es geschafft, ihren Zustand vor ihren Eltern zu verheimlichen, und besonders vor ihrer Mutter, die ununterbrochen von der strahlenden Zukunft schwärmte, die mit offenen Armen auf ihre Tochter wartete. Unmöglich konnte Maya mit einem unehelichen Kind nach Hause kommen.

Als ihre Blutung ausgeblieben war, hatte sie einen Schock bekommen. Ein Kind! Ein glitschiges kleines Etwas, das überallhin pinkelte und kackte – das sollte also das Ergebnis ihrer leidenschaftlichen, wildromantischen Nächte sein?

Sie hatte ihrem Liebhaber geschrieben, Corazón, spanisch für »Herz«, ein Wort, das nicht recht zu diesem hünenhaften Kerl passen wollte. Nachdem sie auch auf den dritten Brief keine Antwort bekommen hatte, ging sie zu dem Reiseveranstalter, der Kreuzfahrten auf der *Empress of the Sea* anbot, denn auf diesem Schiff hatte sie ihn bei der Jungfernfahrt von Insel zu Insel kennengelernt. In dem Reisebüro fuhr ihr eine aufgetakelte *chabine** über den Mund: »Über unsere Passagiere geben wir keinerlei Auskünfte.«

Maya schrieb Corazón noch einmal. Immer noch keine Antwort. Sie hatte die schlimmsten Befürchtungen. Wäre auch sie eine der vielen verlassenen Frauen, der Frauen ohne Ehemann, ohne Geliebten, die sich abrackern mussten, um ihre Kinder großzuziehen? So hatten Corazóns Versprechen nicht geklungen. Im Gegenteil, er hatte ihr das Blaue vom Himmel versprochen, sie mit Küssen bedeckt, sie »mein Schatz« genannt und geschworen, nie eine andere so sehr geliebt zu haben wie sie.

Corazón und Maya stammten nicht aus derselben Schicht, er kam aus der mächtigen Familie der Tejara, die ihrem Land seit der Zeit des Menschenhandels Kaufleute, Grundbesitzer und Anwälte, Ärzte und Professoren geschenkt hatte. Corazón selbst lehrte Religionsgeschichte an der Universität von Asunción, wo er herkam. Ihm war die Arroganz eines Vatersöhnchens eigen, doch sein charmantes, sanftmütiges Lächeln milderte diesen Eindruck. Weil er vier Sprachen fließend beherrschte – Englisch, Spanisch, Portugiesisch und Französisch –, hatte ihn die Schifffahrtsgesellschaft engagiert, um den Passagieren erster und zweiter Klasse Vorträge zu halten.

Am zermürbendsten war der Traum gewesen, der Maya während ihrer Schwangerschaft Nacht für Nacht verfolgt hatte. Sie hatte einen Engel in blauer Tunika vor sich gesehen, der eine Blüte in der Hand hielt, ein sogenanntes »Indisches Blumenrohr«. Der Engel teilte ihr mit, sie werde einen Sohn bekommen, der den Auftrag habe, das Antlitz der Welt zu ändern. Na ja, ein Engel ... eine Art Engel jedenfalls, denn es war eines der merkwürdigsten Geschöpfe, die sie je gesehen hatte. Seine Füße steckten in hohen Stiefeln aus glänzendem Lackleder, lockiges graues Haar fiel ihm auf die Schultern. Am seltsamsten aber war der hinter seinem Rücken versteckte Auswuchs. Ein Buckel? Eines Nachts hatte sie ihn entnervt mit dem Besen davongejagt, aber in der nächsten Nacht war er zurück gewesen, als wäre nichts.

Das Neugeborene war eingeschlafen und stöhnte in regelmäßigen Abständen im Schlaf. Der Esel über ihm schnaubte unaufhörlich. Früher hatte Placida, die Kuh der Ballandras, nachts in diesem Schuppen gestanden. Doch eines Tages war der Armen Schaum vors Maul getreten, und sie war auf dem Boden zusammengebrochen. Maul- und Klauenseuche, hatte die Diagnose des eilends herbeigerufenen Tierarztes gelautet.

Maya kehrte dem Säugling den Rücken zu, schlüpfte hinaus und ging über einen gewundenen Pfad hinter dem Haus der Ballandras entlang zur Straße zurück. Sie hatte keine Angst, erwischt zu werden, weil sie wusste, dass das Ehepaar, selbst wenn es noch wach war, um diese Uhrzeit garantiert nicht auftauchen würde. Wie alle anderen auf der Insel, wo nicht viel geboten wurde, saßen sie vor dem Fernseher, einem riesigen, nagelneuen Ding. Der Mann, Jean-Pierre, schlief schon halb, weil er sich ausgiebig an altem Rum gütlich getan hatte, und seine Frau Eulalie strickte ein Babyjäckchen für eines ihrer vielen wohltätigen Werke.

Als Maya das Gartentor öffnete, hatte sie das Gefühl, eine Welt voller Einsamkeit und Schmerz zu betreten, die in Zukunft zweifellos ihr Leben beherrschen würde.

Sie wollte gerade den Fuß auf den Asphalt setzen, da wäre sie um ein Haar über Demeter gestolpert, der im ganzen Viertel bekannt war für seine Saufereien und oftmals blutig endenden Raufereien. Seine zwei Kompagnons, die genauso betrunken waren wie er, grölten, sie hätten einen fünfzackigen Stern über dem Haus gesehen. Die Trunkenbolde lagen in einem wüsten Durcheinander von Armen und Beinen in der Gosse, die alles Schmutzwasser der Stadt führte. Das schien sie nicht im Geringsten zu stören, und Demeter stimmte sogar lautstark ein altes Weihnachtslied an: »Oh du, mein holder Abendstern.« Maya würdigte die drei keines Blickes. Mit Tränen in den Augen setzte sie ihren Weg fort.

Wie wäre es wohl ohne Pompette weitergegangen, die Hündin von Madame Ballandra, ein hochnäsiges und verwöhntes kleines Biest, das regelmäßig verrückt spielte? An diesem Abend drehte sie völlig durch. Kaum war Maya weg, schnappte sie nach dem Kleid ihrer Herrin und zerrte sie zum Schuppen. Die Tür stand sperrangelweit offen, und Madame Ballandra wurde Zeugin einer vollkommen unerwarteten, ja biblischen Szene.

Im Stroh lag ein Neugeborenes zwischen den Hufen des Esels, der es mit seinem Atem wärmte. Und das an einem Ostersonntagabend! Madame Ballandra faltete die Hände, flüsterte: »Ein Wunder! Mit einem solchen Geschenk Gottes hätte ich nicht gerechnet. Ich will dir den Namen Pascal geben.«

Der Kleine war sehr hübsch, hatte einen braunen Teint, die glatten, schwarzen Haare eines Chinesen und einen zarten, wohlgeformten Mund. Sie drückte ihn an sich, und er öffnete die Augen – graugrün wie das Meer, das die Insel umspülte.

Madame Ballandra ging durch den Garten zurück zum

Haus. Jean-Pierre sah seine Frau auf sich zukommen, einen Neugeborenen im Arm und die aufgeregte Pompette auf den Fersen.

»Was sehe ich da?«, rief er. »Ein Kind, ein Kind! Ist es ein Junge oder ein Mädchen? Ich kann es nicht erkennen.«

Das mochte erstaunlich klingen, aber nicht, wenn man wusste, dass Jean-Pierre Ballandra eine Menge Rum gekippt hatte und obendrein stark kurzsichtig war. Seit seinem fünfzehnten Lebensjahr trug er eine Brille, weil er den Ast eines Guavenbaums ins Auge bekommen hatte.

»Ein Junge«, sagte Eulalie streng, nahm die Hand ihres Gatten und zwang ihn, mit ihr niederzuknien. Gemeinsam sprachen sie ein Dankgebet, denn sie waren beide sehr gläubig.

2 Jean-Pierre und Eulalie Ballandra waren ein auffälliges Paar, er hatte afrikanische Wurzeln, ihre Haut war hell, weil sie von einer felsigen kleinen Insel kam, deren Bewohner behaupteten, unter ihren Vorfahren wären Wikinger. Was sich aber in ihren Herzen zutrug, war eine ganz andere Geschichte. Sie lebten schon viele Jahre zusammen und liebten sich immer noch heiß und innig. Deshalb hatte Jean-Pierre nie eine Nebenfrau gehabt, eine Sitte, die alle anderen Männer auf der Insel hochhielten. Seit Jahren teilte er das Bett immer nur mit ein und derselben Frau. Eulalie wiederum lebte nur für ihn. Trotz zahlreicher Besuche beim Gynäkologen waren die beiden kinderlos geblieben. In jungen Jahren hatte Eulalie eine Fehlgeburt nach der anderen erlitten, dann hatten sich die Wechseljahre ihrer schließlich erbarmt.

Geldsorgen kannten Jean-Pierre und Eulalie nicht. Mit den Einnahmen ihrer Gärtnerei, der sie den wenig originellen Namen »Garten Eden« gegeben hatten, kamen sie gut über die Runden. Jean-Pierre war ein wahrer Künstler, unter anderem hatte er eine neue Cayenne-Rose erschaffen. Das war eigentlich keine besondere Rose, aber Jean-Pierres Sorte fiel durch ihre samtigen Blütenblätter auf und vor allem durch den zarten, aber lang anhaltenden Duft. Deshalb war seine Cayenne-Rose bei verschiedenen Auftraggebern beliebt: bei der Sozialversicherung, der Arbeitsagentur, den Tafeln. Jean-Pierre hatte seiner Sorte den Namen Elizabeth-Taylor-Rose gegeben, weil er in seiner Jugend, als er arbeitslos war und viel Zeit totzuschlagen hatte, gern ins Kino gegangen war, vor allem in amerikanische Filme. Er hatte seine Lieblingsschauspielerin in *Kleopatra* bewundert und die von ihm erschaffene Rose nach ihr benannt.

Pascals Ankunft in der Familie war ein Ereignis. Zwei Tage später zog Eulalie durch die Geschäfte und kaufte den größten Kinderwagen, den sie finden konnte. Sie polsterte ihn mit blauen Samtkissen aus, um den Säugling bequem darauf zu betten. Jeden Nachmittag um halb fünf brach sie in Richtung Place des Martyrs auf. Der Platz lag wie ein aus der barocken Architektur der Stadt ausgeschnittenes Fenster direkt am Meer.

Eulalie sog die Seeluft tief ein, ließ sich vom Graugrün des Wassers berauschen, das dieselbe Farbe hatte wie Pascals Augen und bis zum Horizont von Gischt gekrönt war. Sie hatte sich immer vor der See gefürchtet, dieser prachtvollen Hündin, die das ganze Land bewachte. Doch weil die Augen ihres Sohnes dieselbe Farbe hatten, stimmte sie dies nun versöhnlicher. Eulalie blieb lange Zeit stehen und schaute aufs Wasser und dankte ihm für seine Anwesenheit; dann lenkte sie ihre Schritte zum Platz.

Der Place des Martyrs, das lebendige Herz von Fond-Zombi, war von schönen Sandbüchsenbäumen gesäumt, die Victor Hugues gepflanzt hatte, als er auf Befehl von Napoleon Bonaparte die Sklaverei wieder einführte. Eulalie ging durch die gedrängt vollen Alleen und umrundete mehrmals den Platz, ehe sie sich schließlich unweit des Musikpavillons niederließ, wo das Stadtorchester dreimal die Woche beliebte Schlager zum Besten gab. Jedes Mal wurde das Baby von allen in ihrer Nähe bewundert, und Eulalies Herz strömte über vor Freude und Stolz.

Was für ein Getümmel! Jugendliche beiderlei Geschlechts, die die Schule schwänzten, oberlehrerhafte Arbeitslose, die Reden schwangen, Hausmädchen in vollem Ornat, die ihre Brut bewachten – von sabbernden und an ihren Fläschchen nuckelnden Babys bis hin zu kleinen Wildfängen, die überall herumwuselten.

Bewundernd kamen sie alle zu Eulalies Kinderwagen. Ihre Neugier hatte mehrere Gründe. Zum einen war Pascal auffällig schön. Unmöglich zu sagen, welcher Rasse er angehörte. Aber ich gebe es ja zu, das Wort Rasse ist veraltet, ersetzen wir es also schnell durch ein anderes. Abstammung zum Beispiel. Unmöglich zu sagen, welcher Abstammung er war. War er weiß? Schwarz? Asiatisch? Hatten seine Vorfahren in Europa Industriestädte hochgezogen? Kamen sie aus der afrikanischen Savanne? Oder aus einem Land von Schnee und Eis? All deren Eigenschaften vereinte er in sich. Doch nicht nur seine Schönheit weckte die allgemeine Neugier, sondern auch ein hartnäckiges Gerücht, das immer größere Kreise zog. Eine übernatürliche Geschichte. Der Herrgott selbst, hieß es, habe Eulalie, die sich seit Jahren bei Bußübungen die Knie wund scheuerte, einen Sohn geschickt, und zwar genau am Ostersonntag. Nein, das konnte kein Zufall sein, es war ein ganz besonderes Geschenk. Vielleicht hatte Gott der Vater ja zwei Söhne, und den Jüngeren hatte er zu ihr geschickt? Ein kleiner *métis**, was für ein hübscher Gedanke!

Das Gerücht verbreitete sich nach und nach in Fond-Zombi und darüber hinaus. Die Leute in den Strohhütten sprachen darüber und die in den vornehmen, schicken Häusern. Als die Geschichte Eulalie zu Ohren kam, nahm sie sie ohne große Gegenwehr hin. Allein Jean-Pierre widersetzte sich standhaft, er hielt sie für blasphemisch.

3 Als Pascal vier Wochen alt war, beschloss seine Mutter, ihn taufen zu lassen. An einem schönen Sonntag verließ Bischof Altmayer seinen Sitz in der Don-Bosco-Stiftung, während alle Kirchenglocken läuteten, und die Waisenkinder, die in seiner Obhut standen, blieben allein zurück. Eulalie hatte den Säugling in weißes Leinen gekleidet, er trug ein zartes Flügelhemd mit einer gesmokten Hemdbrust. Seine kleinen Füße strampelten in Strickschühchen aus feinem Gold- und Silbergarn. Das Käppchen auf seinem Kopf schmeichelte seinem Engelsgesicht. Pascals Taufe wurde mit demselben Pomp gefeiert wie eine Hochzeit oder ein Festmahl. Dreihundert geladene Gäste, ganz in Weiß gekleidete Kinder vom Religionsunterricht, die Fähnchen in den Farben der Jungfrau Maria schwenkten. Männer und Frauen im Sonntagsstaat.

Kurz nach dem Eis in verschiedenen Sorten, das es zum Dessert gab, tauchte ein Unbekannter auf. Wer seine Anwesenheit bemerkte, staunte über seine Erscheinung. Er war in einen altmodisch geschnittenen, gestreiften Anzug aus Drillich gekleidet und hatte eine Halskrause um anstelle einer Krawatte. Dazu trug er Stiefel aus Lackleder mit großen Stulpen, die an Alexandre Dumas' drei Musketiere erinnerten. Am seltsamsten jedoch war die unnatürlich wirkende Last, die sich in seinem Rücken verbarg: ein Buckel? Sein Kinnbart war von grauen Fäden durchzogen.

Er steuerte geradewegs auf Eulalie zu, die kokett einen Champagnerkelch in der Hand hielt. »Gegrüßet seist du, Eulalie voll der Gnade«, sagte er, »ich bringe eine Gabe für das Kind Pascal.«

Bei diesen Worten überreichte er ihr das Päckchen, das er behutsam in den Händen hielt. Es war ein Tontopf mit einer Rose darin, einer Rose, wie sie Eulalie, die Gärtnersfrau, noch nie gesehen hatte. Ihre Farbe, ein helles Braun wie bei einer *câpresse**, war sehr ungewöhnlich, und die gewellten Blütenblätter um den zarten schwefelgelben Stempel sahen aus, als wären sie aus Samt.

»Was für eine hübsche Rose«, rief Eulalie, »und was für eine außergewöhnliche Farbe!«

»Es ist eine ›Tété Négresse‹«, erklärte der Neuankömmling, »sie soll das Hohelied vergessen machen. Denken Sie an die empörenden Worte: *Ich bin schwarz, aber gar lieblich.* Solche Worte sollen nie mehr ausgesprochen werden.«

Eulalie verstand nicht, worauf er hinauswollte. »Wieso nicht?«, fragte sie erstaunt.

Schweigen war die Antwort, der Mann hatte sich in Luft aufgelöst. Sie fand sich allein wieder, das Geschenk in der Hand, und glaubte, geträumt zu haben.

Verwirrt eilte sie zu Jean-Pierre, der ganz in der Nähe inmitten von Gästen stand, lachte und Champagner trank. Sie erzählte ihm die merkwürdige Begebenheit.

Er zuckte die Schultern. »Mach dir nichts draus«, sagte er, »das waren sicher nur die Schmeicheleien eines Verehrers, der es bei schönen Worten belassen hat. Ich habe eine gute Verwendung für sein Geschenk.«

Er hielt Wort: Bald gab es im »Garten Eden« zwei Wunder, die Cayenne-Rose und die Tété Négresse.

Als Pascal vier wurde, beschloss seine Mutter, ihn in die Schule zu schicken. Nicht etwa, weil sie es leid war, ihn jedes Mal abzuknutschen, wenn er vorbeikam, oder ihm zuzusehen, wie er durch die Gegend rannte, mit der Hündin Pompette herumstrolchte, in die Gärtnerei hereinschneite. Aber Bildung ist nun mal das höchste Gut. Je mehr Bildung, desto weiter bringt man es im Leben. Jean-Pierre und Eulalie bedauerten es sehr, dass sie ihnen verwehrt worden war.

Schon mit zwölf Jahren hatte Jean-Pierre bei einem Großgrundbesitzer Bananenstauden geschwefelt, während Eulalie, als sie in noch zarterem Alter war, neben ihrer Mutter gesessen und den Fisch verkauft hatte, den ihr Vater nach Hause brachte: blaue Katzenwelse, rosafarbene Mutton-Schnapper, Vivaneaux, Lippfische, Felsbarsche, Seehechte, Goldbrassen.

Kurz und gut, Pascal kam an die Schule der Schwestern Mara. Die Schwestern Mara waren Zwillinge, und alle kannten ihre Mutter, die Haushälterin des Pfarrers, weil sie jeden Karfreitag die Wundmale Christi an Händen und Füßen trug und das Bett hüten musste. Jeder wusste, dass Pater Robin, der lange Zeit Gemeindevorsteher gewesen war, ehe er sich auf seine alten Tage in ein Seniorenheim für Geistliche in der Nähe von Saint Malo zurückgezogen hatte, der Vater ihrer Töchter war. Zu jener Zeit sprach niemand schlecht über das Verhalten der Priester. Da gab es noch keine amerikanischen oder französischen Filme wie *Spotlight* oder *Gelobt sei Gott*. Alle wahrten Stillschweigen über solche Verstöße gegen die Gebote Gottes.

Die Schule der Schwestern Mara befand sich in einem vornehmen Gebäude in einem großen sandigen Hof, in dem die Schüler in der Pause tobten wie kleine Teufel. An seinem ersten Schultag trug Pascal eine blau-weiße Uniform und passende Söckchen. Den Schwestern war vollkommen klar, was für einen guten Fang sie da gemacht hatten, und sie hießen ihn überschwänglich willkommen. Doch bald mussten sie ihre Illusionen aufgeben.
    Pascal war nicht der erhoffte Musterschüler. Im Unterricht träumte er vor sich hin, in den Pausen spielte er immer nur mit den Ärmsten der Armen. Oder er rannte in die Küche, wo zwei unterbezahlte Küchenkräfte das Schulessen kochten, und geizte nicht mit Lob und Liebkosungen. Sie verwöhnten ihn im Gegenzug mit Süßigkeiten. Wäre da nicht ihr gutes Verhältnis zu Eulalie gewesen, die Schwestern Mara hätten Pascal von der Schule geworfen.

Einen Tag nach seinem fünften Geburtstag nahm Eulalie Pascal zum Schuppen hinten im Garten mit, während Jean-Pierre ihnen, behäbig wie immer, mit schleppenden Schritten folgte. Der Schuppen war sehr ordentlich. Dünger und Unkrautvernichtungsmittel standen in einer Ecke, auf dem Boden lag weißer Kies.
    Eulalie drehte sich zu Pascal um: »Ich muss dir etwas sagen: Ich liebe dich, das weißt du, aber ich habe dich nicht in meinem Bauch getragen.« Dann zeigte sie auf Jean-Pierre und fügte hinzu: »Und du bist auch nicht aus seinem Samen hervorgegangen.«

Pascal fiel aus allen Wolken. »Was heißt das?«, fragte er.

Er fand die Geschichte sehr ungewöhnlich. Die wenigsten Kinder hier kannten ihren Vater, aber alle wussten, wer ihre Mutter war. Es war die Frau, die sich schindete, sich kaputtmachte, um ihnen Kleidung kaufen und sie in die Schule schicken zu können.

»Was ich damit sagen will«, fuhr Eulalie fort, »ist, dass wir dich an einem Ostersonntag hier im Schuppen gefunden und dich als Sohn adoptiert haben.«

Mit tränenerstickter Stimme fragte Pascal: »Und wer sind meine richtigen Eltern?«

Da erzählte ihm Eulalie von dem Gerücht, er sei der Sohn Gottes.

Seltsamerweise kümmerte sich Pascal die ersten Jahre nicht um ihre Geschichte, genauso wenig wie um das Gerede der Leute. Er wusste, dass er in einem Land der mündlichen Überlieferung geboren war, wo Lügen mehr Macht hatten als die Wahrheit. Doch plötzlich und ohne jeden Grund änderte sich seine Einstellung, und es war ja auch spannender, der Sohn Gottes als der des Gärtners zu sein. Schließlich entwickelte es sich bei ihm zu einer Obsession.

Er blieb stehen und sah zum Himmel auf. Der hatte sich also erneut geöffnet und das Mysterium der Menschwerdung hatte sich ein zweites Mal ereignet. Aber diesmal hatte der Schöpfer achtgegeben. Er hatte seinen Sohn als *métis* geboren werden lassen, als Kind unterschiedlicher Abstammung, damit sich niemand für etwas Besseres hielt, wie es in der Vergangenheit geschehen war. Diesmal war der Schwachpunkt allerdings, dass der Schöpfer seinem Sprössling nicht erklärt hatte, was er eigentlich von ihm wollte. Was hatte er mit der von Anschlägen erschütterten und von Gewalt geprägten Welt vor?

Diese Frage trieb Pascal ohne Unterlass um, und das veränderte ihn. Phasen der Unruhe folgten auf lange Phasen der Stille. Er zerbrach sich den Kopf über seine Abstammung und ärgerte sich über Eulalies und Jean-Pierres erneutes Schweigen, als hätten sie dazu nichts weiter zu sagen.

Mit seinem Vater verstand sich Pascal besser als mit seiner Mutter, denn wie sie ihn erzog, mochte er nicht: vor allem nicht den Klavierunterricht bei Monsieur Démon, der von seiner Familie verstoßen worden war, weil er eine *mulâtresse** geheiratet hatte. Außerdem warf Eulalie ihm vor, nicht genug zu lesen. Und seine Freunde trieben sie zur Weißglut, weil er die Gesellschaft anderer Kinder suchte, die ihren Vater gleichfalls nicht kannten.

4 Als Pascal sieben wurde, meldete ihn seine Mutter zum Religionsunterricht bei Pater Lebris an. Als Mann Gottes hätte der mit ihm über das immer lauter werdende Gerücht über seine Abstammung sprechen können. Bedauerlicherweise tat Pater Lebris nichts dergleichen. Stattdessen begnügte er sich damit, Pascal zu bevorzugen. An Christi Himmelfahrt setzte er ihn an die Spitze der Prozession, die von der Kathedrale zur Kirche von Massabielle hinaufging. Böse Zungen behaupteten, Pater Lebris fürchte, Eulalie zu enttäuschen, weil sie reich war und großzügig und nie ein wohltätiges Werk ausließ – eine Stütze für die Armen in der Gemeinde.

Mit achtzehn hatte Pascal das Abitur in der Tasche, aber kein sehr gutes, keines, zu dem man ihm ernsthaft gratuliert hätte, da er, ehrlich gesagt, nur ein mittelmäßiger Schüler war, ein Träumer. Er beschloss, einen Job zu suchen. Sein Weg war vorgezeichnet: Er brauchte nur eine Stelle im »Garten Eden« anzutreten. Leider mochte er aber weder Kübelpflanzen noch Blumen, nicht einmal die besonders schönen, wohlriechenden. Sein Traum war es, eine Krippe oder einen Kindergarten zu eröffnen. »Lasset die Kinder zu mir kommen«, von diesem Wort war er wie besessen – allerdings nicht, weil den Kindern das Reich Gottes gehörte, sondern weil sie jung und aufgeschlossen waren und sich nach einer friedlichen Welt sehnten. Doch er wagte nicht, Jean-Pierre, der Ausgaben scheute, davon zu erzählen. Also trat er am 1. April, dem Tag der Aprilscherze, seinen Dienst im »Garten Eden« an, in der Abteilung Sukkulenten: Aloe Vera, Echeveria, Bogenhanf, Pandanus, Weihnachtskaktus und Porzellanblume.

Damals veränderte sich sein Erscheinungsbild radikal. Aus dem kleinen Jungen mit dem Engelsgesicht und der rätselhaften Schönheit wurde ein Mann, den die Frauen gern in ihrem Bett gesehen hätten. Seine Baumwollhemden betonten die breite Brust. Sein Bauch war flach, und darunter verlängerte sich sein Penis derart, dass er kaum mehr in die niedliche Kinderunterwäsche von Petit Bateau passte, die Eulalie weiter für ihn kaufte. Die Veränderung war umso auffälliger, als sie sich auf sein Äußeres beschränkte. Pascal war immer noch verlegen, seine Stimme immer noch sanft, und manchmal lispelte er. Seine Augen waren unverändert groß und verträumt, als versuchte er die ganze Zeit, die rätselhafte Gleichung seines Lebens zu lösen.

Einige Zeit später ereignete sich etwas, das weitreichende Folgen haben sollte. In unseren Ländern sind die Menschen langsam und kleinmütig, übersehen Dinge, die ins Auge springen. Aus heiterem Himmel wurde Jean-Pierre, der auf die sechzig zuging und unter einer schweren Arthrose im rechten Knie litt, als außergewöhnlicher schöpferischer Geist entdeckt und sollte mit einer Medaille für herausragende künstlerische Leistungen ausgezeichnet werden. Die würde man ihm in Porte Océane, der zweitgrößten Stadt der Insel, übergeben.

Hatte er nicht zwei Blumen erschaffen, zwei Rosen, die

Cayenne-Rose und die Tété Négresse, die unvergleichlich schön waren? Obwohl Kenia auf Blumenhandel spezialisiert war und sich etwas darauf zugutehielt, die schönsten Gärten der Welt zu besitzen, gingen bei Jean-Pierre Bestellungen aus den entlegensten Orten ein, aus Tripolis, Ankara und Istanbul. Eulalie wurde bei dieser Ehrung seltsamerweise übergangen. Dabei war allen bekannt, dass sie ab vier Uhr morgens auf den Beinen war und die Blumen zu Sträußen, Kränzen und Gestecken band. Sie war diejenige, die die passenden Verpackungen wählte und vor allem die Geschenkschleifen mit dem meisten Geschick band. Aber sie war eine Frau. Und als solche konnte sie ja nur die Gehilfin des Genies sein. Jean-Pierre stellte die Auszeichnung nicht infrage, sondern nahm sie dankbar an.

Für die Fahrt nach Porte Océane mietete er sich einen Wagen, den neuesten Mercedes. Es war ein weiter Weg von Fond-Zombi nach Porte Océane. Zu Anfang führte die Straße am Meer entlang, das wie ein mit Sternen gesprenkelter Samtteppich vor ihnen lag, dann ging es durch dichte Wälder, die den Blick auf den Horizont versperrten.

Pascal saß auf dem Beifahrersitz neben seinem Vater und sog die Landschaft in sich auf. Immer wenn er das Meer sah, betrübte es ihn, weil er nur selten ins Wasser ging, obwohl er sich am liebsten jeden Tag darin verloren hätte. Jean-Pierre und Eulalie waren zu alt zum Schwimmen, sie gingen kaum mehr ans Meer, nur am Ostermontag, wo sie traditionell *Calalou de crabes*, ein Gericht aus Krevetten und Spinat, am Strand aßen.

Porte Océane lag am Ende einer geschützten Bucht, in der früher zahlreiche Sklavenschiffe mit ihrer traurigen Fracht vor Anker gegangen waren. Heute hatten Kreuzfahrtschiffe sie ersetzt. Ab zehn Uhr morgens ergossen sich Touristen jeder Hautfarbe und jeder Herkunft – Chinesen, Japaner, Franzosen, Deutsche, Amerikaner – in die Straßen, auf die Plätze und Märkte. Es war ein großes Durcheinander von Sprachen und Farben, wenn sie um die lokalen Schätze feilschten.

Jean-Pierre sollte die Medaille in einem Palais bekommen, dem »Rialto«, einem Traum, einem Irrsinn, der 1943 von Massimo Coppini errichtet worden war, einem italienischen Milliardär. Coppini war ein großer Freund des Duce gewesen, hatte aber eindeutig einen besseren Riecher gehabt als Benito Mussolini, denn er war – samt seinem beachtlichen Vermögen – vor dem Zusammenbruch des Dritten Reichs aus Italien geflohen.

Das »Rialto« bestand aus einer Flucht von Salons, einer prachtvoller als der andere, in denen Gemälde der besten Künstler der Region hingen. Ein Bild von Nelson Amandras, einem venezolanischen Künstler, und die »Imaginäre Stadt« des Haitianers Préfète Duffaut stachen besonders heraus. Bekanntlich ist ja kein Mensch nur gut oder nur böse, und so war Massimo Coppini also zwar ein Antisemit, aber auch ein freigiebiger Mann, und er stellte immer wieder seine Güte unter Beweis. Er hatte zum Beispiel einige Krippen mit dem Namen »Der Milchtropfen« gegründet, in denen alleinstehende Mütter mit ihren Babys kostenlos wohnen konnten.

Nachdem Jean-Pierre, Eulalie und Pascal den großen gefliesten Hof, den ganzen Stolz des »Rialto«, durchquert hatten, standen sie zu ihrer Überraschung vor einer Einlasskontrolle. Männer in schwarzen Shirts, in Weiß mit dem Slogan »Gleichheit für alle« bedruckt, nahmen streng die Einladungen unter die Lupe. Den Pechvögeln, die keine hatten, knöpften sie umgehend zehn Euro ab. Das schockierte Pascal derart, dass er seine Eltern nicht ins Palais hineinbegleiten und sich dort zu den Gästen und ihrem hohlen Gerede gesellen wollte.

Er erblickte einen Gleichaltrigen, einen dünnen jungen Mann in einem viel zu weiten, ausgeblichenen Karohemd und einer knallengen, zerschlissenen Jeans. Sein wirres Haar fiel ihm bis auf die Schultern.

»Was ist hier los?«, fragte ihn Pascal. »Warum knöpfen sie den Leuten Eintritt ab? Warum machen sie das »Rialto« zu einer Räuberhöhle?«

Der Junge ließ sich nicht beirren: »Räuber? Den Namen haben sie nicht verdient. Das sind Arbeiter von ›Le Bon Kaffé‹, unserem staatseigenen Betrieb.«

»›Le Bon Kaffé‹?«, wiederholte Pascal verständnislos.

Der junge Mann griff sich vielsagend an die Stirn und sagte spöttisch: »Na, da ist ja einer gut informiert! Die Armen ziehen seit Wochen durchs ganze Land, wenn sie nicht gerade von der Polizei verprügelt und ins Gefängnis gesteckt werden. Und da fragst du noch, wer die Arbeiter von ›Le Bon Kaffé‹ sind?«

Jetzt dämmerte es Pascal, tatsächlich hatte er im Fernsehen Reportagen über den Arbeiteraufstand gesehen, aber nicht weiter darauf geachtet.

»Reg dich ab«, sagte er, »gehen wir was trinken, ich lade dich ein.«

Aber egal wie lange die beiden durch die größeren und

kleineren Straßen zogen, überall hatten die Händler ihre metallenen Rollläden heruntergelassen. Schließlich fanden sie eine Bar in einer kleinen Gasse, die steil über dem Meer entlangführte. Es sah aus, als brauchte man nur die Arme auszubreiten und einen Kopfsprung zu machen, um in den Wellen unterzutauchen.

Der schmächtige Junge stellte sich vor: »Ich heiße José Dampierre. Mein Vater, Nelson Bouchara, ist der reichste Syrer auf dieser verdammten Insel. Als er hier ankam, besaß er nichts als das Hemd an seinem Leib. Heute schwimmt er im Geld. Aber wir haben nie was davon zu Gesicht bekommen. Er hat meiner Mutter ein Kind nach dem anderen gemacht, weiter nichts. Vier Jungen, und der Jüngste, Alexandre, ist auch noch stumm. Hast du gehört? Stumm ist er, taubstumm!«

Pascal hielt ihm schweigend seine Zigarettenschachtel hin.

»Lucky Strike, echte Lucky Strike!«, rief José. »In meinem ganzen Leben habe ich noch nie eine amerikanische Zigarette geraucht.«

5 Bald waren die beiden unzertrennlich. José hatte es irgendwann nicht mehr ausgehalten, seine Mutter im Schmutzwasser knien und die Böden der Gutbetuchten schrubben zu sehen, während der reichste Syrer der Insel ihr ein Kind nach dem anderen machte, also hatte er mit siebzehn Jahren die Tür des Elendsquartiers der Familie hinter sich zugeknallt. Er hatte Fond-Zombi verlassen und war nach Bois Jolan gezogen, zu seinem Patenonkel, einem Halbbruder seiner Mutter, der bald darauf kinderlos starb.

Bois Jolan war einer der ärmsten Orte der Insel. Man konnte sich kaum etwas Hässlicheres vorstellen als seine windschiefen alten Hütten. Aber es war auch das Reich der See. Wenn sie guter Laune war, leckte sie sanft, sehr sanft am glitzernden Sand. Wenn sie wütend war, schleuderte sie ihre Wellen und grollte mit zorniger Stimme. Nachts beruhigte sie sich wieder und murmelte mit unnachahmlich kehligen Lauten.

Als José Fond-Zombi verließ, nahm er Alexandre mit, seinen jüngsten Bruder, denn seine Mutter konnte nicht einmal den kleinen Beitrag für das Mortimer-Institut aufbringen. Alexandre war zehn Jahre alt, mädchenhaft hübsch und zart. Er konnte zwar nicht sprechen, aber dafür lachte er die ganze Zeit. Nur worüber? Bestimmt über Hirngespinste, über wirres Zeug, das ihm durch den Kopf ging. Von morgens bis abends gurrte er wie eine Taube, stieß mehr oder weniger schrille, aber immer wohlklingende Laute aus. José liebte ihn über alles, und Pascal ging es bald genauso.

Er fühlte sich sofort wohl in Bois Jolan, das so anders war als alles, was er bisher kennengelernt hatte: Männer, die im Sand saßen, ihre Netze flickten und dabei Witze rissen, die selbst Tote zum Lachen gebracht hätten; Hausfrauen, die mit Bantu-Knoten im Haar herumschlurften; der Geruch nach Räuchersalz für die Fische. Schließlich zog Pascal dauerhaft zu José, doch seltsamerweise kam er nicht auf die Idee, ihm von seiner Abstammung zu erzählen oder ihm zu sagen, wer angeblich sein Vater war.

In der Nacht, in der er sich entschied, bei José zu leben, hatte er einen Traum: Ein Mann, dessen Gesicht er nicht erkennen konnte, flüsterte ihm mit starkem, vielleicht spanischem Akzent zu: »In Zukunft sollst du ein Menschenfischer sein.« Schaudernd erwachte er im Stockdunkeln. Ein Menschenfischer, was war das? Menschen sind doch keine Goldfische und auch keine hübsch blau gestreiften Fische, die man sich im Aquarium ansieht. Sie lassen sich nicht so leicht manipulieren, sind widerspenstig, jeder will seinen eigenen Willen durchsetzen.

José und Alexandre behandelten Pascal nicht wie einen Messias, sondern wie ihren heiß geliebten großen Bruder. Jeden Tag ließen die beiden Älteren Alexandre schlafend auf dem Haufen Lumpen zurück, der ihm als Bett diente, stiegen an Bord ihres Bootes und segelten in aller

Frühe zum Fischen los. Es war wie am ersten Tag der Schöpfung. Überall dasselbe milchige Weiß. Kein Laut zu hören, nur das Murmeln derer, die zur Aufstehzeit in die Gänge kamen und ihren ersten Beschäftigungen nachgingen. Nur um eine Sache tat es Pascal leid: seine geringe Ausbeute. Sie genügte kaum, um den Boden des Bootes zu bedecken.

Das wollte er ändern und kam auf eine Idee: »Lass uns doch unsere Körbe beim Inselchen Bornéo auslegen. Dort könnten wir vielleicht mehr fangen, meinst du nicht?«, schlug er immer wieder vor.

José schüttelte den Kopf. »Auf Bornéo wächst nichts, kein Baum und kein Strauch, da gibt es nur Sand und ein paar Kakteen. Wenn wir unsere Körbe da auslegen, sind wir innerhalb kürzester Zeit verbrannt wie Fackeln.«

Eines Tages ließ sich José jedoch überraschend umstimmen. Auf den ersten Blick schien es, als wäre seine Ablehnung gerechtfertigt gewesen. Auf dem steinigen Boden des sonnenverbrannten Inselchens standen nur kümmerliche Kakteen und ein paar klapprige Hütten, in denen die Fischer früher ihren Fang getrocknet und geräuchert hatten. Aber als sie am nächsten Tag ihre Reusen holten, übertraf die Ausbeute ihre Erwartungen bei Weitem: In den Körben wimmelte es von Schleien, Trughechten, Lippfischen, Stachelmakrelen, Schnappern, Goldbrassen, Zackenbarschen und sogar kleinen Weißen Haien. Das Boot war so schwer beladen, dass sie es kaum steuern konnten und viele Stunden brauchten, um nach Bois Jolan zurückzukehren.

So viele Fische, so viele! Die Neuigkeit verbreitete sich wie ein Lauffeuer, und alle stürmten ans Meer.

Diese Aufregung ist nur zu verstehen, wenn man weiß, dass der Fisch hier früher König war, bevor die japanischen und chinesischen Boote ihr mörderisches Werk verrichteten. Manch einer erinnerte sich noch an die gute alte Zeit, als kein einziger Fisch unter Artenschutz gestanden hatte. Alles durfte gegessen werden. Überall machten sich Restaurants mit Eintöpfen und Spießen mit Fisch aus Bois Jolan einen Namen, und in allen Küchen duftete es nach würziger Court-bouillon vom Fisch mit oder ohne Bondamanjak-Chili. Auf ihrer Tafelwaage wogen die Fischer kiloweise Fleisch von Grünen Meeresschildkröten und Scheiben von Thunfisch, dessen Blut dem der Menschen ähnelt. Geschickt durchbohrten sie das Gehäuse der Großen Fechterschnecke und entnahmen das Fleisch. Auch das Entwirren der langen, mit Saugnäpfen behafteten Krakenarme war nicht vergessen worden.

Jener Fischzug war der erste von Pascals »wundersamen Fischzügen«, wie man sie im ganzen Land nannte. Ihretwegen brachen heftige Auseinandersetzungen aus, Raufereien, Schlägereien. Die hätten sogar in einen regelrechten Tumult umschlagen können, wenn nicht der Bürgermeister von Bois Jolan, Norbert Pacheco, eingegriffen hätte.

Ein seltsamer Knabe, dieser Norbert Pacheco, der neben seinem Amt als Bürgermeister auch einen wichtigen Posten in der Geschäftsführung von »Le Bon Kaffé« innehatte. Als die Arbeiter zu Protestmärschen und Demos im ganzen Land aufgerufen hatten, war er derjenige, der Polizeistaffeln auf sie hetzte, sie verprügeln und ins Gefängnis werfen ließ.

»Le Bon Kaffé« beschäftigte drei Viertel der arbeitsfähigen Bevölkerung der Insel. In den Tourismusbroschüren des staatlichen Betriebs wurde mit sozialen Errungenschaften geprahlt. Für einen kleinen Obolus würde man den Mitarbeitern großzügige Wohnungen in den Betonhochhäusern zur Verfügung stellen, die überall wie Pilze aus dem Boden schossen. »Le Bon Kaffé« hätte auch drei weiterführende Schulen, auf die alle unbedingt ihre Kinder schicken wollten. Die Schüler bekämen dort schicke gestreifte Uniformen und einen Panamahut direkt aus Lateinamerika.

In Wirklichkeit sah es ganz anders aus. Die Arbeiter klagten über Ausbeutung und Hungerlöhne, das war der Grund für ihre Unzufriedenheit.

Bei den ersten Massenaufläufen am Strand von Bois Jolan griff Norbert Pacheco auf seine alte Gewohnheit zurück. Er schickte Polizeistaffeln, die die Käufer zwangen, sich kommentarlos und brav in die Schlange zu stellen. Das war künftig der Preis, damit wieder Ruhe einkehrte.

6 Nach dem vierten wundersamen Fischzug vertraute Pascal José seine vermeintlich göttliche Abstammung an. Der hörte ihm erst zu, dann unterbrach er ihn lachend: »Das weiß ich doch längst. Soll wohl ein Scherz sein, oder glaubst du im Ernst daran?«

Pascal wusste nicht, was er sagen sollte, und räumte nach einer Weile ein: »Keine Ahnung. Ich würde gern herausfinden, was es mit dieser Geschichte auf sich hat, die sich die Leute erzählen.«

Damit war das Thema für die beiden Freunde erledigt.

Die Monate verstrichen, und ein unerwarteter Besuch ließ sich blicken, es war Jean-Pierre. Zu diesem Zeitpunkt war Pascal allein, weil José seinen kleinen Bruder zum Institut Mortimer brachte. Vater und Sohn hatten sich über ein Jahr nicht gesehen. Feige hatte Pascal seine Eltern lediglich per Brief wissen lassen, dass er nicht mehr in den »Garten Eden« zurückkehren und endgültig nach Bois Jolan ziehen würde. Eigentlich hätte er ihnen schreiben wollen, dass er nicht ihr leiblicher Sohn war und die ganze Zeit versuchte herauszufinden, was es mit dem göttlichen Auftrag auf sich hatte, den manche ihm zuschrieben. Stattdessen hatte er es bei wirren, gekünstelten Argumenten belassen, die seine Zweifel und Schuldgefühle verrieten. Er sei fast zwanzig, schrieb er, und könne wunderbar allein über seine Zukunft entscheiden. Im Übrigen wüssten sie ja, dass er das bourgeoise Leben, das sie ihm aufgezwungen hatten, dessen Arroganz und egoistische Gleichgültigkeit allem gegenüber, was sie nicht unmittelbar selbst betraf, nie gemocht hatte.

Die Wahrheit war eine andere. Wie die Psychologen nach Herzenslust wiederholen, machen alle Adoptivkinder diese Phase durch. Die Fürsorge der Adoptiveltern wird kleingeredet, und das Adoptivkind entwickelt eine Obsession mit seiner wahren Abstammung. Nie würde Pascal seine leibliche Mutter in die Arme schließen können, nie würde er ihre Zärtlichkeit kennen, nie wissen, wie ihre Haut duftete. Manchmal ging er auf der Straße einer Wildfremden nach, ganz im Bann ihrer mütterlichen Ausstrahlung. Sein Leben spielte sich zwischen diesen zwei Polen ab, auf die er keinen Zugriff hatte: dem Wissen, wo er herkam, und dem, wo er hinging.

Jean-Pierre hatte seinen Pick-up vor Josés Hütte geparkt und war mühsam ausgestiegen. Bedrückt sah Pascal ihn näher kommen. Er hätte nie gedacht, dass sein Vater in so kurzer Zeit so stark altern würde. Jean-Pierre war glatzköpfig und dickbäuchig geworden, und vor allem konnte er sich kaum mehr bewegen, er kam nur mit Mühe voran und musste immer wieder Verschnaufpausen einlegen. Die beiden umarmten sich.

»Was ist mit dir? Was hast du?«, fragte Pascal beunruhigt.

»Arthrose, sagen die Ärzte«, beschwichtigte Jean-Pierre, »nichts Besonderes, das gibt es oft in meinem Alter, aber angenehm ist es nicht.« Schwer atmend, ließ er sich auf einen Stuhl fallen und erklärte: »Es sind meine Beine, ich frage mich, wie lange sie mich überhaupt noch tragen.«

Pascal krempelte die graue Stoffhose seines Vaters hoch und sah darunter gerötete und geschwollene Gliedmaßen, schuppige, fast durchscheinende und mit dunklen Flecken übersäte Haut. Er massierte ihm vorsichtig die Beine und befahl nach einer Weile: »Steh auf und geh.«

Sofort stand Jean-Pierre auf, machte ein paar Schritte und sagte erstaunt: »Hast du heilende Hände? Es tut schon viel weniger weh.«

Liebevoll und leicht rührselig sahen sich Vater und Sohn an, dann riss sich Jean-Pierre wieder zusammen: »Aber ich bin nicht gekommen, um dir meine klapprigen Knochen zu zeigen. Ich bin hier, um dich nach Hause zurückzuholen. Deine Mutter und ich sind uns einig. Wir haben dich an die besten Schulen geschickt, weißt du noch? Es ist nicht normal, dass du einen so elenden Beruf ergreifst wie den des Fischers.« Pascal war gekränkt, doch ohne die Stimme zu senken, fuhr Jean-Pierre fort: »Das ist nicht alles. Deiner Mutter geht es sehr schlecht, sie hat Krebs im Endstadium. Ich frage mich, ob sie uns noch bis zum Jahresende erhalten bleibt.«

Die Männer unterhielten sich noch eine Weile, bevor Jean-Pierre mit seinen unerwartet gestärkten Beinen zum Auto am Straßenrand zurückkehrte und sich hinters Steuer setzte.

Als er wieder allein war, traten Pascal Tränen in die Augen. Er war so undankbar: Seine Mutter war schwer krank, und er hatte es nicht einmal gewusst. Er erinnerte sich daran, wie Eulalie ihn verwöhnt, mit liebevollen, lobenden Worten überhäuft hatte. Seine Entscheidung war gefallen. Kaum war José aus Fond-Zombi zurück, erklärte er ihm, er werde Bois Jolan verlassen und zu seinen Eltern in den »Garten Eden« zurückkehren. José versuchte noch, ihn davon abzuhalten, doch Pascal blieb standfest.

Nach dem Abendessen gingen sie wie üblich in die Kneipe »Joyeux Noël«, die sie beide gern mochten. Hinter dem Namen verbarg sich ein Scherz, den nur Eingeweihte verstehen konnten. Der Wirt hieß Joyeux mit Vornamen, und er war das sechste Kind von Manuel und Rosa Noël, die auch vor ihm nur Söhne bekommen hatten. Mit dem Namen Joyeux Noël – frohes Fest –, wollten sie dem Schicksal zu verstehen geben, dass es jetzt genug war mit Jungen. Ihr seltsamer Trick verfing, denn als Nächstes bekamen sie eine Tochter, die sie Bienvenue nannten.

In der Kneipe, die in einer Hütte am Meer lag, herrschte eine herzliche Atmosphäre. Joyeux war ein dicker, gutmütig aussehender Mann, um dessen Lippen stets ein Willkommenslächeln spielte. Die neuesten Beguinen-Lieder dröhnten aus einer alten Jukebox. Alle Tische waren mit Männern besetzt, die einen Rum nach dem anderen kippten. Kaum hatten die beiden Freunde Platz genommen, verdrückte sich der allseits beliebte José wieder, um diesem Gast die Hand zu schütteln und jener Bedienung, die er gut kannte, in den Hintern zu kneifen. Pascal hatte sich an diese Eigenheiten gewöhnt, ärgerte sich aber trotzdem jedes Mal darüber. Um sich den Anschein von Gelassenheit zu geben, schenkte er sich ein Glas Goldpflaumensaft ein.

In diesem Moment trat ein Mann an seinen Tisch. Pascal hatte das seltsame Gefühl, ihn zu kennen, ihn schon einmal gesehen zu haben, aber der Neuankömmling ließ sich nichts dergleichen anmerken. Seine Erscheinung war höchst ungewöhnlich. Er steckte in einem seltsamen, altmodisch geschnittenen Anzug aus gestreiftem Drillich. Anstelle einer Krawatte trug er eine weiße gerüschte Halskrause. Am auffälligsten war aber, dass sich unter dem Jackett augenscheinlich etwas verbarg, das den Rücken ausbeulte. Ein Buckel? Er hielt ein sorgsam eingeschlagenes Päckchen in der Hand.

»Darf ich mich zu Ihnen setzen?«, fragte er.

Pascal war überrascht, stimmte jedoch zu. Als der Mann saß, öffnete er das Päckchen und zeigte Pascal eine hellbraune Rose, die der zu seiner Überraschung wiedererkannte.

»Eine Tété Négresse. Sicher halten Sie Ihren Vater für den Schöpfer dieser Rose? Das ist er nicht. Hätte ich nicht solche Hochachtung vor Ihnen, dann hätte ich ihn längst angezeigt. In Wirklichkeit hat Ihr Vater mich nur nachgeahmt. *Ich* bin der Schöpfer dieses Wunders und habe es Ihrer Mutter zu Ihrer Taufe geschenkt, und das ist jetzt also daraus geworden.«

Pascal funkelte ihn wütend an. Bisher hatte er Jean-Pierre für den Züchter der Tété Négresse gehalten. Genau in diesem Moment wurde die Musik noch lauter gedreht und beschallte den ganzen Raum. Empört fragte Pascal: »Was soll das heißen?«

Der Fremde stand auf. »Lassen Sie uns nach draußen gehen, ich habe Ihnen einiges zu erzählen.«

Pascal folgte ihm, und beide Männer verschwanden in die Nacht.

Als José kurz darauf wiederkam, saß niemand mehr am Tisch. Wo war sein Freund? Er bekam bald genug von seinem Tête-à-Tête mit einem halb leeren Glas und einer frisch angebrochenen Flasche Rum und trat auf die Terrasse über dem Meer. Von dort waren die Lichter von Porte Océane zu sehen und die schwächeren, nebelverhangenen der Insel Pangolin ganz in der Nähe. Die Geschichte der Insel war ungewöhnlich. Die Pamphletisten der Entwicklungsländer warfen ihr vor, ein Bordell und ein Spielfeld des Westens zu sein, doch dann fand auch dort eine Revolution statt, ähnlich wie auf Kuba und in anderen lateinamerikanischen Staaten, und sie mauserte sich über Nacht zu einer tugendhaften Republik, in der jeglicher Tourismus untersagt war. Heute machte die Insel einem Angst, und es hieß, das Leben dort habe einen unangenehmen, bitteren Beigeschmack.

Aber was macht das Leben angenehm? Offen gestanden hatte José andere Dinge im Kopf. Ihn beschäftigte allein die Frage, wo Pascal hin war. Er eilte die Stufen zum Klo hinunter: zwei angeschlagene Pissoirs, eine schlecht schließende Kabine, und überall stank es nach Urin.

»Haben Sie Pascal gesehen, meinen Freund?«, fragte er die Klofrau, die, eine Brille auf der Nase, Kinderkleidung nähte.

Sie schüttelte den Kopf: »Nein, heute nicht.«

José, der sich immer größere Sorgen machte, rannte nach draußen. In der Brise, die der Abend endlich mit sich brachte, erwachte Bois Jolan zu neuem Leben, nachdem es den ganzen Tag über in der Hitze geschmort hatte. Er drehte eine Runde um den Place des Insurgés, bog in die Rue des Pas-Perdus ein und ging bei Carmen vorbei, einem Mädchen, mit dem er gelegentlich Sex hatte, ohne dafür zu bezahlen. Er suchte die ganze Nacht nach Pascal, bald zusammen mit seinem kleinen Bruder Alexandre und ein paar Freunden, die in der Nähe wohnten. Er legte sogar die zwanzig Kilometer nach Fond-Zombi zurück und klapperte ein halbes Dutzend Kneipen ab, umrundete dreimal vergeblich den Place des Martyrs. Sein Freund blieb unauffindbar. Sie mussten sich der Tatsache stellen: Pascal war verschwunden.

Wer ihn nicht mochte, hatte eine einfache Erklärung parat: Pascal wäre auf einer Parkbank eingeschlafen, und die Polizei hätte ihn geweckt. Weil er keine Papiere bei sich hatte, wäre er mitgenommen und eingesperrt worden. Zwei Monate blieb Pascal verschwunden, dann tauchte er eines Tages wieder auf.

7 Eines Morgens saß er wieder in seinem geliebten alten blauen Flanellpyjama bei seinen Eltern im »Garten Eden«. Ein paar Stunden vorher war er genau so, in dieser Kleidung, aufgewacht. Er hatte sich in seinem alten Kinderzimmer umgesehen, die Spielsachen und das große Foto von Che Guevara betrachtet, das er aufgehängt hatte, weil er ihn so schön fand, so fesch mit seinem Barett und in Uniform.

Seine Eltern waren im Esszimmer und frühstückten, ausgiebig wie immer, der Kummer hatte ihnen nicht den Appetit verdorben: Honigmelonen, Kakao, selbst gebackene Croissants.

Eulalie wäre fast in Ohnmacht gefallen, als sie ihren viel beweinten Sohn sah: »Du! Du!«, rief sie und presste die Hand aufs Herz, damit es nicht so wild schlug. »Wo kommst du her? Wo hast du gesteckt?«

Ungerührt setzte sich Pascal an den Tisch und schenkte sich Kakao ein. »Weshalb stellst du die ganze Zeit dieselben Fragen?«, sagte er kalt. »Ich habe es dir doch schon gesagt: Ich muss die Welt verstehen, muss ihren innersten Zusammenhang begreifen.«

Diese harte Antwort brachte seine Mutter zum Weinen, doch Pascal zog sich nur schulterzuckend in sein Zimmer zurück, anstatt sie zu trösten.

Auch später erzählte er niemandem, was in den zwei Monaten seiner Abwesenheit geschehen war, er schien es selbst nicht zu wissen. Jean-Pierre, ein zurückhaltender, diskreter Mann, respektierte sein Schweigen, ganz im Gegensatz zu Eulalie. Ebenso besitzergreifend wie früher löcherte sie ihren Sohn mit Fragen.

»Irgendeine Erinnerung musst du doch haben. Warst du weit weg?«

Pascal nickte. »Ich glaube, ich war in einer Art Wüste mit Sanddünen, nachts wehte ein eiskalter Wind. Und ich glaube, ich habe in einem Zelt geschlafen.«

Eulalie ließ nicht locker. »Hast du deinen leiblichen Vater gesehen?«

»Leider nicht. Und falls doch, kann ich mich überhaupt nicht daran erinnern.«

Eines stand fest: Pascal war nach seiner Rückkehr ein anderer. Früher war er verspielt gewesen, hatte immer einen Scherz auf den Lippen gehabt, aber jetzt war er todernst und belehrend, der reinste Moralapostel. Das Rätsel seiner Abstammung wurde mehr denn je zu einer Obsession für ihn. Zu allem Überfluss entwickelte er sich zum Besserwisser. Die Sklaverei, die Kolonialisierung, die Bevormundung und der Ausschluss ganzer Zivilisationen und vor allem die Position und die Rolle Gottes in der Welt – das alles waren seine Lieblingsthemen. Sein absoluter Favorit war die Zeit der Entdeckungsreisen. Er schimpfte über Christoph Kolumbus, nannte ihn einen »miesen Kanaken«, der die Indigenen in Amerika erst zu Tode erschreckt hatte, indem er an den Stränden drohend mit gigantischen Kreuzen schwang, und sie dann bis auf den letzten Mann ausrottete.

Sein Publikum nickte verblüfft. Das hörte sich ganz anders an als alles, was sie je in der Schule gelernt hatten. Wie sollte man sich da noch auskennen, bei so unterschiedlichen Geschichten? Gab es denn keine Wahrheit jenseits aller Verfälschungen? Vielleicht gab es sie ja wirklich nicht, sondern nur verschiedene Interpretationen.

José, den seine Geschichten langweilten, ging Pascal mehr und mehr aus dem Weg. Auch die wundersamen Fischzüge wurden seltener und blieben schließlich ganz aus, was sich sehr negativ für ihn auswirkte. Wozu war Pascal überhaupt gut? Genau zu jener Zeit bekam José durch einen außerordentlichen Glücksfall ein Stipendium, um in Amerika Maschinenbau zu studieren. Er würde wegziehen. Entschlossen, Eulalies verächtlichen Blicken auf seine verwaschenen Jeans und sein billiges Baumwollhemd zu trotzen, kam er am Abend vor der Abreise zu seinem Freund, um sich von ihm zu verabschieden.

»Alle sagen, Amerika ist das Land der Wunder«, sagte er. »Ich hole Alexandre so bald wie möglich nach. Die Ärzte dort werden seine Stimme an dem Ort wiederfinden, wo sie sich versteckt hat.«

Liebevoll nahm Pascal seine Hand: »Mach dir keine Sorgen, ich kümmere mich um ihn.«

Er hielt Wort, beschaffte dem Jungen sogar eine Anstellung im »Garten Eden«. Doch Alexandre langweilte sich dort. Die See fehlte ihm, ihr Geruch und ihre Launen einer großen, verwöhnten Irren. Eines Morgens kam er nicht zur Arbeit, und Pascal begriff, dass es keinen Sinn hatte, nach ihm zu suchen.

Seit José in Amerika war, hatte Pascal keinen Freund mehr und lebte sehr einsam. Er versuchte, mit den Arbeitern vom »Garten Eden« Freundschaft zu schließen, doch die waren voreingenommen und sehr zurückhaltend. Für sie war er das Kind ihrer Chefs. Pascal regte sich darüber auf: Das Kind der Chefs? Er war niemandes Sohn. Er kannte weder seinen Vater noch seine Mutter. Den Psychiatern zufolge reagieren Embryos sehr sensibel auf den Herzschlag und später auf die Stimme ihrer Mutter. Für ihn war da nur völlige Stille.

In seiner Verzweiflung kaufte er sich einen Motorroller, einen Pegasus, und machte lange Ausflüge entlang der Küste. Manchmal fuhr er bis nach Porte Océane, obwohl er die Stadt überhaupt nicht mochte. Porte Océane war modern, Betonklötze mit Flachdächern hatten hier die malerischen Holzhäuser ersetzt, während Fond-Zombi seinen altertümlichen Charme bewahrt hatte. An den Landestegen roch es gut nach Stockfisch und nach Rum, der in großen Speichern gelagert wurde, in die nur selten Sonne und Luft drangen.

In den nächsten Monaten verschlechterte sich Eulalies Gesundheit zusehends. Sie kam nur noch selten aus dem Bett und verbrachte viele Stunden auf ihrem Liegestuhl auf der Terrasse, blätterte zerstreut in Magazinen und Groschenheftchen.

Allerdings war ihre Gesundheit nie gut gewesen. Als Kind hatte Eulalie wahlweise Keuchhusten, Masern oder Windpocken, die weit verbreitet waren, aber auch seltenere Krankheiten wie Bronchitis, Lungen- oder Rippenfellentzündung. Mit zwölf wäre sie um ein Haar an Scharlach gestorben, einer Krankheit, die auf der Insel kaum vorkam, Gott weiß, wo sie sich das eingefangen hatte. Nachdem sie mit siebzehn Jahren Jean-Pierre kennengelernt hatte, wurde sie alle drei Monate ohnmächtig, bekam Blutungen und erlitt Fehlgeburten. Zu guter Letzt beunruhigte sie das. Sie ging zu dem alten Doktor Georgelin, der auch schon ihre Mutter und Großmutter behandelt hatte. Er veranlasste eine Reihe hoch komplizierter Untersuchungen und beorderte sie dann in seine Praxis. Dort eröffnete er ihr ernst: »Ich glaube, es wäre ratsam, ein Kind zu adoptieren, wenn Ihnen etwas daran liegt, am Leben zu bleiben.«

Jean-Pierre und sie nahmen sich den Ratschlag zu Herzen und besuchten die Don-Bosco-Stiftung und alle anderen Waisenhäuser. Doch sie konnten sich nicht entscheiden. Dieses Kind war zu weiß, jenes zu schwarz und ein drittes zu *coolie**. Sie waren verzweifelt, wussten nicht, was sie tun sollten, als Gott ihnen ein wunderbares Geschenk machte: An einem Ostersonntag kam Pascal zu ihnen.

Obwohl es ihr immer schlechter ging, blieb Eulalie guter Dinge und sprudelte wie immer vor Ideen und Projekten. Eines Abends beim Essen verkündete sie Jean-Pierre und Pascal überglücklich eine große Neuigkeit: Tina würde heiraten. Wer war Tina? Die Tochter von Marelle, einer Frau, die dreißig Jahre lang bei ihnen die Böden gewischt und gescheuert hatte. Tina war Pascals Spielkameradin gewesen, und die Ballandras hatten sie von einem pummeligen Kind zu einer charmanten und sehr attraktiven jungen Frau heranwachsen sehen.

Sie war Putzfrau, wie ihre Mutter vor ihr. Eulalie war sehr stolz darauf, dass Tina kirchlich heiraten würde.

Tatsächlich legte Milou, ein Straßenarbeiter, Wert darauf, ihr einen Ring an den Finger zu stecken wie einem Mädchen aus gutem Hause.

Eines Samstags begaben sich also Jean-Pierre, Eulalie und Pascal zur St.-Peter-und-Paul-Kathedrale. Nach der Trauung, im Hotel Amphitryon, brachten die Gäste einen Toast auf die Jungvermählten aus. Tinas zahlreiche Verwandten boten allen Becher mit einer Flüssigkeit an, die vom Champagner nur den Namen hatte.

Eulalie trank ein paar Schlucke und stöhnte: »Das schmeckt ja widerlich! Wir hätten ihr doch unter die Arme gegriffen, aber Tina bittet ja nie um Hilfe, genauso wenig wie Marelle.«

»Das ist doch ganz egal«, sagte Pascal, der sich über die ständige Nörgelei seiner Mutter ärgerte. »Hauptsache, alle freuen sich.«

Weiter ging es, und es drohte eine Katastrophe zu werden. So unfassbar es war, bei dem Hochzeitsmahl wurden tatsächlich unreife Avocados in Scheiben zusammen mit gewürfelten überreifen Papayas als Vorspeise serviert.

»Das kann ich nicht essen«, sagte Eulalie und schob ihren Teller weg. »Kannst du nichts unternehmen, Pascal?«

»Was denn?«, fragte der verdutzt.

»Woher soll ich das wissen. Denk doch nur an die Hochzeit zu Kana!«

Ärgerlich stand Pascal auf und ging draußen eine Zigarette rauchen, um sich zu beruhigen. Auf der Terrasse traf er Tina, die das Entladen eines Transporters voll mit unterschiedlichen Tabletts überwachte.

»Kann ich dir helfen?«, fragte er spontan.

»Wie denn? Geh rein, gleich wird der nächste Gang serviert.«

Der Rest der Mahlzeit war köstlich: Es gab ein Jamswurzel-Gratin, Brathühnchen mit Ingwersauce und zum Schluss ein Kokossorbet im Baisermantel. Sogar Moltony wurde angeboten, ein ursprünglich indisches Rezept mit Schweinefleisch und Linsen. Am besten schmeckte jedoch die Beilage: ausgezeichnete, wunderbar schmackhafte Hefezöpfe.

Von den vielen Brotsorten, die die hiesigen Bäcker im Angebot haben – Brioches, Roggenbrot, Baguettes, Kanubrote, Vollkornbrot –, ist Hefezopf die beliebteste. Was ist das Geheimnis? Keiner will es verraten. Der Teig ist jedenfalls weiß, dick und ausgesprochen köstlich. Um ihn zu backen, rollt man erst den Hefeteig und flicht ihn dann zu einem Zopf, den man in den Ofen schiebt und goldbraun bäckt.

Fragt sich nur, weshalb diejenigen, die Pascal im Gespräch mit Tina gesehen hatten, behaupteten, nach den wundersamen Fischzügen sei dies sein nächstes Wunder: die Vermehrung der Hefezöpfe. Die meisten aber leugneten, dass es sich überhaupt um ein Wunder handelte.

Denn nun muss von einem seltsamen Umschwung berichtet werden: Seit seiner mysteriösen Rückkehr hatte sich die öffentliche Meinung gegen ihn gewendet. Manche stellten Pascal glatt als Betrüger hin, als Zauberkünstler, der nichts anderes machte als einstudierte Tricks zum Besten zu geben. Die Vermehrung der Hefezöpfe? Was für ein Unsinn! In einem Viertel, das sie kannte wie ihre Westentasche, weil sie dort jede Menge Böden geschrubbt hatte, dürfte es Tina nicht an Freunden mangeln, die sie mit allem versorgen würden, was sie brauchte. Und Hefezöpfe waren eine Spezialität, die jeder Bäcker kannte.

Pascal war es ein Rätsel, wie er so tief hatte sinken können, von einer Ikone zu einer höchst umstrittenen Figur.

8 Nachdem ein Pärchen sich bei seinem Anblick zu Boden geworfen und um ein Haar einen Verkehrsunfall verursacht hatte,, beschloss Pascal, sein Leben endlich in die Hand zu nehmen. Auch wenn er seinen Vater nie gesehen und nie erfahren hatte, was der von ihm erwartete, lief es allem Anschein nach darauf hinaus, dass er für mehr Harmonie und Toleranz in der Welt sorgen sollte. Er gründete also einen Verein zum Zweck der Beschäftigung mit den großen revolutionären und religiösen Texten aller Kulturen und nannte ihn, Nietzsche zu Ehren, »Die fröhliche Wissenschaft«.

Leider fanden sich nur zwölf Mitglieder: zwei Arbeitslose, die jahrelang plündernd durch die Pariser Banlieues zogen, bevor sie ohne Job, aber mit großem Geschick im Umgang mit allen Formen von Gewalt in die Heimat zurückgekehrt waren, sowie zwei Obdachlose, die sich möglicherweise nur wegen des schicken Anzugs beteiligten, den Pascal ihnen kostenlos überließ. Die übrigen Anhänger setzten sich aus zornigen Arbeitern von »Le Bon Kaffé« zusammen, die sich ihrem abtrünnigen Personalchef angeschlossen hatten, einem gewissen Judas Éluthère.

Judas scherzte gern: »Habe ich nicht einen seltsamen Namen? Meine Mutter war einmal fünfzehn Jahre lang mit einem Mann zusammen, der ihr seinen ganzen Lohn gab und nachts immer zu Hause war. Der Traummann schlechthin! Dann stürzte er jedoch von einer Kokospalme, brach sich das Genick und starb. Und es stellte sich heraus, dass er auch im Nachbarort eine in Tränen aufgelöste Witwe hinterließ und einen Haufen Kinder obendrein. Wann war er bei dieser Frau gewesen? Wann hatte er ihr diese Kinder gemacht? Ein paar Jahre später wurde meine Mutter von ihrem zweiten Mann schwanger, ich wurde geboren, und sie gab mir, zur Erinnerung an diese Erfahrung, den Namen Judas.«

Judas Éluthère behauptete, Norbert Pacheco und seinesgleichen würden von der EU erhebliche Subventionen einstreichen, aber nur einen Bruchteil in Form von Lohn an die Mitarbeiter weitergeben. Dasselbe gelte für die betriebseigenen Wohnungen, die zu horrenden Preisen vermietet wurden und das meist an irgendwelche Leute, die nicht einmal für »Le Bon Kaffé« arbeiteten. Norbert Pacheco sei, versicherte er, eine Gefahr für die Allgemeinheit und ein erklärter Feind von Wohlstand und Harmonie im Land.

Besagter Judas Éluthère avancierte bald zu Pascals Liebling, worüber er sich selbst noch am meisten wunderte. Woher kamen seine Gefühle für ihn? Dazu muss man wissen, dass Judas Éluthère elegant und weltmännisch war und obendrein in seinen Leinenanzügen, die ihm fantastisch standen, immer gut gekleidet. Oft hörte man sein perlendes Lachen, und seine verhaltenen Gesten waren immer verführerisch. Pascal fragte sich, ob seine Anziehung zu ihm homoerotischer Natur war, wie er es aus der Vergangenheit kannte. Am Gymnasium hatte er jedenfalls eine Schwäche für gut gebaute, gut aussehende

Mitschüler gehabt, aber mehr war nie daraus geworden. Wenn Judas Éluthère in der Nähe war, bekam er Herzrasen. Ihm wurde heiß und kalt. Er konnte gar nicht genug davon bekommen, mit ihm zu reden oder ihn »Ich träumte von einem anderen Bund, und die Erde wäre rund« in seinem schönen Falsett singen zu hören.

Ein Unschuldsengel war Pascal nicht gerade, er hatte mit etlichen Frauen geschlafen und war ein paarmal Feuer und Flamme gewesen. Er hatte José oft bei seinen Streifzügen in Sachen Liebe begleitet, bis zu dem Tag, an dem er Maria traf und sein Leben sich radikal änderte.

Er lernte sie weder in der Kirche noch in der Kathedrale kennen, sondern rein zufällig, wie das so ist bei wichtigen Begegnungen. An einem Nachmittag bei großer Hitze – er machte draußen halb nackt Siesta – stürmte Maria, auf der Jagd nach einem ausgebüxten Huhn, in Josés Garten. Sie wohnte zwei Häuser weiter und züchtete Rassehühner, sogenannte Bata mit schwarz-weißem Gefieder, ausgezeichnete Kampfhähne, die in der Arena immer den Sieg davontrugen.

Maria hatte erst als Näherin gearbeitet, aber damit kam man hier auf keinen grünen Zweig, und sie hatte sich einem lukrativeren Gewerbe zugewandt: dem mit ihren weiblichen Reizen. Für sie war das ein Leichtes, denn sie war sehr hübsch, hatte einen samtigen, bernsteinfarbenen Teint, goldenes Haar und einen sinnlichen Mund. Pascal und Maria gefielen sich sofort, die Liebe schlug ein wie ein Blitz, wie man so sagt. Ab diesem Moment waren sie jede Nacht zusammen. Der Ehrlichkeit halber darf allerdings nicht unerwähnt bleiben, dass Maria ein gutes Dutzend Jahre älter war als Pascal. Sie war fünfunddreißig, er knapp zweiundzwanzig. Doch der Altersunterschied war nicht zu sehen, man hätte sie für zwei Turteltäubchen halten können, die aus demselben Nest gefallen sind.

Nachdem Pascal wieder zu seinen Eltern gezogen war, wollte Maria ihre alten Gewohnheiten nicht aufgeben und blieb einmal über Nacht bei ihrem Liebsten.

Am nächsten Morgen machte Eulalie ihrem Sohn beim Frühstück eine Szene. »Ich will diese Frau hier nicht mehr sehen!«, rief sie aufgebracht.

Pascal tat ganz unschuldig. »Was hat sie dir getan?«, wunderte er sich. »Sie hat dich doch höflich begrüßt? Hat sich besorgt nach deiner Gesundheit erkundigt, als du beim Fernsehen auf der Chaiselongue lagst, statt im Sessel zu sitzen wie jeder andere.«

»Ich erkenne Schlampen, wenn ich welche sehe«, schoss Eulalie wütend zurück. »Und ich sage dir, diese Frau kommt mir nicht mehr ins Haus.«

Das war der Tropfen, der das Fass zum Überlaufen brachte. Entschlossen, nie mehr zu seinen Eltern zurückzukehren, zog Pascal endgültig aus und kündigte beim »Garten Eden«, weil er eine Menge Geld gespart hatte.

Er beschloss, sich ein eigenes Haus zu kaufen, und wählte eines, zu dem Judas Éluthère ihm geraten hatte. Es war in Marais Salant, benannt nach der Gegend, in der früher Salzwiesen waren und wo man Zicklein weiden ließ, um sie zu mästen. Den Metzgern zufolge verlieh das Salz in dem zerfurchten Gelände ihrem Fleisch einen unvergleichlichen Geschmack.

Wäre Pascal neugieriger gewesen, hätte er Judas Éluthères Geschichten über die Mieterin eines vornehmen Hauses in der Nachbarschaft besser zugehört. Tatsächlich sah dieses Haus verlassen aus, weil die Bewohnerin, eine gewisse Fatima Deglas-Moretti, nie da war. Sie verbrachte sechs Monate im Jahr in Fez, in Marokko. Die Fenster und Türen waren immer geschlossen, es sei denn, zwei alte Hausangestellte, ein Mann und eine Frau, kamen zum Lüften. Das Erdgeschoss bestand aus einem großen, tristen Raum mit arabischen Inschriften an der Wand, der voller Stühle und Bänke stand. Freitags trafen sich vor allem Männer dort, aber auch einige Frauen, die ihren Kopf in dichten schwarzen Stoff hüllten, ein erstaunlicher Anblick in diesem Land, in dem kunstvolle Frisuren so wichtig waren. War das Haus ein Tempel? Eine Moschee?

Fatima Deglas-Morettis früherer Name war Maya, und sie war zum Islam konvertiert, nachdem sie Allah begegnet war. Unter welchen Umständen? Wäre Pascal neugieriger gewesen und hätte er die richtigen Fragen gestellt, hätte er das erfahren und wäre der Wahrheit, der er seit seiner Kindheit auf der Spur war, nähergekommen.

Er ließ sich also zusammen mit Maria in Marais Salant nieder. Wenige Tage später zog ihre Schwester Martha zu ihnen. Es hätte keine unterschiedlicheren Frauen geben können als diese beiden Schwestern. Maria war von morgens bis abends mit Schminken beschäftigt, sie puderte sich, trug grünen Lidschatten auf, tuschte sich die Wimpern, die ihren schönen mandelförmigen Augen Schatten spendeten, schwarz und bemalte ihren sinnlichen Mund mit rotem Lippenstift. Ihr liebster Zeitvertreib war es, ein Kleid nach dem anderen anzuprobieren, eine kurze Hose nach der anderen, ein Strandoutfit nach dem anderen. Martha dagegen vernachlässigte ihr Äußeres und lief immer verlottert herum. Fegen, staubsaugen und wischen, die Böden schrubben, Essen kochen und servieren – sie machte nichts anderes.

Dieser Gegensatz schockierte Pascal natürlich, der einmal Maria beiseitenahm und vorwurfsvoll fragte: »Kannst du deiner Schwester nicht helfen? Du überlässt ihr die ganze Arbeit im Haus und in der Küche.«

Maria warf den Kopf in den Nacken und lachte schallend. »Das ist ihr am liebsten: Sie macht sich gern nützlich oder besser gesagt unentbehrlich. Sie ist garantiert nicht der Meinung, dass es mir besser geht als ihr.«

Nach diesem Gespräch fand sich Pascal mit der Situation ab und hielt sich aus der Beziehung zwischen den beiden Schwestern heraus.

Der Ehrlichkeit halber muss gesagt werden, dass er sich nicht mehr so gut mit Maria verstand. Anscheinend ging er ihr auf die Nerven mit seinen Fragen nach seiner wahren Abstammung und dem Wunsch herauszufinden, wer seine leiblichen Eltern waren. Zu Anfang ihrer Beziehung war nie die Rede davon gewesen, doch nun nahm das Thema mehr und mehr Raum ein.

Maria zuckte nur die Schultern und fragte: »Was ist eigentlich dein Problem? Du hast Adoptiveltern, die dich lieben. Es spielt doch keine Rolle, ob sie dich gezeugt haben oder nicht, das sollte dir genügen.«

Pascal wurde bewusst, dass er nicht immer so gut gelaunt und sorglos war, wie sie es sich wünschte. Was wiederum daran lag, dass er im Lauf der Zeit immer unzufriedener mit seinem Leben geworden war.

9 Martha und Maria hatten einen viel jüngeren Bruder, Lazarus, der achtzehn Jahre alt war. Er hatte schütteres Haar, war klapperdürr, kränklich, von Schmerz gezeichnet. Dass er überhaupt noch am Leben war, hatte er nur der beständigen Pflege seiner beiden Schwestern zu verdanken, sowie der einer dritten Frau, Emma, einer Freundin, die man für seine Geliebte hätte halten können, wenn es nicht undenkbar gewesen wäre, mit jemandem wie Lazarus zu schlafen.

Aber worunter litt Lazarus eigentlich? Manche behaupteten, er hätte mit knapp drei das Denguefieber bekommen und die scheußliche Krankheit hätte ihm das Blut verdorben. Andere waren der Meinung, er sei in so schlechter Verfassung, weil er, um die ständigen Gliederschmerzen zu lindern, zu viel Eliacin rauche, eine Pflanze, die mit Cannabis verwandt war.

Trotz seines labilen Zustands war Lazarus ein großer Liebhaber des edlen Rhum Agricole und ging regelmäßig ins »Nostradamus«, eine Kneipe in Marais Salant. Pascal überließ dann oft Martha und Maria einer kitschigen brasilianischen Seifenoper im Fernsehen und begleitete ihn. In der Kneipe hing ein riesiges Plakat, ein Werk von Roro Maniga, dem Zwillingsbruder des Wirts, der in Indien studiert und sich mit den Religionen dieses Erdteils beschäftigt hatte. Er war ein bekannter Maler, und seine Bilder, eine explosive Mischung aus Blasphemie und religiösem Schnickschnack, waren sehr beliebt. Unter anderem hatte er eine Serie mit dem Titel »Die Jungfrau mit dem Kind« erschaffen. Auf den Leinwänden waren je eine Schwarze, eine Indigene, eine *chapé-coolie**, eine *chabine*, eine *câpresse*, eine *mulâtresse* und eine *octorone** zu sehen, die ein schönes schwarzes Kind auf dem Arm hielten.

Roro, der sich zum Trinken oft zu Pascal und Lazarus gesellte, wurde zu einem engen Freund der beiden. Er bekniete sie, sich bei Maria für ihn einzusetzen, weil er sie für ein Gemälde der »Mariä Verkündigung« posieren lassen wollte. Aber Maria, die gläubig war und ihre Erstkommunion und Firmung begangen hatte, ließ sich bitten.

Im »Nostradamus« dröhnten ununterbrochen Schlager aus der Jukebox. Manchmal war Lazarus nach seinem Kneipenbesuch so betrunken, dass er nicht mehr gerade gehen konnte und mehrere Männer ihn stützen und Fackeln vor ihm hertragen mussten, um den Weg zu beleuchten. »Irgendwann«, munkelten die Lästermäuler kopfschüttelnd, »wird er sich noch der Länge nach aufs Maul legen, und dann war es das mit ihm.« Aber nein, am nächsten Morgen um sechs wässerte Lazarus mit kräftigem Strahl die Blumen im Garten.

Dieses sorglose Dasein sollte bald ein Ende haben. Als Pascal und Maria, ermattet von einer langen Liebesnacht, noch schliefen, kam Martha eines Morgens zu ihnen und weckte sie. Sie war völlig aufgelöst. »Kommt schnell mit«, sagte sie, »Lazarus ist etwas Schreckliches zugestoßen.«

Rasch gingen Pascal und Maria nach unten. Sie fanden Lazarus auf dem Bett vor, mit geschlossenen Augen und offenem Mund. Er hatte aufgehört zu atmen. Als Pascal ihn berührte, schrak er zusammen, so kalt war Lazarus. Kalt wie der Tod. Martha und Maria schrien im Chor, während sich Pascal vergeblich bemühte, sie zu beruhigen.

»Seid unbesorgt«, sprach er, »er schläft bloß. Bald wird er wieder aufwachen. Glaubt mir, das wird er.«

Diese Worte kamen aus den geheimsten Winkeln seiner Seele, über die er keine Macht hatte. Leider schienen sie jedoch nicht der Wahrheit zu entsprechen, denn Lazarus lag Stunden später immer noch genauso reglos da wie eine Figur auf einer Grabplatte.

Kurz vor Mittag tauchte Madame Linceuil auf. Madame Linceuil war eine kleine Frau mit rötlichem Teint, die den Kindern Religionsunterricht gab und sämtliche Totengebete in- und auswendig kannte. Ihre Stimme war leidenschaftlich und hoch wie die eines afrikanischen Klageweibs.

Die Totenwache für Lazarus, der immer noch auf dem Bett lag, zog sich bis tief in die Nacht, und alle waren davon überzeugt, dass es endgültig aus war mit ihm.

Gegen Mitternacht erwachte er jedoch und setzte sich mühelos auf. »Was spielt ihr denn für ein Spiel? Ich habe Hunger, ich brauche eine ordentliche Mahlzeit und einen Kaffee. Aber bloß keine *kiololo*-Plörre!«

Lachend fielen sich Maria und Martha in die Arme. »Er hat Hunger, er will Kaffee!« Mit diesen Worten stürzten sie in die Küche.

Das Ereignis zog eine scharfe Kontroverse nach sich. Im ganzen Land erhitzten sich die Gemüter. »Pascal soll

Lazarus von den Toten wiedererweckt haben? Soll das ein Scherz sein?«, sagten die einen, während die anderen in Ehrfurcht vor ihm erstarrten. Pascal war also ein Gott. Aber was für ein Gott, fragten sich manche: der hochmütige Gott der Christen, dem wir es zu verdanken haben, dass die Menschheitsgeschichte in zwei Hälften geteilt ist, die vor und die nach? Allah, der autoritäre Gott, der jedes Bildnis seines Antlitzes verbietet? Buddha, der nach einem kleinen Rundgang durchs Leben die Krankheit, das Alter und den Tod entdeckt hat? Papa Legba, der kerzengerade an der Wegkreuzung steht? Sakpata, Göttin der Pocken?

»Es ist doch wohl eher anzunehmen«, meinten die Skeptiker, »dass Lazarus so viel Eliacin geraucht hat, dass er ins Koma gefallen und erst viele Stunden später wieder daraus erwacht ist!«

Bischof Altmayer, eben der, der Pascal getauft hatte, stieg auf seine Kanzel und prangerte von oben herab die blasphemischen Äußerungen an, die die Runde machten: »Ihr wisst doch wohl, dass Pascal der Adoptivsohn eines im ganzen Land bekannten Gärtners ist?«

Für Pascal wurde es zusehends schwieriger, sich in der Öffentlichkeit blicken zu lassen. Auf der Straße wurde er entweder mit einem bewundernden Lächeln begrüßt oder mit verächtlichen Blicken bedacht. Das Gerücht über das vermeintliche Wunder zog noch weitere Kreise und gelangte schließlich bis nach Kanada.

Ein Fernsehteam reiste an, um Jean-Pierre und Eulalie zu interviewen. Sie wären doch sicher die Richtigen, um sich über die Abstammung ihres Adoptivsohnes zu äußern? Jean-Pierre blieb sich treu und verweigerte jede

Antwort, Eulalie jedoch nutzte die Gelegenheit und spielte sich auf. Sie stolzierte vor der Kamera herum, warf sich in Pose, kokettierte. Sie kramte Erinnerungen aus.

»Jean-Pierre und ich«, verkündete sie, »waren fest entschlossen, ein Kind zu adoptieren. In einem Punkt konnten wir uns aber nicht einigen. Ich wollte einen Jungen, er ein Mädchen. Er hatte sogar schon einen Namen für sie: Anuschka, die Hauptperson eines Märchens, das er als Kind geliebt hatte.«

Am Ende des Interviews kam die Journalistin lächelnd zu diesem Schluss: »Ein Gott, wirklich? Betrachtet nicht jede Mutter ihren Sohn als Gott?«

Dazu fiel keinem der beiden, weder Eulalie noch Jean-Pierre, etwas ein. Die Journalistin hatte ins Schwarze getroffen, und alle zwischen Fond-Zombi und Porte Océane wiederholten ihre Frage.

Doch diese Kontroverse war nicht das Einzige, was Pascal zusetzte. Auch das, was sich in seinem Inneren abspielte, nahm ihn sehr mit. »Die Liebe ist ein Kind der Boheme, nie hat sie ein Gesetz gekannt«, heißt es in »Carmen« von Georges Bizet. Das ist traurig, aber leider wahr. Pascal merkte, dass er so gut wie nichts mehr für Maria empfand. Ihre Rundungen, die ihn früher verrückt gemacht hatten, ließen ihn jetzt kalt. Über alles, was sie machte, regte er sich auf, vor allem ihre Stimme fand er zu schrill, wenn sie ihn aus Spaß oder in vollem Ernst »Mein Gebieter« oder »Mein Gott« nannte.

Früher hatten sie vom Liebesspiel gar nicht genug bekommen können, hatten sich auf Matten im Garten gelegt und sich Seite an Seite von der Sonne liebkosen lassen. Wenn die Liebkosungen zu heiß wurden, hatten sie sich auf die Terrasse geflüchtet und sich zur Erfrischung Fruchtsäfte geteilt.

Jetzt aber ging Pascal sofort, nachdem er seinen Kaffee gekippt hatte, oben unters Dach, wo er sich ein Arbeitszimmer eingerichtet hatte. Er zog einen Notizblock zu sich heran und schrieb wie besessen los. In wenigen Wochen schwärzte er über hundert Seiten. Doch er war nicht zufrieden mit dem Ergebnis. In seinem Text mischten sich abgedroschene Theorien wie der Klassenkampf oder die Ausbeutung des Menschen durch den Menschen mit moderneren Gedanken wie den verheerenden Folgen der Globalisierung. Er konnte sich nicht dazu überwinden, sein Werk einem Verleger anzuvertrauen. Vor lauter Verzweiflung konnte er nachts nicht schlafen, und Maria, die ahnte, was in ihm vorging, erkundigte sich nach seiner Gesundheit.

10 Genau dann kam es unerwarteterweise zu einem tragischen Ereignis: Eulalie starb! Wie das Bam-bara-Sprichwort besagt: »Der Tod schlägt keinen Lärm«. Er kommt überraschend und holt sich den, der ihm gefällt. Eulalie hatte tagsüber wiederholt über Schmerzen in der Brust geklagt und sich früh ins Schlafzimmer zurückgezogen, ohne Jean-Pierre. Der gönnte sich wie jeden Abend einen kleinen Rum und zwei Zigaretten auf der Terrasse, als Pompette kam und an seinem Hosenbein zerrte. Das ärgerte ihn, aber nach einer Viertelstunde ging ihm auf, dass die Hündin ihm etwas zeigen wollte, und er folgte ihr ins Haus. Er fand Eulalie bewusstlos im Bett vor, mit Blut vor dem Mund. Er kam nicht einmal auf die Idee, einen Arzt zu rufen, sondern sank zu Boden und weinte bis zum Morgen, ehe er sich entschloss, Pascal anzurufen.

Denn außer ihm hatte Eulalie keine Familie. Ihre Eltern waren ein paar Jahre zuvor gestorben. Und Ingmar, ihr einziger Bruder, war mit einer Schwedin verheiratet und fand Jean-Pierre zu schwarz, um sich mit ihm abzugeben.

Ab acht Uhr morgens strömten die Nachbarn, die irgendwie Wind von der Sache bekommen hatten, zum »Garten Eden«. Überall wimmelte es von Menschen, auf der Terrasse und auf allen Wegen. Gegen neun tauchte das erste Grüppchen in Trauerkleidung auf, denn Eulalie war im Vorsitz unendlich vieler Wohltätigkeitsverbände gewesen, und die schlimme Neuigkeit hatte sich wie ein Lauffeuer in ganz Fond-Zombi verbreitet. Die unermüdliche Madame Linceuil, die um Punkt zehn Uhr aufkreuzte, gab den Takt an und dirigierte den Chor der Untröstlichen:

Näher, mein Gott, zu dir,
Näher zu dir.
Drückt mich auch Kummer hier,
drohet man mir,
soll doch trotz Kreuz und Pein
dies meine Losung sein.

Mittlerweile waren auch viele Geistliche gekommen, das große Wohnzimmer war voller weinender Menschen. Bis zum Abend waren die Trauergäste von überallher zur Totenwache herbeigeströmt, die einen zu Fuß, die anderen mit dem Motorroller oder dem Auto. Einige Gemeinden stellten ihren Einwohnern sogar kostenlos Busse zur Verfügung.

Jean-Pierres Kummer war unermesslich. Wieder und wieder schweiften seine Gedanken zu der glücklichen Zeit, als Eulalie noch lebte. Er war noch keine zwanzig, als er sie bei einer Tanzveranstaltung in einer der Pfarrgemeinden von Fond-Zombi kennengelernt hatte. Wie schön sie damals war, mit sechzehn Jahren, wie sie ihr blondes Haar mit einer Hand zurückgehalten und mit der anderen ihren langen, weiten Rock hochgehoben und ihre wohlgeformten Beine gezeigt hatte! Die Jungen hatten

Schlange gestanden, um mit ihr zu tanzen, doch sie hatte nur Augen für einen gehabt. Bei Eulalie und Jean-Pierre war es Liebe auf den ersten Blick gewesen.

Als er ihren Eltern mitteilte, dass er ernste Absichten hatte, und um ihre Hand bat, wollte die Familie wegen seiner kohlrabenschwarzen Haut nichts von ihm wissen. Das junge Paar lief davon und ließ sich auf einem kleinen Stück Land nieder, das Jean-Pierre einem bankrotten Gärtner zu einem Spottpreis abgekauft hatte. In den ersten Jahren baute er, ehrlich gesagt, im »Garten Eden« bloß Sträucher an, die zwar dekorativ waren, aber nur wenig Pflege und Wasser brauchten: Goldtrompeten, Drachenblutbäume, gelbe und rote Pfauensträucher.

So strahlend das Lächeln der jungen Frau war, so finster waren die Monatsenden des Paars. Zum Geniestreich kam es erst ein paar Jahre später, als eine Herde Zicklein oder Rinder, man weiß es nicht, Tiere jedenfalls, die dort nichts zu suchen hatten, die Gewächshäuser der bescheidenen Baumschule, die der »Garten Eden« damals war, verwüsteten. Statt den Verlust zu beklagen, kam Jean-Pierre auf die Idee, die beschädigten Sträucher zu veredeln, und erschuf so die Cayenne-Rose. Ab diesem Moment floss das Geld in Strömen, und Eulalies Familie willigte in eine Liebe ein, für die sie bisher nur Verachtung übriggehabt hatte. Ausgelassen, mit großem Tamtam und guter Laune wurde Hochzeit gefeiert.

Doch so groß Jean-Pierres Kummer war, dem Vergleich mit Pascals konnte er nicht standhalten. Pascal musste sich bei Maria unterhaken, um zum »Garten Eden« zu gehen, weil seine Beine ihn nicht mehr trugen. Er hatte das Gefühl, gleich in Ohnmacht zu fallen. Der Schmerz wurde noch von seinen Schuldgefühlen gesteigert, die ihm diese herzzerreißende Maske aufs Gesicht gezaubert hatte. Er machte sich Vorwürfe, kein guter Sohn gewesen zu sein. Er war den Gefühlen der Verstorbenen für ihn nicht gewachsen gewesen.

Vor allem ihr letztes Gespräch belastete ihn. Es hatte sich an einem Sonntagnachmittag zugetragen, als Eulalie in ihrem Schlafzimmer ruhte. Türen und Fenster standen weit offen, um die Wärme der Sonne hereinzulassen, weil ihr ständig kalt war.

Sie hatte seine Fragen über ihre Gesundheit abgewimmelt, ihm in die Augen gesehen und gesagt: »Weißt du, worüber ich mich wirklich freuen würde?« Als er den Kopf schüttelte, fuhr sie fort: »Ein kleines Kind. Ich wünsche mir ein Enkelchen, bevor ich gehe.«

Schroff hatte er gesagt: »Ein Kind, wie soll das gehen? Du hast nur Hass und Verachtung für die Frau übrig, mit der ich zusammenlebe, und trotzdem wünschst du dir einen Enkel von ihr?«

Eulalie ließ sich nicht unterkriegen. »Als Mutter deiner Kinder ist sie nicht so gut geeignet«, sagte sie, »das musst du doch zugeben.«

Darauf hatte er geschrien: »Das sehen nicht alle so. Roro Maniga, du weißt doch, wer Roro Maniga ist, der berühmte Maler. Der will ein Porträt von ihr malen, so reizend findet er sie!« Und mit diesen Worten war er davongestürmt.

Unterdessen mangelte es nicht an Lästermäulern: eben diejenigen, die bisher auf Pascals Seite gestanden hatten, wandten sich nun gegen ihn. Lazarus hätte er also von den Toten wiedererweckt, und jetzt bringe er es nicht einmal fertig, seine eigene Mutter zu retten! Hatte er denn kein Herz? Judas Éluthère sah sich gezwungen, ein halbes Dutzend Individuen, die diese Ansicht vertraten, zu vermöbeln.

Ohne so weit gehen zu wollen, zu behaupten, Totenwachen wären nur ein Vorwand, um sich kostenlos den Bauch vollzuschlagen, aber es finden sich doch immer einige, die sich in eine Ecke verziehen, einen Rum nach dem anderen kippen, ein frittiertes Fischbällchen nach dem anderen verputzen, und wenn es keinen Eintopf gibt, keine köstliche Mischung aus Pot-au-feu, Bischofsmützenkürbis und kräftig mit Knoblauch und Petersilie gewürzten Möhren, dann ist es keine echte Totenwache. Diesen Eintopf kochte Tina in jener Nacht, in Tränen aufgelöst, weil sie darauf bestand, ihrer zweiten Mutter, wie sie Eulalie nannte, ihre Zuneigung zu zeigen. Es war mehr als genug für alle da. Doch Tina war sich nicht bewusst, dass sie damit unfreiwillig Wasser auf die Mühlen derer goss, die behaupteten, Pascals Wunder bei ihrer Hochzeit, die sogenannte Vermehrung der Hefezöpfe, wäre leeres Gerede gewesen.

Nach dem Eintopf ertönte bis zum Morgen, als der Himmel sich langsam wieder golden färbte, ein Crescendo von Kirchenliedern und frommen Gesängen, auch diesmal unter der Leitung von Madame Linceuil.

11 Eulalies Beerdigung, die am frühen Nachmittag stattfand, sollte Aufsehen erregen. Deshalb zerstreute sich die Gesellschaft schon am Morgen, denn der Friedhof von Briscaille war weit entfernt. Um hinzukommen, musste man in Richtung Porte Océane fahren, bis zur Ortschaft Vauban. Dort ging es an einer Weggabelung nach links, einen Hang hinauf und über eine klapprige Brücke über die »Bains Jaunes«, einer bei Hautkrankheiten heilsamen Schwefelquelle.

Eine Luxuslimousine reihte sich an die andere, alle, die es ermöglichen konnten, wollten persönlich ihr Beileid aussprechen. An der Spitze der Prozession, in dem mit Fotos der Verstorbenen gespickten Leichenwagen, saßen Jean-Pierre und Pascal rechts und links von Eulalies Sarg, der über und über mit Kränzen bedeckt war. Ein Foto stach heraus. Es zeigte die strahlend schöne Eulalie, die ihren neugeborenen Sohn in den Armen hielt.

Bei aller Traurigkeit fragte Pascal sich trotzdem, ob die Tatsache, dass er bei Eulalie war, nicht dazu beitrug, eine Lüge aufrechtzuerhalten. Sie war schließlich nicht seine leibliche Mutter. Eine andere hatte ihn gelehrt, ihre Herzschläge zu erkennen und den Klang ihrer Stimme zu unterscheiden, als er in ihrem Bauch war. Wo versteckte sie sich? An wie viele Türen müsste er noch klopfen, um sie zu finden? Wie würde sie ihn empfangen? Diese Fragen quälten ihn.

In den Tourismusbroschüren stand, der Friedhof von Briscaille, der aus dem 19. Jahrhundert stammte, sei der schönste im ganzen Land. Und tatsächlich boten die schwarz-weiß gefliesten Gräber vor dem Hintergrund des blauen Himmels einen erstaunlichen Anblick. Weil der Friedhof oben auf einem Hügel lag, passte er sich seiner Form an.

Die Gruft der Familie Ballandra ähnelte einer chinesischen Pagode. Im ersten Stock stapelten sich Särge diverser Angehöriger, das Erdgeschoss war als Musiksaal eingerichtet. Gleich nach ihrer Ankunft ließ sich eine Gruppe von Musikern auf den bereitstehenden Stühlen nieder, und jeder griff zu seinem Instrument: Geige, Violoncello, Flöte, Mundharmonika, sogar eine Ukulele, die ein alter Freund von Eulalie mitgebracht hatte. Sie spielten ihr Lieblingsstück, das »Requiem« von Dvořák. Anschließend hielt Bischof Altmayer eine Predigt, die niemanden unberührt ließ. Der Bischof, dem Tränen in den Augen standen, erinnerte an den ungewöhnlichen Charakter der Verstorbenen und sprach von einem herben Verlust für die Insel.

Am Ende der Zeremonie stand die Sonne in einer Ecke des Himmels, den sie mit blutroten Spuren überzogen hatte. Endlich kam eine frische Meeresbrise auf und strich über die Pflanzen um die Gräber. Alle drängten sich auf den Friedhofswegen, die Trauergesellschaft strebte zum Ausgang.

Pascal fand sich in einer kleinen Gruppe von Trauergästen wieder, die ihm ihr Beileid bekunden wollten. Auch eine elegante junge Frau kam auf ihn zu, sie trug einen roten Hut, eine unter diesen Umständen unglückliche Farbwahl.

Sie nahm seine Hand, murmelte: »Ihre Mutter war allen Frauen ein Vorbild, lieber Bruder. Wann beehren Sie mich mit Ihrem Besuch?«

Maria hinderte ihn daran, zu antworten, und Judas Éluthère nahm die Visitenkarte an sich, die die junge Frau ihm geben wollte.

»Weißt du denn nicht, wer sie ist?«, flüsterte er Pascal zu, der sich über sein hartes Vorgehen wunderte. »Das ist Estelle Romarin, die bekannteste Nutte im ganzen Land. Sie kommt frisch aus Paris zurück, wo sie sich durch die Betten der hohen Tiere geschlafen hat, um sich Vorteile zu verschaffen. Sie ist gerade zu unserer neuen Staatssekretärin für die Rechte der Bedürftigen ernannt worden.«

Leise und abwesend sagte Pascal: »Wer unter euch ohne Sünde ist, schmähe sie als Erster!«

Judas Éluthère, der sich an Pascals mysteriöse Sprüche gewöhnt hatte, schwieg. Ohnehin zerstreuten sich alle und stiegen in ihre Wagen.

Die erste Nacht, die Nacht, die auf die Bestattung folgt, ist immer die schwierigste, denn alle Gedanken sind bei dem, den man allein in seiner letzten Ruhestätte zurückgelassen hat. Wie würde es ihm in seiner Ewigkeit ergehen? Egal, wie viel Kaffee Martha und Maria ausschenkten, wie viele Schachteln rosaköpfige Kokosplätzchen sie kredenzten, der Kummer lastete schwer auf allen, die sich in Marais Salant versammelt hatten.

Um sich aufzuheitern, machte sich Pascal zusammen mit Lazarus, Judas Éluthère und einigen anderen Freunden auf den Weg zur Bar »Nostradamus«. Dort herrschte Feierstimmung, denn wie es in Prediger heißt: »Klagen hat seine Zeit, und Tanzen hat seine Zeit«. Dirigiert von einem weißhaarigen langen Lulatsch in buntem Lendenschurz, bliesen vier Kleinwüchsige die Blockflöte, während zwei weitere im Takt auf einer Gwo-ka trommelten. Die Pichler würdigten die Darbietung der Karnevalsfiguren mit lautem Applaus, und man war meilenweit von der drückenden Stimmung entfernt, die im »Garten Eden« und später auf dem Friedhof von Briscaille geherrscht hatte.

12 Nicht lange danach, während er vergeblich versuchte, über Eulalies Tod hinwegzukommen, blieb eines Tages in aller Frühe der Briefträger, ein dicklicher kleiner Mann, der fast aus seiner gestreiften Uniform platzte, in seinem gelben Postwagen vor Pascals Haus stehen und holte ihn quasi aus dem Bett. Er übergab ihm einen Brief, der Absender war »Le Bon Kaffé«. Pascal öffnete ihn, stellte fest, dass ein gewisser David Druot ihn unterschrieben hatte, zusammen mit Judas Éluthère, beides Personalvertreter. Sie luden ihn nach Sagalin ein, zum Stammsitz des Unternehmens, aber ohne ihm den Grund für ihre Einladung zu nennen.

Wenige Minuten später kam Maria mit zerzaustem Haar und Schlaf in den Augen zu ihm ins Arbeitszimmer, in dem er trotz der frühen Stunde schon am Computer saß. Er zeigte ihr den Brief.

»Geh nicht hin«, riet sie ihm, nachdem sie den Brief gelesen hatte, »halt dich da raus, ich hatte heute Nacht einen schlimmen Traum. Ich habe gesehen, dass dir etwas zustoßen wird, ich weiß zwar nicht was, aber mein Traum macht mir Angst. Außerdem ist der Brief nicht mal von Monsieur Pacheco unterschrieben, dabei ist das doch der Chef, oder?«

Das war ihm zwar auch aufgefallen, aber Pascal war fest entschlossen, Marias Einwände zu ignorieren, zumal unbedingt etwas passieren musste, denn sein Leben behagte ihm immer weniger. Es war voller müßiger Diskussionen, voller Worte und Taten, über die er keine Kontrolle hatte, es engte ihn ein. Immer mehr Menschen sagten, sie würden nicht an seine Wunder glauben, andere behaupteten im Gegenteil, er sei wirklich der Sohn Gottes, schwiegen sich aber darüber aus, von welchem Gott sie sprachen.

Am Montag darauf kam er David Druots und Judas Éluthères Einladung nach, schwang sich auf seinen Motorroller und fuhr Richtung Sagalin. Es war noch sehr früh am Morgen. Das Vieh, das die Nächte im Stall verbrachte, brüllte ohne Unterlass. Die Kühe warteten auf die Melkzeit und muhten, um endlich von ihren milchschweren Eutern befreit zu werden. Das Wetter, das in Marais Salant noch schlecht gewesen war, besserte sich zusehends. Kreisrunde weiße Wolken spazierten über den Himmel. Eine sanfte Brise zerzauste die Jacarandas, die die Goldpflaumenbäume am Straßenrand ersetzt hatten, und ließ ihre blauen Blüten auf den Asphalt regnen.

Pascal, der noch nichts gegessen hatte, hielt in Octavia an und ging in ein Lokal, das nach nichts aussah, in dem aber für wenig Geld ein traditionelles Frühstück serviert wurde. Bei seinem Anblick kniete der Wirt, ein Koloss mit schütterem Haar, nieder und rief: »Du! Ich bin es nicht wert, dass du unter mein Dach einkehrst, aber sprich nur ein Wort, so wird meine Seele gesund.« Barsch zwang ihn Pascal aufzustehen und hätte um ein Haar kehrtgemacht, so aufdringlich fand er diese Begrüßung. Das wäre jedoch ein großer Fehler gewesen, denn das Frühstück aus Bücklingssalat mit Avocado und Maniokmehl war hervorragend.

Bis Pascal in Sagalin ankam, war das Wetter sagenhaft schön und der Himmel tiefblau wie auf einem Kinderbild. Das Örtchen Sagalin, Sitz eines wichtigen Unternehmens, war zwar wohlhabend, aber hässlich und sogar schmutzig. Makakenrudel aus dem nahe liegenden Wald und Straßenhunde, die aus unerklärlichen Gründen dort besonders zahlreich waren, kackten die Straßen voll.

Und doch hatte hier alles seinen Anfang genommen. Vor etwa fünfzig Jahren hatte ein gewisser Ti-Maurice auf dem guten Stück Land, das er von seinem Vater geerbt hatte, Kaffee angebaut. Er tat sich mit Mariette zusammen, die die »Bar des Deux Amis« betrieb und auf die sagenhafte Idee kam, den Kaffee unter dem Namen Aroma Divina in ihrem Ausschank anzubieten. Arbeitsscheu waren sie beide nicht. Vor dem Morgengrauen schon auf den Beinen, spätabends erst im Bett, pflanzten sie Kaffeesträucher, jäteten Unkraut, düngten, gossen, trockneten auf dem Wellblech die Kaffeebohnen, die sie anschließend selbst rösteten.

Schon bald lachte ihnen der Erfolg. Sagalin wurde zu einem obligatorischen Halt auf dem Weg nach Porte Océane, und der gute Ruf des Kaffees zog immer größere Kreise. Verlockt von der Aussicht auf das große Geld, kaufte die Regierung Ti-Maurice sein Land ab, vergrößerte den Betrieb und verstaatlichte ihn. Das war die Geburtsstunde von »Le Bon Kaffé«. Nicht lange danach war es das erfolgreichste Unternehmen der Insel, und Ti-Maurice und seine Frau, die gut am Verkauf verdient hatten, ließen es sich auf ihre alten Tage in Frankreich gut gehen.

Der Sitz des Unternehmens war von einer meterhohen weißen, mit dampfenden Kaffeetassen bemalten Mauer umgeben. Pascal stieg vom Roller ab, wobei er um ein Haar auf einem Makakenhaufen ausgerutscht wäre, und drückte auf die Klingel. Nach einer Weile öffnete sich die Schiebetür, und er fand sich in einer Eingangshalle zwischen Verkaufsständern wieder, in denen die unterschiedlichsten Broschüren steckten. In einer Ecke saß eine Frau an einem Tisch. Nachdem sie sich seinen Brief angesehen hatte, blaffte sie mit starkem spanischem Akzent ein paar Worte in ein Telefon, das neben ihr stand. Wo sie wohl herkommt?, fragte sich Pascal.

Obwohl die Insel klein war, spiegelte sie die ganze Welt wider. Die unterschiedlichsten Menschen lebten dort zusammen, sie sprachen alle Sprachen der Erde und kamen aus den entferntesten Ländern Afrikas oder der Südsee. Wie sollte es Pascal gelingen, den Auftrag seines Vaters zu erfüllen und den Baum der Harmonie und Toleranz zu pflanzen? Ein bedrückender Gedanke, doch gleich darauf wurde er von einer Welle der Ermutigung erfasst: Schließlich war er bei »Le Bon Kaffé«! Vielleicht würde die heiß ersehnte Veränderung hier ihren Lauf nehmen?

Nach wenigen Minuten trat ein Mann aus einem Gang, nahm ihm ebenfalls den Brief aus der Hand, überflog ihn und sagte mit einem Lächeln: »Wenn Sie mir bitte folgen würden, ich bringe Sie zu Trakt H. Sie werden von den Personalvertretern erwartet.« Pascal kam der Bitte nach.

Beide Männer traten ins Freie und entfernten sich vom Eingang.

In seinem ganzen Leben war Pascal nie in einer Kaffeeplantage gewesen. Nur wenig Licht drang durch die biegsamen Sträucher mit den großen glänzenden Blättern hindurch, unten am Boden war es dämmrig. Neugierig musterte er die kleinen mehrfarbigen Früchte, mit deren Ernte Millionen verdient wurden, denn der Kaffee aus Sagalin war börsennotiert und konnte mit dem Arabica, dem Robusta und sogar dem jamaikanischen Blue Mountain mithalten. Der Wind wehte, und oben, ganz hoch oben, spielte die Sonne Verstecken.

David Druot und Judas Éluthère erwarteten ihn in einem Arbeitszimmer, in dem sich eine riesige Bibliothek mit Büchern in allen Sprachen befand. An den Wänden hingen Porträts von Monsieur Pacheco und zwei anderen adretten Männern in den Fünfzigern. David Druot und Judas Éluthère sahen sich ähnlich: Sie trugen dieselbe Frisur, waren beide gleichermaßen elegant und anmutig.

David Druot kam direkt zur Sache. »In den letzten Monaten«, sagte er, »haben achtzehn Mitarbeiter Selbstmord begangen, fünfzig weitere haben die Arbeit eingestellt, ohne vorher zu kündigen. Die übrigen ziehen jede Woche im ganzen Land durch die Straßen, und das wirkt sich verheerend aus. Tausend Menschen sind bis zum heutigen Tag festgenommen worden. Das kann so nicht weitergehen. Wir haben Norbert Pachecos Abwesenheit genutzt, um uns an Sie zu wenden. Monsieur Pacheco ist fest entschlossen, sich jeglichen Reformversuchen entgegenzustemmen. Im Moment ist er im Urlaub. Anschließend fliegt er nach Japan.«

»Nach Japan!«, staunte Pascal.

»Ja«, sagte David Druot. »Da haben wir gerade eine Zweigstelle eröffnet, die sehr gut läuft. Unsere Forscher haben eine Kaffeesorte erfunden, Le Petit Kaffé, die auf der ganzen Welt Furore macht. Monsieur Pacheco bleibt den Rest des Jahres weg. Wir hoffen, in der Zwischenzeit alles in die Wege leiten zu können, damit sich die Lage bessert und zu guter Letzt wieder ein gutes Miteinander im Betrieb herrscht.«

Auf diese Worte hin summte Judas Éluthère spöttisch die ersten Zeilen seines Lieblingslieds »Ich träumte von einem anderen Bund, und die Erde wäre rund«.

Es gelang ihnen, Pascal zu überzeugen. Die drei Männer verständigten sich darauf, dass er zweimal wöchentlich in den Betrieb käme, um gemeinsam mit den Mitarbeitern Lösungen für die Dinge zu erarbeiten, die diesen inakzeptabel schienen. Sie besiegelten ihren Pakt mit einer Tasse Aroma Divina, die ihnen eine freundliche junge Frau brachte.

Auf Pascal kam eine sehr bewegte Zeit zu, ausgefüllt mit den unterschiedlichsten Aktivitäten. Ein ganz neues Gefühl hatte sich seiner bemächtigt, und er brachte viele Stunden mit der Vorbereitung seiner Lehrveranstaltungen zu. Endlich nahm er die Dinge in die Hand, endlich kam er seinem Ziel näher und schlug Mittel und Wege vor, um die Welt zu reformieren, indem er jede Form von Egoismus ablehnte.

Man muss jedoch zugeben, dass er nicht besonders gut auf seine Aufgabe vorbereitet war. Die ständigen Reportagen über die Versammlungen wütender Mitarbeiter im Radio und im Fernsehen hatten ihn glauben lassen, dass die Mehrheit bei »Le Bon Kaffé« unzufrieden und rebellisch war. Zu seiner Überraschung war dem nicht so. Ein Großteil des Personals lehnte jede Veränderung ab. Und so verwandelten sich die Treffen bald schon in einen wahren Hexenkessel, wo Streit entbrannte und Fanatiker verschiedener Couleur aufeinanderprallten. Das störte ihn allerdings nicht weiter, denn eine gute Streitkultur war seiner Meinung nach unabdingbar für die Suche nach Erkenntnis und Wahrheit.

Bereichert und gestärkt von dieser neuen Erfahrung, überarbeitete er die Pamphlete, die er zwar geschrieben, aber nie veröffentlicht hatte. Ihm schwirrte der Kopf, in ihm brannte ein Feuer. Seine Lehrveranstaltungen waren bald über »Le Bon Kaffé« hinaus bekannt und wurden zum allgemeinen Gesprächsstoff.

Der Sohn Gottes mochte Pascal vielleicht nicht sein, aber ein Unruhestifter war er bestimmt.

13 Das Arbeitszimmer, ein winziger Raum, dessen einziger Vorzug der Blick auf den schönen grünen Garten war, wurde zu Pascals Zufluchtsort. Stunde um Stunde verbrachte er dort, dachte nach, sammelte Ideen, schrieb und überarbeitete, was ihm nicht gefiel. Zweimal täglich erschien er schweigsam und verstockt im Esszimmer, nur um die köstlichen Mahlzeiten, die Martha zubereitete, hinunterzuschlingen. Manchmal verbrachte er die Nächte unter einer orangefarbenen Decke auf dem Sofa.

Er ließ die Tür offen, weil es so heiß war, wachte in aller Frühe auf und sah dem tödlichen Duell zu, das sich die Nacht täglich mit dem Morgen lieferte. Allmählich brach der Tag an, und die Sonne reckte ihre strahlende Scheibe immer höher in den Himmel. *General Sonne*: Das Buch hatte er mit etwa zwölf Jahren gelesen. An den Namen des Autors konnte er sich nicht erinnern, aber er hatte nicht vergessen, wie er in die heftige, sengende Realität Haitis abgetaucht war.

Eines Abends, als er am Schreibtisch vor sich hin döste, trat Judas Éluthère ein, mit dem wichtigtuerischen Ausdruck aller, die eine umwerfende Neuigkeit haben. »Du schuftest ja immer noch!«, rief er. »Maria beklagt sich schon, dass du zu viel arbeitest.«

Pascal winkte ungeduldig ab, und ohne weiter darauf einzugehen, setzte sich Judas ihm gegenüber an den Schreibtisch. »Schon gut«, sagte er, »ich bin nicht gekommen, um mit dir über Maria zu sprechen. Was zwischen euch beiden läuft, geht niemanden etwas an. Ich bin hier, um dir von einer ganz anderen Frau zu erzählen, einer, die eine wichtige Rolle in deinem Leben gespielt hat.«

»Eine wichtige Rolle?«, wiederholte Pascal erstaunt. »Ich habe doch nur wenige Frauen gekannt, nur Eulalie und ein paar Freundinnen.«

»Ich weiß, ich weiß«, sagte Judas Éluthère, »du kennst sie noch nicht. Sie wollte heute Abend mit zu dir kommen, aber ich fand es besser, wenn ich dir die Sache vorher erkläre: Du wirst endlich deine Mutter kennenlernen.«

Pascal war sprachlos. »Meine Mutter? Was erzählst du da?«

»Sperr die Ohren auf und hör mir zu. Es ist eine lange Geschichte. Deine Mutter heißt Maya Moretti. Sie ist vor ein paar Jahren zum Islam konvertiert und trägt seither den Vornamen Fatima.«

»Was ist das denn für eine Geschichte?«

»Immer mit der Ruhe«, entgegnete Judas und erzählte ihm dann Folgendes: »Vor rund fünfzig Jahren waren Ti-Jean Moretti und seine Frau Nirva die glücklichsten Menschen der Welt. Ihr erstes Kind war geboren worden, ein Mädchen, und sie nannten es Maya. Das Kind war ein Juwel, eine makellose Blüte, ein Goldstück, es ließ die ganze Umgebung mit ihrer Anmut und Schönheit erstrahlen. Aber sie war nicht nur hübsch. Obwohl die beiden kaum lesen und schreiben konnten – Ti-Jean machte für die Firma Immedia Schwimmbäder sauber, seine Frau Nirva ging putzen –, war Maya in der Schule von Anfang an Klassenbeste – Französisch, Mathematik, die Naturwissenschaften, alles flog ihr zu.

Zu ihrem vierzehnten Geburtstag lieh sich Ti-Jean Geld und kaufte ihr eine schöne Gliederkette, und Nirva schenkte ihr einen Armreif. Zu ihrem sechzehnten Geburtstag, nachdem sie das Abitur mit »sehr gut« bestanden hatte, legten ihre stolzen Eltern, die beide keinen Schulabschluss hatten, zusammen und buchten ihr eine Kabine erster Klasse für die Jungfernfahrt des Kreuzfahrtschiffs *Empress of the Sea*, das von einer Insel in der Karibik zur nächsten fahren sollte. Ein Geschenk, das wohlhabender Eltern würdig gewesen wäre.

Leider hatte das Geschenk nicht die erhoffte Wirkung. Nach der Reise änderte sich Maya vollkommen, ihr bisher so einnehmendes Wesen verfinsterte sich. Sie traf sich mit niemandem mehr und blieb stundenlang allein in ihrem Zimmer hocken.

Zur selben Zeit starb Ti-Jean, er erstickte beim Saubermachen eines Schwimmbads im Skimmer. Mayas verändertes Verhalten wurde dem schrecklichen Unfall angelastet, doch niemand fand die Erklärung wirklich befriedigend.

Als sie ein großzügiges staatliches Stipendium bekam, um in Paris zu studieren, nahm Maya ihre alte Mutter an Bord der *Normandie* mit, denn sie konnte sie nicht allein zurücklassen. In Savigny-sur-Orge, in der Pariser Banlieue, zogen die beiden in eine nicht sehr schöne, aber praktische kleine Wohnung. Nirva fand sofort Haushalte, bei denen sie putzen gehen konnte, während Maya sich für ein Studium der Kinder- und Jugendpsychiatrie einschrieb. Das war ein schwieriges Fach, doch sie ließ sich nicht unterkriegen, es schien ihre Berufung zu sein: die Traumata der Allerkleinsten zu entdecken und zu heilen.

Als sie zweiundzwanzig war, lernte sie einen jungen Marokkaner kennen, Ahmed-Ali Roussy, einen begnadeten Filmregisseur. Beim Filmfestival von Cannes hatte er mit einem Dokumentarfilm über die Banlieue-Kinder von sich reden gemacht. Maya und Ahmed verliebten sich auf den ersten Blick. Seinetwegen konvertierte sie zum Islam und nahm den Vornamen Fatima an. Man sah sie wieder lächeln, hörte sie wieder lachen, beide schienen in Glück zu baden. Nachdem sie zwei Jahre zusammengelebt hatten, verschwand Ahmed-Ali jedoch eines Abends. Sie wartete die ganze Nacht auf ihn, rief am nächsten Morgen seine Freunde und Bekannten an. Keiner konnte ihr weiterhelfen. Nach tagelanger Verzweiflung ging sie schließlich zur Polizei und klagte dort ihr Leid. Auf der Wache traf sie auf leisen Spott. Ob der, den sie suchte, ihr Mann wäre, hieß es, oder sonst vielleicht ihr Verlobter? In welcher Beziehung stünden sie denn zueinander?

Die Monate verstrichen, und Ahmed-Ali tauchte nicht wieder auf. Maya wälzte die immer gleichen Gedanken und gab schließlich auf. Sicher war er in eines der gesetzlosen Länder aufgebrochen, in denen Menschenleben am seidenen Faden hingen.«

»Faszinierend!«, sagte Pascal spöttisch, als Judas fertig war. »Aber wie kommst du darauf, dass sie meine Mutter ist?«

»Sie hat es mir selbst gesagt. Auf der *Empress of the Sea* hat sie einen reichen jungen Brasilianer kennengelernt, Corazón Tejara. Als sie merkte, dass sie schwanger war, hat sie ihm immer wieder geschrieben, um es ihm zu sagen, aber er hat auf keine ihrer vielen Nachrichten reagiert. Und weil er sich in Schweigen hüllte, war sie gezwungen, ihren neugeborenen Sohn in einem Schuppen hinten im Garten der Ballandras zurückzulassen. Aber plötzlich, Monate später, meldete sich Corazón doch und forderte den Sohn ein, den sie hatte loswerden müssen. Und dieser Sohn, das bist du. Seit vorgestern ist sie aus Fez zurück, wo sie sechs Monate im Jahr verbringt. Lass uns zu ihr gehen, sie lebt genau gegenüber und kann dir die Geschichte, die ich dir gerade erzählt habe, bestimmt besser erklären.«

Beide gingen die Treppe hinunter, Pascal kam sich vor wie in einem Traum, aus dem er im nächsten Moment erwachen würde. Sie durchquerten den in Dunkelheit getauchten Garten. Es war nichts zu hören außer den Schlägen einer Gwo-ka in der Ferne, wie die Schläge eines rasenden Herzens.

Im Erdgeschoss von Fatimas Haus, in der trotz der späten Stunde weit offenen Küche, tranken zwei alte Hausangestellte ein Gläschen Anisette. »Sie werden im Wohnzimmer erwartet«, sagte der Mann. Pascal und Judas eilten die Treppe hinauf.

Eine hübsche Frau um die fünfzig erwartete sie in einem geschmackvoll möblierten Raum mit großen Gemälden an den Wänden. Ihr Gewand, halb Dschellaba, halb Kleid, stand ihr ausgezeichnet. Ihre Haare waren von einem dichten schwarzen Schleier verdeckt.

Als sie ihre Besucher sah, zuckte sie zusammen, trat rasch auf Pascal zu und nahm seine Hände. »Er hat Ihnen doch alles erzählt?«, fragte sie aufgewühlt.

»Ja, eine dubiose Geschichte. Ehrlich gesagt, kann ich

sie kaum glauben. Und ich erwarte, dass Sie mir Ihre Geschichte erzählen.«

»Die Geschichte stimmt«, versicherte sie ihm.

Und auch sie wiederholte, dass sie ihn im Garten von Jean-Pierre und Eulalie Ballandra zurücklassen musste, weil sie ihn für vaterlos gehalten hatte. Sie wusste nicht, wie sie es geschafft hatte, ihr quälendes Geheimnis für sich zu behalten. Aber sie war überrascht, als der verloren geglaubte Corazón ihr plötzlich schrieb und ein noch dubioseres Märchen auftischte: Er sei angeblich göttlicher Abstammung und habe einen Auftrag, den er unbedingt zusammen mit seinem Sohn erfüllen wolle.

»Haben Sie denn versucht, diesen Corazón wiederzusehen?«, fragte Pascal.

Sie schüttelte den Kopf. »Ich wollte nichts mehr mit ihm zu tun haben. Später habe ich einen anderen Mann kennengelernt und bin seinetwegen zum Islam konvertiert. Seither trage ich den Namen Fatima Moretti.«

Mutter und Sohn sahen sich tief in die Augen. »Das Wichtigste«, sagte Fatima, »ist, dass Corazón womöglich die Wahrheit gesagt hat: Vielleicht ist unser Kind – also Sie – kein gewöhnlicher Mensch. Wenn man seinen Worten Glauben schenken darf, ist ihm eine Weissagung zuteilgeworden. Ob sie wahr ist oder falsch, lässt sich nicht sagen.«

Aha, dachte Pascal, die Geschichten und die Gerüchte über meine Abstammung kommen also nicht von ungefähr.

Fatima drückte seine Hand noch fester, flüsterte: »Haben Sie sehr darunter gelitten, dass Sie Ihre leiblichen Eltern nicht kannten? Haben Sie darunter gelitten, dass Sie glaubten, verlassen worden zu sein?«

»Nein«, log Pascal, »meine Adoptiveltern waren wunderbar.«

Aufgewühlt beugte sich Fatima noch näher zu ihm hin. Sie ließ nicht locker: »Aber in Ihrem Innern, tief in Ihrem Innern, was haben Sie da empfunden?«

Ohne Judas Éluthère hätten sie sicher noch bis tief in die Nacht weitergeredet, doch Pascal setzte der Unterhaltung ein Ende: »Ich komme später zurück und stelle Ihnen alle Fragen, die mir durch den Kopf gehen.«

Pascal und Judas gingen die Treppe hinunter. Sie trennten sich im Garten.

»Ich will im Moment nicht darüber reden«, sagte Pascal. »Ich muss nachdenken.«

Er tat die ganze Nacht kein Auge zu. Was war davon zu halten? Jahrelang hatte er seine Mutter gesucht, und jetzt war sie plötzlich ganz in seiner Nähe. Ihm schien, als hätte er einen Riesenschritt nach vorn gemacht und könnte dem Leben endlich in die Augen blicken.

14 Gleich am nächsten Tag besuchte Pascal Fatima wieder. Ihre Beziehung nahm eine ungeahnte Entwicklung: Sie klebten, salopp gesagt, zusammen wie die Kletten, oder, ganz einfach, wie Mutter und Sohn. Wenn er morgens nicht gerade nach Sagalin zu »Le Bon Kaffé« fuhr, ging er zu Fatima. Er traf sie immer mit dem unverzichtbaren schwarzen Kopftuch an, aber in farbenfrohen Shorts aus rotem Leinen.

Über eine Stunde spazierten sie durch die Felder, kämpften sich durch Dornenranken, Guineagras und Stinkdistel, erklommen Hügel, ohne die Schritte zu verlangsamen. Erst oben auf dem Plateau de Millevaches gönnten sie sich eine Pause. Um diese Zeit fing die Sonne allmählich an, auf die Bäume und die riesigen Säulenkakteen überall herabzubrennen.

Danach gingen sie in der »Baignoire de Joséphine« schwimmen, einer kleinen, seichten, von einem Korallenriff geschützten Bucht. Das Wasser war so klar, dass sie winzige Fische sehen konnten, die sich von dem Sand am Boden, der weiß war wie Schnee, abhoben. Zum Schwimmen musste Fatima wohl oder übel ihr schwarzes Kopftuch abnehmen und es durch eine strenge Bademütze ersetzen. Bestürzt musterte Pascal dann den eisengrauen Schopf, der für einen Augenblick sichtbar wurde. Das

Grau machte sie älter und erinnerte ihn an die Jahre, die sie voneinander trennten.

Nachmittags arbeiteten sie beide. Seltsamerweise war kaum mehr die Rede von Corazón Tejara, als wäre es genug, es einmal gesagt zu haben: Pascal war kein gewöhnlicher Mensch und hatte einen Auftrag zu erfüllen. Corazón war die Inkarnation einer neuen Macht, die die Fehler, die in der Welt begangen worden waren, wiedergutmachen würde.

Wie in einem Schulheft strich Fatima die Seiten, die Pascal ihr brachte, rot an. Manchmal schüttelte sie den Kopf, sagte: »Du bist zu intolerant, um nicht zu sagen: zu sektiererisch. Selbst die Kolonialisierung hat uns nicht nur viel Leid gebracht, sondern auch Gutes, Edelsteine, Perlen, die wir zu gutem Nutzen eingesetzt haben.«

»Die Kolonialisierung?«

»Hast du das ›Anthropophage Manifest‹ gelesen?«, fragte Fatima.

»Was für ein Manifest? Das anthropophage? Soll das ein Scherz sein?«

Ernst erklärte Fatima: »Es ist kein Scherz. Oswald de Andrade hat es geschrieben, ein Brasilianer. Er wollte beweisen, dass die Tupi, die die christlichen Missionare verspeist haben, keine Wilden waren, wie man bisher angenommen hatte, sondern Wesen, die mit einer höheren Intelligenz ausgestattet waren und die versuchten, auf diese Weise die Eigenschaften derer zu assimilieren, die sie von einer anderen Religion überzeugen wollten.«

Pascal kam auf eine Idee, nämlich die, Fatima zu »Le Bon Kaffé« mitzunehmen, damit sie ihre Gedanken dort vorstellte. Dann würden ihm seine Schüler, die ihm schon den Spitznamen »sturer Bock« gegeben hatten, nicht mehr nachsagen, dass er festgefahrene Meinungen hatte. Begeistert stimmte Fatima zu.

An einem Samstagmorgen brachen sie zusammen nach Sagalin auf, Fatima, hochelegant in einem schicken Hemdblusenkleid, trug ein schwarzes, mit silbernen Motiven bedrucktes Kopftuch aus Seide. Pascal hatte allerdings nicht damit gerechnet, dass ihr Besuch einen solchen Wirbel verursachen würde. Der kleine Raum 104, in dem er immer seine Vorträge hielt, war zum Bersten voll. In der ersten Reihe saßen Randalierer, die Fatima extrem hart angriffen, vor allem wegen ihres Übertritts zum Islam – eine Religion, die für so viele Anschläge verantwortlich sei, und für die Massaker so vieler Unschuldiger in der ganzen Welt.

»Das ist nicht meine Sicht des Islam«, wehrte sich Fatima. »Als ich jung war, habe ich mich in einen Muslim verliebt und ein paar Monate mit ihm in seinem Dorf gelebt, in der Nähe einer Moschee. Ich fand es herzzerreißend schön, fünfmal am Tag der wunderbaren, rauen Stimme zuzuhören, die die Männer dazu aufrief, sich vor Gott zu verneigen. Ich wäre am liebsten sofort auf die Straße gerannt und hätte irgendeine große Tat begangen.«

»Das ist doch nur Gefühlsduselei!«, tönte es von allen Seiten.

Kurz, das Treffen verlief turbulent. Pascal blieb in der Defensive und sagte nichts. Er wollte Fatima weder beipflichten noch ihr in den Rücken fallen. Im Großen und Ganzen war ihm der heftige Zusammenprall recht, denn seiner Überzeugung nach hatte der Kampf der Ideen immer sein Gutes.

Daneben hatte er noch ganz andere Sorgen. Es fiel ihm von Tag zu Tag schwerer, Maria zu ertragen. Er, ein beflissener und unersättlicher, nimmermüder Liebhaber, der den Geschlechtsakt gern Dutzende Male wiederholt hatte, verspürte beim Anblick ihres nackten Körpers kein Verlangen mehr. Im Bett drehte er ihr den Rücken zu und tat, als würde er schlafen, als wäre er zu müde, um auf ihre Avancen einzugehen.

Diese Veränderung blieb nicht unbemerkt, und Maria bekam große Wutausbrüche. »Was soll das! Warum kriegst du keinen Ständer mehr?«, schrie sie. »Hast du dich etwa in eine andere verliebt?«

Pascal zuckte die Schultern, ärgerte sich. »Erzähl doch keinen Mist.«

»Du hast dich in ein junges Ding verliebt«, fuhr Maria fort, ohne auf seine Worte zu achten. »Das ist es, was die Männer in deinem Alter mögen: wenn ihr Schatz frisch aus den Windeln raus ist!«

Ihre Worte quälten Pascal, und er dachte die ganze Zeit darüber nach, wie er ihre Beziehung am besten beenden konnte.

Um sie von dem Thema abzulenken, erzählte er ihr allen möglichen Unsinn, der ihm durch den Kopf ging: »Weißt du, was mir passiert ist, als ich noch ein Kind war? Ich habe es bis heute nicht vergessen: An meiner Schule gab es zwei Jungen, zwei große, starke Typen, die die Augen immer vor lauter Bosheit zusammenkniffen. Mit schöner Regelmäßigkeit haben sie mich verprügelt und mich gehänselt: *Sans famille*, Findelkind, haben sie zu mir gesagt. So hieß auch das Buch von Hector Malot, das gerade im Unterricht dran war und das allen gut gefiel. In Tränen aufgelöst und zutiefst gekränkt, ging ich nach Hause, warf mich Eulalie in die Arme. ›Ich bin doch kein Findelkind, Mama, oder?‹«

In diesem Gefühlschaos fand er zwei Zufluchten. Erstens den Alkohol. Er, der früher so wenig getrunken hatte – Jean-Pierre zuliebe ab und zu einen kleinen Rum –, betrank sich jetzt systematisch, zusammen mit Lazarus. Abend für Abend ließ er sich im »Nostradamus« volllaufen. Der erfinderische Wirt ließ sich immer wieder etwas Neues einfallen. Unter dem Namen Weltmusik gaben Sänger in der Kneipe schnelle Rhythmen zum Besten, manche aus Kuba, andere aus Japan, dem Iran oder sogar Australien. Eine gute Ausrede für Pascal, um so spät wie möglich nach Hause zu kommen und einem Gespräch mit Maria aus dem Weg zu gehen.

Der zweite Ausweg bestand darin, sich bei seiner Mutter zu verkriechen. Den Großteil der Nacht sprach er dann mit ihr über die Rolle, die er in der Welt spielen sollte.

»Was erwartest du von mir?«, fragte er Fatima.

»Das weiß ich nicht, Corazón hätte es dir sicher besser erklären können. Viele glauben, dass die Welt heutzutage so unverständlich und grausam ist, dass jemand kommen muss, um Frieden und Weisheit zurückzubringen. Dieser Mensch würde in die Fußstapfen seiner Vorgänger treten, die ihr Werk nicht zu Ende führen konnten. Vielleicht bist du ja dieser Mann.«

Eines Tages, als er bis vier Uhr morgens bei Fatima geblieben war, erwartete ihn Maria auf der Terrasse. »Was tust du hier?«, fragte er.

»Ich habe mich getäuscht. Du hast dich nicht in ein junges Ding verliebt, sondern in eine Alte!«

Pascal blieb die Spucke weg. »In eine Alte? Nein, nein, so ist das nicht, ich erkläre es dir.«

Aber Maria wollte nichts mehr hören und rannte zu ihrem Auto. Ihr Scheinwerferlicht war schon verschwunden, ehe Pascal sich vom Fleck rühren konnte.

Er ging in den ersten Stock hoch und weckte Lazarus. Der rieb sich verschlafen die Augen und setzte sich auf. »So, so, sie ist also weg. Das hat sie schon die ganze Zeit gesagt, aber wir haben sie nicht ernst genommen. Recht hat sie. Du hättest ihr doch einfach sagen können, dass du nichts mehr von ihr wissen willst.«

Auf eine gewisse Weise war Pascal erleichtert. Sicher, er hatte sich feige verhalten, aber wer hätte den ersten Stein nach ihm geworfen? Nur wenige Männer schaffen es, einer Frau ins Gesicht zu sagen, dass sie sie nicht mehr lieben und sich von ihr trennen wollen. In seiner Verwirrung sah Pascal nur eine Lösung: durchzuhalten und Abend für Abend zu Fatima zu gehen, die ihn nach Kräften tröstete, indem sie von seinem Auftrag sprach.

Eines Abends, als er zu ihr kam, empfing sie ihn genauso euphorisch wie sonst, aber auch ein bisschen aufgeregt. Sie legte ihm eine Aktenmappe voller handgeschriebener und getippter Papiere in die Hände.

»In meinem Leben«, erklärte sie, »habe ich zwei Männer geliebt: Corazón Tejara und Ahmed-Ali Roussy. Beide haben mich verlassen, weil sie etwas Höheres anstrebten als ihre Liebe für mich. Die Liebe einer Frau erschien ihnen verachtenswert. Aber kann sich die Welt ohne die Frauen überhaupt ändern? Lies das und komm zurück, wenn du fertig bist. Danach sagst du mir, was du davon hältst.«

Pascal blieb nichts anderes übrig, als ihre Anweisung zu befolgen. Er drückte die Papiere, die Fatima ihm gegeben hatte, an die Brust und ging zurück nach Hause. Dort setzte er sich in sein Arbeitszimmer und vertiefte sich in die Lektüre.

15 Das ganze 18. Jahrhundert lang war Asunción, eine kleine Insel im Süden Brasiliens, bei den Kapitänen der Sklavenschiffe sehr beliebt. Sie mochten ihre tiefen, windgeschützten Buchten. Wochenlang hielten sie sich dort auf, um die versklavten Menschen nach der Überfahrt aus Afrika wieder aufzupäppeln, bevor sie sie in Bahia weiterverkauften, als handelte es sich um Ebenholz.

Die indigenen Einwohner von Asunción waren sehr herzlich. Sie lebten vom Verkauf wilder Perlhühner und schmackhafter Beeren, die in den Felsspalten wuchsen. Mit Brasilien hatte Asunción nichts gemeinsam. Die Insel war von einem anderen Seefahrer entdeckt worden, einem Spanier. Nie hatten kriegerische Auseinandersetzungen oder Annexionsversuche die beiden Territorien entzweit.

Gegen Ende des 19. Jahrhunderts, als Brasilien endlich die Sklaverei abschaffte, brach die Haupteinnahmequelle von Asunción komplett weg. Die Bevölkerung verließ die Insel und ihre karstigen Hochebenen und wanderte scharenweise aus, am liebsten in die Gegend um Recife. Dort ergriffen sie ehrenwerte Berufe, ließen sich als Anwalt, Arzt oder Notar nieder und verheirateten sich, am liebsten mit hellhäutigen Frauen. Der Volksmund trug all dem Rechnung, und bald kannte man die Redewendung: »Rechtschaffen wie ein Tejara aus Asunción.«

Corazón Tejara wurde am 29. Mai 1949 in Bahia geboren und kostete seine Mutter das Leben, denn sie starb nur wenige Stunden nach der Entbindung. Sein Vater Henrique, seines Zeichens Arzt, nannte ihn Corazón, weil der Name seine ganze Liebe zu seiner verstorbenen Frau ausdrückte. Mit der Unterstützung seines Bruders Espíritu widmete er sich hingebungsvoll der Erziehung seines Sohnes.

Der kleine Corazón tat sich als Schüler genauso hervor wie als Student und wurde Professor für Religionsgeschichte. Vom Wesen her war er anziehend und unbeschwert zugleich. Die glücklichen Zufälle flogen ihm nur so zu, und niemand hätte sagen können, mit wie vielen Frauen er im Bett war. Das eine Jahr schliefen Zwillingsschwestern an seiner Seite, im nächsten zwei Cousinen ersten Grades, danach eine Mutter und ihre Tochter.

Während seines Studiums an der Universität von Coimbra in Portugal geschahen einschneidende Dinge, die den Lauf seines Lebens ändern sollten, aber bedauerlicherweise ist nichts Genaueres über sie bekannt. Alle waren überrascht von der Wende, die Corazóns Leben später nahm. Er gab eines Tages seinen ehrenwerten Posten als Professor auf, tauschte seine elegante Kleidung aus Leinen oder Baumwolle gegen ein Mahatma-Gandhi-artiges Gewand und gründete einen Aschram, den er, dem Philosophen Blaise Pascal zu Ehren, »Der verborgene Gott« nannte. Dort wurde über den Zustand der Welt sinniert und darüber, wie man die Zukunft besser gestalten könnte.

Der Ruf des Aschrams verbreitete sich in der ganzen Welt, und Menschen aus den entlegensten Ländern kamen, um sich in Corazóns Lehre von Frieden und Harmonie zu vertiefen. Corazón selbst ließ sich die lockigen rotblonden Haare schulterlang wachsen. Da er immer einen Stab in der Hand hielt, sah er wirklich aus wie ein Eremit.

Pascal unterbrach die Lektüre und schob die Papiere von sich. Er hatte Fatimas Rat befolgt, die ganze Nacht durch und bis zum nächsten Morgen gelesen. Ein Stern nach dem anderen war am Himmel aufgeleuchtet und wieder erloschen wie eine Kerze, die von einem mysteriösen starken Wind ausgepustet wird. Der Tag brach erst an, noch war es nicht heiß. Bei den Nachbarn war Hahnengeschrei zu hören, die Reinigungsfahrzeuge der Gemeinde fuhren vor, und die Straßenfeger fingen an, Gehsteige und Straßen zu säubern.

Seine Entscheidung war gefallen. Er würde weggehen, Asunción kennenlernen und vor allem endlich erfahren, wer sein Vater war, von dem er seit vielen Jahren hörte. Diese Reise hätte keinerlei Ähnlichkeit mit seinem Verschwinden vor ein paar Jahren, als er in Bois Jolan gelebt hatte. Diesmal würde er die Augen weit offen halten, um herauszufinden, wer er war, von wem er abstammte und vor allem, was von ihm erwartet wurde. Er würde den Finger auf bestimmte Tatsachen legen, würde den Aschram seines Vaters besuchen.

Die Lektüre der Papiere, die seine Mutter ihm überlassen hatte, reichte nicht aus, er musste seinen Durst an einer heißeren Quelle löschen, am Leben selbst. Doch seine Entscheidung hatte auch einen anderen Grund, für den er sich schämte und den er verschwieg: Er war noch nie verreist. Er hatte dieses verdammte Land noch nie verlassen. Ach ... reisen! Andere Luft atmen! Neue Gesichter sehen! Durch andere Orte, über andere Wege gehen! Plötzlich meinte er, dass er bisher wie ein Gefangener gelebt hatte.

Er beschloss, nur Fatima, Jean-Pierre und Judas Éluthère, den drei wichtigsten Menschen in seinem Leben, von seinem Plan zu erzählen. Fatima reagierte überschwänglich wie immer und bedeckte ihn mit Küssen, was ihn seltsamerweise jedes Mal von Neuem schockierte, als würde ihr Verwandtschaftsgrad das verbieten.

Sie bedeutete ihm, sich neben sie auf das weiße Sofa mit dem Muster aus violetten Ananas zu setzen, und lauschte ihm aufmerksam.

»Ich hatte nichts anderes erwartet«, sagte sie, als er wieder verstummt war. »Meine Meinung über Corazón Tejara kennst du ja. Ich habe ihm nicht verziehen, dass er mich verlassen hat, selbst wenn er mich hinterher mit Briefen bombardiert hat. Er hat zwar behauptet, meine Briefe nie erhalten zu haben. Aber benimmt man sich so, wenn man einen höheren Auftrag hat? Wenn ein Mann sein eigenes Leben nicht im Griff hat, wie kann er den Anspruch erheben, die Welt verändern zu wollen? Mehr sage ich nicht dazu, ich will dich nicht beeinflussen. Wenn du nach Asunción gehen willst, tu das.«

Jean-Pierre, zurückhaltend wie immer, äußerte sich nicht weiter zu der geplanten Reise und fragte nur: »Hast du überhaupt einen Pass? Du warst doch noch nie unterwegs?«

Aus diesen Worten schloss Pascal, dass es seinem Vater ging wie ihm und dass er es bedauerte, nie im Ausland gewesen zu sein. Bei näherer Betrachtung war das eine Schande, zumal seine Freunde die Sommermonate in Frankreich verbrachten und die Augen voller Filme, die sie gesehen hatten, zurückkamen, den Mund voller Lieder, die sie gehört hatten. Aber das Wort Freizeit war in Jean-Pierres und Eulalies Generation eben unbekannt. Die einzige Erholung, die seine Eltern sich gönnten, waren Besuche bei der Familie auf Eulalies Geburtsinsel Sargasse, deren Bewohner überall herumerzählten, dass unter ihren Vorfahren Wikinger waren. Eulalie war sehr stolz auf ihren schwedischen Nachnamen, Bergman, wie der weltbekannte Filmemacher.

Pascal liebte das alte Holzhaus seiner Großeltern, das allen Lauten von draußen offen stand. Im Reich der Schatten erschallten sie von allen Seiten: das Quaken der Frösche, das Zirpen der Heuschrecken, das Summen der Kolibris, die mit dem Schnabel gegen die Baumrinde hämmerten, und, vor allem, das klagende Heulen der Geister, die im Dunkeln ihr Unwesen trieben. Im Morgengrauen verstummte dann alles erschreckt und wartete auf die Hitze des Tages.

Als Letztes ging Pascal zu Judas Éluthère, der sich kaum mehr bei Fatima blicken ließ. Er bat ihn, die zwölf Jünger einzuladen, wie seine Anhänger im Scherz genannt wurden. Aber wo sollte er sie bewirten? Bei sich zu Hause? Das war schwierig, denn Marias und vor allem Marthas Auszug waren ein herber Verlust gewesen, seither musste Pascal seine Mahlzeiten in einem kleinen Restaurant namens »Le Mont Ventoux« einnehmen, das von einem frisch aus der Provence ausgewanderten jungen Paar betrieben wurde. Dort bestellte er also frittierte Fischbällchen, ein Court-bouillon vom Fisch und dazu

Süßkartoffeln, eine denkbar alltägliche, banale Mahlzeit. Glücklicherweise kam die Betreiberin auf die Idee, als Vorspeise eine Spezialität aus ihrer Gegend zu servieren, sogenannte *grattons*, eine Art Pizza mit schwarzen Oliven.

Pascal schwante, dass der letzten Mahlzeit vor seiner Abreise nach Asunción große Bedeutung zukäme. Er hatte die Vorahnung, dass sie in die Geschichte eingehen und mit Fremdwörtern bedacht werden würde: *la última cena*, die die größten Maler inspirieren würde. Deshalb stöberte er in seinem großen Schrank, einem Erbstück von Eulalie, und kramte eine Tischdecke hervor, die eine Freundin ihm aus Madagaskar mitgebracht hatte: handbestickt mit Motiven im Kreuzstich. Kaum hatte er sie auf den Tisch gelegt, verbreitete sie eine festliche Stimmung.

Die Jünger standen um Punkt acht Uhr abends vor der Tür. Marcel Marcelin und José Donovo, die ehemaligen Obdachlosen, die jetzt in einem hübschen, von Pascal finanzierten Apartment lebten, kamen als Letzte angehumpelt. Marcel hatte sich am Vortag im Garten beim Harken verletzt und hatte starke Schmerzen.

Während der Mahlzeit passierte nichts Besonderes, es wurden keine denkwürdigen Aussprachen gehalten. Höchstens, als Pascal die *grattons* verteilte und sagte: »Denkt an mich, wann immer ihr diese Mahlzeit zu euch nehmt, darum bitte ich euch.«

Als er das gesagt hatte, war ihm ganz rührselig zumute. Beim Nachtisch wandte er sich dann an Marcel Marcelin und sagte: »Zeig mir deine Verletzung.«

Der gehorchte und entblößte sein blau angelaufenes Bein und das riesige Pflaster, das darauf klebte. Tief bewegt holte Pascal eine Flasche Wundspüllösung und wusch die scheußliche Wunde. Er wusste nicht, woher die Anwandlung kam, zu dienen, als Mensch unter den Menschen zu leben. »Zeigt mir alle eure Füße«, befahl er.

Die Jünger waren verblüfft und weigerten sich erst, gaben dann jedoch nach, als gehorchten sie einer höheren Gewalt. Sie entblößten ihre Füße, die Ballen und Hühneraugen, die abgebrochenen Nägel, Füße eben, die darunter litten, ständig in Schuhen eingesperrt zu sein. Pascal wusch sie einen nach dem anderen. Als er fertig war, legte er die Hände aneinander und hob den Blick zum Himmel. Sein göttlicher Auftrag nahm Gestalt an. Er fühlte sich mehr als ermutigt, diese neue Erfahrung zu einem guten Ende zu bringen.

Am Abend vor seiner Abreise wurde er jedoch wieder von Zweifeln erfasst: Was hatte er in Asunción zu suchen? Was würde aus den Menschen werden, die er zurückließ? Das Bild seines wortkargen, stillen Adoptivvaters ließ ihn nicht los. Im Grunde kannte er ihn schlecht. Es ging Jean-Pierre wirklich besser, seit er ihm bei José die Hände auf die Waden und Knöchel gelegt hatte. Aber war jetzt der richtige Moment, ihn zu verlassen? Die Jahre lasteten schwer auf ihm. Seit Eulalie gestorben war, schien es sein größter Wunsch zu sein, ihr in den Tod zu folgen.

Gegen Abend schwang sich Pascal auf den Roller und fuhr geradeaus, wie von einer unsichtbaren Hand gelenkt. Er durchquerte Marais Salant, kam zur Bucht von Viard, wo schlanke Kokospalmen standen und Manchinelbäume voller giftiger Früchte. In der Bucht legten Segeljachten an und setzten reiche Familien an Land, die von einem Ausflug zu den Îles de la Petite-Terre zurückkamen. Pascal legte sich in den Sand, und der aufkommende Schatten beugte sich über ihn, nahm ihn in die Arme wie ein kleines Kind, dem etwas wehtut, das aber nicht weiß, was die Ursache für seine Schmerzen ist.

16 Die Gesellschaft, die den Flughafen Frantz-Fanon betrieb, wollte sich einen kulturellen Anstrich geben und nannte sich *Aux Armes, Citoyens!*, Zu den Waffen, Bürger!, nach einer berühmten Fernsehsendung in Frankreich. In der großen Halle war seit einigen Wochen eine Ausstellung, »Die tollen Männer«. Sie zeigte Gemälde von Musikern der Zwanziger, die für sich allein fast so beliebt waren wie die damaligen Hits.

Auf dem größten Bild setzte der berühmte Maurice Sylla seine Bambusflöte an die Lippen, die Königin aller Instrumente auf der Insel, weil sie so feinsinnig und delikat war. Über sie gab es eine Geschichte: Es war einmal eine Frau, die ihr Kind an eine schwere Krankheit verloren hatte, und sie litt fürchterlich darunter. Doch als sie eines Morgens beim Aufwachen den unnachahmlichen Klang der Bambusflöte hörte, wusste sie, dass ihr Kind ihr wiedergegeben worden war. Maurice Sylla war ein gut aussehender Mann gemischter Abstammung mit vollen schwarzen Haaren, die er im Nacken zusammenband. Neben ihm standen ein Gitarrist, ein Pianist und ein Cellist.

Im Augenblick betrachtete jedoch keiner der Menschen, die das Flugzeug nehmen wollten, die Bilder, weil alle Pascal anstarrten. Der ärgerte sich, als ihm wieder einmal bewusst wurde, wie bekannt er war. Warum waren alle in heller Aufregung, kaum dass sie ihn sahen? Warum stieß die unwahrscheinliche Vorstellung eines neuen Messias, der wieder Frieden in die Welt bringen sollte, auf so große Resonanz? Warum ergriffen die einen leidenschaftlich Partei für ihn, während er von anderen an den Pranger gestellt wurde? Von welcher Leere, welchem Unbehagen waren diese Leute geplagt? Das allgemeine Wahlrecht genügte ihm wohl nicht, anscheinend vertraten weder die Abgeordneten noch die Delegierten seine Interessen.

Pascal wusste nie, wie er sich angesichts einer solchen Neugier verhalten sollte. Er machte allen möglichen Unsinn: rauchte Lucky-Strike-Zigaretten, kaute Kaugummi, lutschte Pfefferminzbonbons. Das alles hinderte ihn jedoch nicht daran, sich lächerlich zu fühlen.

Am anderen Ende der Halle standen ein paar Jugendliche um ein junges Mädchen herum, sie schienen sie anzufeuern. Das Mädchen sah hübsch aus in seinem flaschengrünen Kleid und mit dem Dutt auf dem Kopf. Schließlich gab sie sich einen Ruck und kam auf eine Weise auf ihn zugeschlendert, die ihm verriet, wie unwohl sie sich fühlte. Sie streckte ihm ein rosafarbenes Schreibheft entgegen und fragte: »Dürfte ich bitte ein Autogramm haben?«

»Ein Autogramm? Ich bin ein Niemand, was hätten Sie davon?«

»Was ich davon hätte?«, fragte das Mädchen verständnislos.

Pascal, der sich immer lächerlicher fühlte, kam der Bitte ohne große Begeisterung nach, und das Mädchen kehrte zu ihrer Clique zurück.

Das Warten hatte bald ein Ende. Ungefragt stufte die Fluggesellschaft Pascal höher, und er fand sich in der ersten Klasse wieder, unter lauter selbstzufriedenen Passagieren, die ihn zum Glück keines Blickes würdigten. Das sollte wohl Ausdruck ihrer Verachtung für den Klatsch und Tratsch des gemeinen Volks sein.

Beim Anblick dieser Leute wurde er an seine Kindheit erinnert. Jeden Tag, nach der Arbeit, waren Jean-Pierres und Eulalies Freunde auf einen Punsch vorbeigekommen und manchmal sogar zum Abendessen geblieben. Pascal dachte an ihre Selbstgefälligkeit zurück, an die schlechten Scherze, die ständigen Übertreibungen, und fragte sich, ob nicht sein Hass auf dieses Milieu ihn zu dem gemacht hatte, was er war: ein ewig Unzufriedener.

Er hätte gern Montreal besucht, Paris und vor allem New York – für die einen das Tor zum amerikanischen Traum, für die anderen eine lärmende und chaotische Millionenstadt, die Körper und Geist kaputt machte. Aber das Flugzeug nahm eine ganz andere Route. Schließlich schlief er ein und wachte erst bei der Landung wieder auf.

Als er in Castera ankam, der Hauptstadt von Asunción, war es trotz der frühen Abendstunde noch heiß. In der Ankunftshalle wurde er von zwei Männern erwartet, einem kleinen, dünnen mit einem schönen Schnauzer und einem anderen, der ihm seltsam vertraut war. Das lag weder an seinem hochgeschlossenen gestreiften Anzug noch an seinen Lacklederstiefeln mit Stulpen, die denen der drei Musketiere ähnelten. Nein, es musste an seiner Haltung liegen. Es schien, als verberge er etwas in seinem Rücken. Einen Buckel? Wieso wirkte er seltsam und doch vertraut? Freundlich fragte er: »Kennen wir uns? Sind wir uns schon mal begegnet?«

Der Mann lächelte nur vage und ging nicht weiter auf die Frage ein. »Ich bin Espíritu Tejara«, sagte er, »Ihr Großonkel. Und das ist Victor, unser Chauffeur. Bei ihm sind Sie in den besten Händen.« Daraufhin nahm er Pascal den Koffer ab, und die drei Männer gingen nach draußen.

Auf der Straße meinte Pascal sich zu erinnern, und er wandte sich an Espíritu: »Kennen wir uns nicht aus der Kneipe ›Joyeux Noël‹?«

Auch diesmal antwortete Espíritu nicht, und sie stiegen alle drei ins Auto.

Castera war ein erstaunlich hübsches Städtchen. Pascal hätte nicht geglaubt, dass die alten Häuser mit ihren leuchtend gelben, blauen und rosa Fassaden, bunt wie auf Kinderbildern, um barocke Brunnen gruppiert oder halb unter dicht belaubten Bäumen versteckt, ihn derart entzücken würden. Er beneidete die Kinder, die sich laut schreiend hinterherrannten und Fußbälle durch die Gegend schossen. Ihm schien, als hätte er nie so etwas gekannt: Er war immer verkrampft gewesen, herausgeputzt wie ein Pfingstochse, sei es an der Hand von Eulalie, die selbst aufgetakelt war wie eine Fregatte, oder an der eines schlicht gekleideten Kindermädchens.

Unvermittelt sagte Espíritu: »Ich habe leider schlechte Neuigkeiten für Sie. Bedauerlicherweise werden Sie Ihren Vater nicht sehen, er musste gestern unerwartet nach Indien abreisen.«

Pascal war fassungslos. »Nach Indien?«, und fragte sich im Stillen: Vater, warum läufst du vor mir davon? Vater, warum hast du mich verlassen?

Flott fuhren sie einen Hang hinunter, einen Hügel wieder hinauf, bogen mehrmals ab und blieben dann vor dem Aschram »Der verborgene Gott« stehen, ein lang gezogenes, einstöckiges Gebäude zur Linken, in dem die Konferenzsäle und Unterrichtsräume lagen, und zur Rechten die Schlafzimmer, Klosterzellen ähnlich, in denen je ein Bett, ein niedriger Tisch und zwei Stühle standen.

Espíritu und Victor verabschiedeten sich bald von ihm. »Ich nehme an«, sagte Espíritu, »dass Sie erschöpft sind und nichts lieber wollen, als zu schlafen.«

Er hatte recht. Pascal ließ sich aufs Bett fallen und versank sofort in einen traumlosen Schlaf. Er wurde von hereinflutendem Sonnenlicht geweckt, denn er hatte vergessen, die Läden zu schließen. Trotz der frühen Stunde war es schon sehr warm, eine Affenhitze kündigte sich an. Pascal zog sich rasch an und wollte sich gerade auf den Weg zum Frühstück machen, in das Restaurant, das er am Vorabend im Erdgeschoss gesehen hatte, als es an der Tür klopfte. Es war Espíritu, der einen Servierwagen vor sich herschob. »Ich hoffe, ich störe nicht«, entschuldigte er sich. Dann deckte er den Tisch, und die beiden setzten sich zu einem einfachen Frühstück.

»Ich wollte es Ihnen näher erläutern«, sagte Espíritu, »Ihr Vater ist extra wegen Ihnen nach Indien abgereist.«

»Wegen mir?«, fragte Pascal immer verständnisloser.

»Ja. Er wollte Ihnen nicht allzu viel darüber verraten, wer er ist, und damit auch, wer Sie sind. Das ist der wahre Grund, und ich erzähle es Ihnen, weil Sie mir unendlich sympathisch sind.«

Pascal starrte ihn an. »Worum geht es hier eigentlich?«

»Zum Beispiel«, sagte Espíritu, »um den Tod.«

»Um den Tod?«, wiederholte Pascal. »Es wird ja immer mysteriöser.«

Espíritu winkte ab. »Ja«, sagte er, »der Tod steht im Mittelpunkt des Lebens. Sie kennen doch den Spruch: Niemand überlebt das Leben.

Und doch gibt jeder dem Tod das Gesicht, das ihm am besten passt. Für die Christen ist er die Tür zum ewigen Leben, für die Muslime führt er in Allahs Garten, für die Hindus mündet er im Nirwana.«

Dann brach Espíritu in schallendes Gelächter aus: »Aber ich will hier nicht den Besserwisser geben«, fuhr er fort, »trinken Sie lieber Ihren Kaffee. Was Sie sicher nicht wissen, ist, dass ich Ihren Vater unterrichtet habe. Als er klein war, habe ich ihn mir auf den Rücken gesetzt, und wir sind zusammen verreist. Sie machen sich keine Vorstellung, wo wir überall waren: in Südafrika, in Australien, in Sri Lanka.«

Im Lauf des Gesprächs fing Pascal sich wieder. Dann würde er sich eben mit dieser unvorhergesehenen Wendung abfinden und das Beste daraus machen. Sein Vater war nicht da, Pech für ihn.

Am nächsten Morgen besuchte er einen Religionsgeschichtskurs in einem brechend vollen Raum. Argentinier waren da, Kolumbianer, Amerikaner, Chilenen, als würde die Suche nach einer besseren Welt diese vielen Menschen so unterschiedlicher Herkunft einen.

In den folgenden Tagen kam Pascal einer Gruppe von Indern aus Jaipur näher, deren Anführer, Revindra, wie Mahatma Gandhi in einen Dhoti gekleidet war. Diese Inder lehnten das Kastenwesen ab und forderten die Anerkennung der Unberührbaren als vollwertige Bürger.

Sie hatten ein Kolloquium organisiert, dessen Titel lautete: »Gleichheit unter den Menschen: ein unerfüllbarer Traum«. Pascal hörte einem Redner nach dem anderen zu und begriff zum ersten Mal, wie recht sie hatten. Das war ihm noch nie aufgefallen. Die Gleichheit unter den Menschen war ein Traum. Aber das hätte er auch ohne die Unberührbaren wissen können, dachte er.

17 Zu der Gruppe von Indern gehörte auch Sarojini. Sarojini war anmutig und schön wie eine Apsara. Aus ihren großen schwarzen Augen sprachen Leid und Auflehnung wegen ihrer erniedrigenden Kindheit: »Mein Vater und meine Mutter«, erzählte sie gern mit ihrer tiefen Altstimme, »hatten die Aufgabe, die Nachttöpfe ganzer Familien zu leeren und auszuwaschen, weil es zu dieser Zeit in Jaipur weder fließendes Wasser noch Toiletten gab. Anschließend musste mein Vater die Exkremente in einen Sack laden und sie auf einem Spargelfeld als Dünger verteilen. Sein ganzes Leben lang blieb ein scheußlicher Geruch, ein regelrechter Gestank an ihm haften, und ich konnte ihn nie in die Arme nehmen.« Schon bald war Pascal leidenschaftlich in Sarojini verliebt.

Seit Maria ihn verlassen hatte, war sein Leben sehr einsam. Mit einem Schlag war alles anders gewesen. Martha und Lazarus waren gleich am nächsten Tag ausgezogen. Als Pascal bei dem Haus angeklopft hatte, in das sie gezogen waren, weigerte sich Maria, zu ihm ins Wohnzimmer zu kommen, und er hatte ihr die Situation nicht erklären können, wie er es wollte. Später erfuhr er, dass sie sich mit einem Geflügelzüchter aus Frankreich zusammengetan hatte und Hühner auf dem Markt verkaufte.

Obwohl er von Sarojini eingeschüchtert war, gestand er ihr seine Liebe. Zu seiner Überraschung ließ sie sich ohne Weiteres in die Arme nehmen und küssen, und bald schon etablierte sich eine Routine zwischen ihnen. Sarojini war sehr sportlich, wie Fatima. Einen Strohhut auf dem Kopf und, im Gegensatz zu Letzterer, die Beine von einer weiten weißen Stoffhose bedeckt, rannte sie über die Pfade und die karstigen, abgeschliffenen Felsen. Anschließend nahm sie Pascal zur »Blauen Lagune« mit, einer Sportanlage mitten im Meer. Weil sie den Schmetterlingsstil beherrschte, wurde sie von all den Schülern, die mit ihrem Lehrer zum Schwimmen herkamen, bewundert. Sie klatschten, wenn Sarojini aus dem Wasser stieg. Einige baten sie sogar um ein Selfie. Was für ein weiter Weg für eine Tochter von Unberührbaren!

Pascal konnte gar nicht genug bekommen von der Schönheit der »Blauen Lagune«, wo er täglich hinging. Zur Rechten das Meer – *das Meer, ein immer neues Schenken!* –, das sich bis zum Horizont erstreckte und hier und da einer flüssigen Metallplatte glich; zur Linken die weite, goldgelbe Sandfläche und das grüne oder rote Laub der Mandelbäume.

Eines Mittags, als sie sich mit Fruchtcocktails erfrischten, stellte Sarojini ihr Glas auf den Tisch und sah Pascal in die Augen: »Weißt du, was die Leute sagen? Sie sagen, du wärst das leibliche Kind von Corazón Tejara.«

»Sein leibliches Kind?«, witzelte Pascal. »Was soll das heißen? Es gibt doch gar keine nicht leiblichen Kinder!«

Als er merkte, dass sein Scherz nicht verfing und Sarojini ihn weiter ernst ansah, zuckte er die Schultern und gab zu: »Ja, Corazón Tejara ist mein Vater, aber er hat sich nie um mich gekümmert. Ich wollte ihn kennenlernen, deshalb bin ich hierhergekommen, aber er ist nicht mehr da. Vielleicht hast du ja mehr Glück als ich, ich habe ihn nämlich in meinem ganzen Leben noch nie gesehen. Du vielleicht?«

»Ich habe ihn in Indien getroffen«, erwiderte Sarojini. »Dort ist Corazón Tejara ein Gott. Er hat eine Organisation gegründet, die alle Unberührbaren vereint. Sie heißt ›Die Kinder Gottes‹. Er unterstützt alle unsere Kämpfe. Nach Mahatma Gandhi ist er sicher der Mensch, den wir bei uns am meisten bewundern.«

Pascal wurde schrecklich verlegen. Was hatte er vollbracht? Was hatte er zu bieten? Er hatte noch nichts getan, damit die Welt friedlicher wurde und all ihren Bewohnern offenstand.

Im Aschram gab es ein ausgezeichnetes Restaurant, aber trotzdem bestand Sarojini darauf, ihn zu sich einzuladen, in das kleine Haus, das sie sich mit zwei anderen Inderinnen teilte, Gayatri und Ananda. Weil sie kein Fleisch aß, kochte sie ihm gern Gerichte mit Fisch, Meeresfrüchten und Krustentieren. Seltsamerweise waren Gayatri und Ananda nicht besonders freundlich zu Pascal. Sie redeten sich mit ihrem schlechten Französisch heraus und sprachen kaum mit ihm.

Schließlich beklagte er sich bei Sarojini, die nur schroff sagte: »Sie haben eben andere Dinge im Kopf. Vergiss nicht, weshalb wir so weit weg sind von zu Hause, weshalb wir zum Aschram gekommen sind: Wir führen einen Kampf.«

Diese nicht sehr liebenswürdige Antwort war verletzend für Pascal. Aber es stimmte, er hatte es wirklich leichter. Die Arbeit im Aschram nahm er eindeutig viel weniger ernst als Sarojini.

Tatsächlich wurde beim »Verborgenen Gott« nicht gefaulenzt. Die Nachmittage waren Vorträgen, Kolloquien und Lehrveranstaltungen vorbehalten. Alle Themen waren wichtig: die Aufnahme von Flüchtlingen in Europa, die Auswirkungen der Apartheid in Südafrika, Waldbrände im Amazonasgebiet, Massenerschießungen in Südamerika. Pascal begleitete Sarojini treu, aber nicht sehr engagiert zu all diesen Veranstaltungen, denn er war der Meinung, sie sollte ihm mehr Aufmerksamkeit schenken. Sarojini war keine so angenehme Partnerin wie Maria.

Stunden konnten verstreichen, ohne dass sie ein Wort sagte und alles, was sie beschäftigte, für sich behielt. Manchmal war aber auch das Gegenteil der Fall. Dann redete sie sich alles von der Seele, weinte hemmungslos, wenn manche Erinnerungen zu schmerzlich waren, ersparte ihm nicht das geringste Detail ihrer Mühen auf dem Weg zu dem, was sie heute war: Oberschwester im größten Krankenhaus von Jaipur. Diese Redseligkeit erstaunte Pascal, der weder besonders mitteilsam war noch zu Selbstmitleid neigte. Ihre Gefühlsausbrüche führten ihm vor Augen, dass es auch Lust bereiten kann, von sich zu sprechen.

Sarojini tanzte leidenschaftlich gern. Abends legte sie eine Fußkette mit Glöckchen an und gesellte sich zu den anderen Tänzern. Danach gingen sie in ein Lokal in der Nähe essen. Die Bedienungen verteilten Kannen mit dem Nationalgetränk, Cachaca, auf den Tischen.

Erst nachts waren sie endlich allein. Dann gingen sie

zu Pascal und fielen übereinander her. Ihre Liebe war wüst wie ein zu lange unterdrückter Schrei. Aber auch in dieser Hinsicht war Pascal leider nicht ganz zufrieden, denn Sarojini weigerte sich, die ganze Nacht bei ihm zu verbringen. Nach der Liebe wusch sie sich in seinem kleinen Badezimmer und ging dann in der Dunkelheit davon, während er niedergeschlagen und enttäuscht zurückblieb.

Nach ein paar Wochen fühlte sich die Liebe, die sich erst zaghaft in Pascals Herz eingenistet hatte, wie Zuhause-Sein und belegte es ganz mit Beschlag. Er konnte sich ein Leben ohne Sarojini nicht mehr vorstellen. Eines Tages hielt er es nicht mehr aus. Nach einem Konzert im Aschram fragte er sie, ob sie ihn heiraten und in sein Land begleiten wolle.

Verblüfft hob sie den Kopf. »Heiraten? Hast du wirklich heiraten gesagt?«

»Das ist mein sehnlichster Wunsch«, sagte Pascal, und sein Herz raste wie das eines jungen Mannes bei seiner ersten Liebeserklärung. »Mein Land ist klein, manche würden sagen, dort passiert nichts Spannendes, aber ich will dir beibringen, es so zu lieben, wie ich dich liebe.«

»Aber«, sagte sie, »ich habe in Jaipur einen anderen Mann, er wartet dort auf mich.«

Für Pascal war das wie ein Schlag auf den Kopf, er fühlte sich ganz benommen.

»Und ich muss dir gestehen«, fuhr sie fort, »dass er kein Inder ist, sondern ein Engländer, ein Weißer, wie wir in unserer Heimat sagen.«

»Na und?«, fragte Pascal erstaunt.

Daraufhin stand sie auf, sammelte rasch ihre auf dem

Tisch verteilten Sachen zusammen und rief wütend: »Sag bloß nicht, dass das keine Rolle spielt. Erspare mir die schönen Worte, die man hier im Aschram zu hören bekommt. Sag nicht, dass du es normal findest, wenn eine Unberührbare mit einem Engländer zusammen ist. Das hieße, all die Erniedrigungen und das Leid zu ignorieren, die ich Unglückliche ständig über mich ergehen lassen muss.«

Ehe er etwas erwidern konnte, war sie davongestürmt und in die Nacht verschwunden. Nach diesem Streit konnte keine Rede mehr davon sein, dass sie die Nacht bei ihm verbrachte. Pascal litt fürchterlich, wusste aber nicht, was er am schlimmsten fand. Er hatte ihr seine Liebe bekannt und war nicht erhört worden. Niedergeschlagen zog er sich in sein Zimmer zurück. Die ganze Nacht flossen Tränen auf sein Kopfkissen, und ihm wurde abwechselnd heiß und kalt.

Am nächsten Morgen ging er in aller Frühe zu Sarojini. Gayatri und Ananda, die gerade ihren Morgenkaffee tranken, taten so, als wüssten sie nicht, wo sie war. Den ganzen Tag über ließ sie sich nirgends blicken. Abends nahm Pascal einsam ein Thunfisch-Sandwich mit ein paar Scheiben Avocado zu sich. Von einer dunklen Vorahnung erfüllt, ging er ein letztes Mal durch den Aschram, ohne die zu finden, die er suchte. Er zog sich niedergeschlagen in sein Zimmer zurück und ging ins Bett.

18 Am nächsten Morgen klopfte es in aller Frühe an die Tür: Es war Espíritu. »Sie ist weg«, erklärte er, »ich habe sie zum Flughafen gebracht.«

»Weg? Von wem sprechen Sie?«, fragte Pascal verblüfft.

»Von Sarojini, natürlich!«

»Von Sarojini? Hat sie Ihnen einen Brief für mich gegeben oder wenigstens eine Nachricht hinterlassen?«

»Nein, das hat sie nicht. Aber Sie wissen ja, wie launisch Frauen sind, und diese ganz besonders. Sie hat einen sehr schlechten Ruf, ich hätte Sie vor ihr warnen sollen. Sie lebt seit zehn Jahren mit einem Engländer zusammen. Das ist ein offenes Geheimnis. Aber wenn sie sich in der Öffentlichkeit treffen, tun sie so, als würden sie sich nicht kennen.«

Traurig stützte Pascal den Kopf in die Hände. Espíritu setzte sich vertraulich zu ihm auf das Bett. »Ich habe aber auch gute Neuigkeiten für Sie. Ihr Vater, Corazón Tejara, kommt morgen im Aschram an, er konnte früher aus Indien weg.«

Pascal war hin- und hergerissen zwischen Kummer und Wut. Dann bin ich aber nicht mehr da, dachte er niedergeschmettert und zugleich wütend. Ich werde weit, weit weg sein, wenn er hier ankommt. Ja, wofür hielt Corazón Tejara ihn eigentlich? Für ein Spielzeug? Einen

Gegenstand, mit dem man sich amüsiert und den man von Hand zu Hand gehen lässt, bevor man ihn wegwirft, weil er keinen Nutzen mehr hat?

Gemeinsam nahmen die beiden Männer ein einfaches Frühstück zu sich. Dann, als Espíritu wieder weg war, überquerte Pascal den Platz vor dem Aschram und sprach einen Taxifahrer an, den er ein bisschen kannte. Der druckste erst eine Weile herum, aber nachdem Pascal ihm eine stattliche Summe in die Hand gedrückt hatte, war er einverstanden, ihn am nächsten Tag nach Recife zu fahren.

Jetzt musste er nur noch bis zum nächsten Morgen die Zeit totschlagen. Wie jedes Mal, wenn er nichts mit sich anzufangen wusste, ging Pascal ans Meer, diesmal jedoch nicht zur »Blauen Lagune«, wo immer viele Schüler benachbarter Schulen und Gäste des Aschrams waren. Die unermesslich weite, tiefblaue Wasserfläche beruhigte ihn. Sein Aufenthalt in Castera würde also mit einer doppelten Niederlage enden. Weder hatte er seinen Vater gesehen, noch hatte er die Frau, die er begehrte, erobern können. Sarojini war nach Jaipur aufgebrochen, und vielleicht würde er sie nie wiedersehen.

Am nächsten Tag brach er im Morgengrauen aus Castera auf. Früher war Asunción durch eine klapprige Holzbrücke mit dem brasilianischen Festland verbunden gewesen. Mithilfe eines komplizierten Systems grüner und roter Fahnen hatten die Autofahrer gewusst, wann sie ohne Gefahr die Brücke überqueren konnten. Dann, zu Beginn des 21. Jahrhunderts, hatte eine amerikanische Baufirma dort eine Hängebrücke nach dem Modell der

Golden Gate Bridge in San Francisco errichtet, und sie war so gut gelungen, dass die Einheimischen sich gern ans Geländer des Fußwegs lehnten und fotografieren ließen. Pascal, der völlig erledigt war, schlief mitten auf der Brücke ein, noch bevor sie zu der breiten, von hoch aufragenden Akazien- und Mahagonibäumen gesäumten Autobahn gelangten.

Im Schlaf träumte er. Er sah Espíritu mit weißen Flügeln im Rücken, wie der Engel Gabriel oder der Erzengel Michael, bis auf den hämischen Ausdruck auf seinem Gesicht. Er sah Sarojini und rannte ihr nach, konnte sie aber nicht einholen. Er sah auch seinen Vater, dem er eine verführerische Ausstrahlung verliehen hatte, sie passte zu dem, was er über ihn gehört hatte: gepflegter Bart, Seitenscheitel, attraktive Kleidung.

Dann schrak er plötzlich aus dem Schlaf auf. Weil das Auto abrupt stehen geblieben war? Bestimmt. Viele Fahrzeuge standen auf der Autobahn, alle hatten ihre Lichter eingeschaltet. Inzwischen dämmerte es, und helle Wolken, die ein heißer Wind vor sich hertrieb, zogen über den niedrigen violetten Himmel.

Pascal fühlte sich wieder wie als kleines Kind, als er nachts Albträume gehabt hatte und zitternd und schweißgebadet wach geworden war, und das, obwohl in seinem Zimmer zum Schutz ein riesiges Herz Jesu hing. Dann rief er mit seinen Angstschreien Eulalie herbei. Sanft, beruhigend war sie in ihrem weißen Bademantel zu ihm gekommen und hatte ihn getröstet, seine Tränen getrocknet.

»Was ist los?«, fragte er den Fahrer.

»Ein Anschlag in Recife, scheint es. Alle, die dort hinfahren oder von dort herkommen, werden angehalten.«

»Ein Anschlag? Ich wusste nicht, dass es in Brasilien auch Anschläge gibt.«
»Die gibt es überall. Es ist eine verrückte Welt.«

Fast zwei Stunden mussten sie zwischen den anderen Autos und Motorrädern warten. Schließlich kamen vier Polizisten zu ihnen, leuchteten ihnen brutal mit ihren Taschenlampen ins Gesicht. »Ausweise. Fahrzeugpapiere«, blafften sie.

Pascal und der Taxifahrer gaben sie ihnen. Weil er ein Ausländer war, also potenziell verdächtig, bestürmten die Polizisten Pascal mit Fragen. Nachdem er ihnen lang und breit erklärt hatte, weshalb er hier war, durften sie weiterfahren.

Mitten in der Nacht kamen sie in Recife an. Wegen seiner Nähe zum Flughafen hatte Pascal das Hotel »La Sanseverina« gewählt. Es war wider Erwarten taghell erleuchtet. Im Empfangszimmer traf er auf viele elegant gekleidete Menschen, sie lachten und unterhielten sich angeregt. Kellner in makelloser Livree stellten Whiskyflaschen oder Karaffen mit Cachaca auf die Tische, und alle prosteten sich ausgelassen zu und stießen miteinander an.

Ohne zu wissen, wie es ihn dorthin verschlagen hatte, fand sich Pascal plötzlich in einer Gruppe von Männern und Frauen wieder, sehr hübschen Frauen, besonders eine, Oriane, die rote Haare und große, mandelförmige grüne Augen hatte.

»Recife ist eine der schönsten Städte Brasiliens«, verkündete ein Mann. »Reisen Sie morgen ab? Dann werden Sie überhaupt nichts sehen.«

»Das liegt daran, dass ich vorher in Castera war«, sagte

Pascal entschuldigend, und da seine Gesprächspartner nicht reagierten, fügte er hinzu: »Im Aschram ›Der verborgene Gott‹.«

Alle lachten, und ein Mann sagte: »Sie wollen uns doch nicht etwa sagen, dass Sie einer von Tejaras Anhängern sind?«

Doch Pascal nickte zustimmend. »Ich bin von weither gekommen, um ihn zu treffen.«

Noch mehr Gelächter.

»Wissen Sie denn nicht, dass er ein Spinner ist?«, fragte einer. »Er will die Welt verbessern, sagt er. Dabei steht die Ungleichheit im Mittelpunkt des Universums. Es gibt schöne Menschen und hässliche Menschen, große Menschen und kleine Menschen, dicke Menschen und dünne Menschen. Wie will er das anstellen?«

»Haben Sie schon gehört, dass er eine Partei gründen will?«, fragte ein anderer.

»Eine Partei!«, rief ein Dritter. »Unmöglich! Wie soll sie denn heißen?«

»Die Partei der Narren Gottes«, schlug einer vor.

Wieder gab es schallendes Gelächter. Aber Small Talk ist ja bekanntlich sprunghaft, und bald kamen sie auf ein anderes Thema zu sprechen.

Nach einer Weile ergriff Oriane Pascals Handgelenk und sagte mit einem Lächeln: »Kommen Sie, ich möchte Ihnen gern die Gemälde im Nebenraum zeigen, sie sind sehr schön.«

War das eine Einladung? Nach kurzem Zögern ging Pascal mit, und die Nacht wurde zu einer der schönsten während seines Aufenthalts in Brasilien. Dennoch fühlte er sich elend, als er in sein Zimmer zurückkehrte. Er war nicht stolz darauf, dass er Oriane so leicht herumbekommen hatte. Im Gegenteil. Im Rückblick schämte er sich für die Lustschreie, die sie beide ausgestoßen hatten. Er war nicht Orianes erster Liebhaber und würde sicher nicht der letzte sein. Bald hätte sie ihn vergessen, sie würde sich höchstens noch an einen schönen Moment mit ihm erinnern.

Er war so niedergeschlagen, dass er es fast bedauerte, seinen Vater nicht getroffen zu haben. Ohne seinen dämlichen Trotzanfall wüsste er jetzt vielleicht, wer Corazón Tejara war: ein Messias oder ein durchgedrehter Mäzen, wie manche Leute versicherten? Und bei dieser Gelegenheit hätte er sich selbst besser kennengelernt.

In seinem Zimmer angekommen, riss er das Fenster weit auf und sah hinaus in die Nacht. Beim Anblick des schwarzen Seidenvorhangs, der über der Stadt lag, schwor er sich, dass er künftig kein Mann ohne Eigenschaften mehr sein würde, sondern einer ohne Probleme. Er wusste nicht, dass es unmöglich ist, solche Versprechen zu halten, weil man keinen Einfluss hat auf die Streiche, die einem das Leben manchmal spielt.

19 Um sechs Uhr morgens landete der Flieger auf dem Flughafen Frantz-Fanon, und Pascal atmete den unnachahmlichen Duft seines Landes ein: den Salzgeruch, das leicht Bittere des Meeres, das Brackige des Schlamms um den Vulkankrater, den Geruch der Früchte in unterschiedlichen Reifegraden, die auf diesem gigantischen tropischen Plateau dargeboten wurden. Diesmal wollte eine Klasse von Gymnasiasten, die mit ihrem Französischlehrer nach Paris flogen, Autogramme von ihm. Bereitwillig kam er ihrer Bitte nach, ehe er in ein Taxi stieg, das ihn nach Marais Salant brachte.

Bei seiner Ankunft fand er das Haus schmutzig, leer und verlassen vor. Ratlos ging er in sein Arbeitszimmer, dem freundlichsten Raum im Haus, und machte sich sofort daran, seine Erfahrungen im Aschram niederzuschreiben. Überraschenderweise sprühte er vor Ideen. Erst hatte er die Reise als totalen Reinfall abgetan, doch nun merkte er, dass das überhaupt nicht stimmte.

Zunächst einmal Indien. Dank seines Aufenthalts im Aschram hatte sich sein Bild gewandelt. Er hatte Indien für ein überbevölkertes Land gehalten, ein Land, in dem zu viele Männer und Frauen lebten, die dazu verdammt waren, ein karges Dasein zu fristen. Aber nein, der Reich-

tum der indischen Kultur beeindruckte ihn vielmehr tief.
Außerdem hatte er die Vielfalt der Welt erkannt, und die
Komplexität ihrer Probleme. Warum war Südafrika, zum
Beispiel, so viele Jahre nach der Apartheid, noch immer
ein gespaltenes Land auf der Suche nach Gleichgewicht?
Und seine leidenschaftliche Liebe zu Sarojini schließlich,
so sagte er sich, hatte es ihm erlaubt, die eigene Menschlichkeit zu ermessen.

Kurz, seine Feder flog nur so übers Papier, als es an die
Tür klopfte. Es war Maria, die Letzte, die er in diesem
Moment erwartet hätte. »Du? Was willst du von mir?«,
fragte er barsch.

Sie bedeckte sein Gesicht mit Küssen und flüsterte:
»Ich wollte mich bei dir entschuldigen, ich wusste nicht,
dass Fatima deine Mutter ist.«

»Wer hat dir das gesagt?«

»Judas Éluthère.«

Pascal war nicht unzufrieden mit Marias Erscheinen, denn ihre verliebte Art tröstete ihn über die brutale
Abfuhr hinweg, die er bekommen hatte. Er schaffte es
also immer noch, den Frauen zu gefallen. Der Korb hatte
nichts mit seinem fehlenden Charme zu tun.

Am Nachmittag desselben Tages zog Maria wieder bei
ihm ein, und sie griffen ihr altes Leben wieder auf. Natürlich merkte Pascal im Lauf der folgenden Tage, dass er
nicht wirklich aufrichtig war, und er nahm es sich übel,
dass er seine Triebe nicht beherrschte. Pascal und Maria
beschlossen, ein paar Tage auf dem Inselchen Sargasse
zu verbringen, in dem Haus, das den Großeltern Bergman gehört hatte. Die waren zwar seit ein paar Jahren
tot, aber das Haus gab es noch, es wurde mehr schlecht

als recht von Eulalies Bruder unterhalten. Eines Morgens stiegen sie also in die Fähre am Quai Valmy, zwängten sich zwischen den Seemännern durch, die lärmend Kisten voller Stockfisch und Bückling vorn auf dem Boot aufstapelten.

Das Meer, das bei der Abfahrt noch friedlich war, fing bald an zu brausen, zu hüpfen, zu springen. Die meisten Passagiere wurden seekrank und erbrachen sich in kleine graue Papiertüten, die die Mannschaft verteilte. Die Überfahrt dauerte eine Dreiviertelstunde. In Sargasse wurden sie auf dem Anleger von Frauen erwartet, die zum Schutz vor der Sonne die Augen zusammenkniffen oder große Strohhüte trugen. Sie boten Spezialitäten des Inselchens an: Teigtaschen mit Krevetten, Kuchen mit Honig oder mit Fruchtgelee.

Pascal tat es leid, dass er nicht öfter nach Sargasse gekommen war. Er hatte sich dort so frei gefühlt wie nur selten als Kind. Die Großeltern Bergman sprachen ihr ganz eigenes Kreolisch, und seine Großmutter verwendete überraschende Redewendungen: »Heute Morgen ist der Körper *krazé*«, sagte sie zum Beispiel. Sie erzählte dem kleinen Pascal Märchen, von denen er nicht viel verstand. Sie ließ ihn pudelnackt im Meer schwimmen. In Sargasse begegnete ihm auch zum ersten Mal die Erotik in Gestalt von Manon, einem Mädchen, dessen Vater ein paar Kühe besaß und das ihnen jeden Morgen zwei Flaschen frische, leicht bläuliche Milch auf den Küchenboden stellte. Beim Anblick ihrer Brüste, ihres Hinterns, ihrer Beine bekam Pascal, der das Wort noch nicht einmal kannte, einen Ständer.

Sonntags luden die Großeltern ihre Freunde zum Essen

ein. Trotz seiner dunkleren Hautfarbe nahmen sie Pascal auf den Schoß und ließen ihn auf und ab hüpfen. Zum Mittagessen gab es eine Art weißer Blutwurst, eine Spezialität der Großmutter, die sie statt mit Schweineblut und altem Brot mit einem pikanten Püree von Riesen-Flügelschnecken zubereitete. Einige sagten, sie fänden die Mischung ekelerregend, andere, sie fänden sie wundervoll, aber alle verputzten sie in rauen Mengen.

Gegen Abend nahm Großvater Bergman Pascals linke Hand, Großmutter Bergman die rechte, und zu dritt drehten sie eine kleine, etwa zwei Kilometer lange Runde. Weil der Großvater es nicht aushielt, Schuhe an den Füßen zu haben – weder Flipflops noch Turnschuhe und auch kein festeres Schuhwerk –, drückte er seine großen weißlichen Füße mit den schwieligen Zehen auf dem Asphalt platt.

Sie kamen zu »Les Diablotins«, den kleinen Teufeln, einer Bar hoch oben über dem Meer, das weit unten wütend gegen das Riff brandete. Großvater Bergman nahm seinen Enkel auf den Schoß, erlaubte ihm, den Finger in sein Glas Rum zu tunken oder sogar daran zu lutschen. Selig schlief Pascal ein. Ja, es war wirklich eine selten schöne Zeit für ihn gewesen.

Bisher hatte Pascal vor allem Marias körperliche Reize zu schätzen gewusst: ihre schweren Brüste, das hohe Gesäß, die Furche, die sich von oben bis unten über ihren Rücken zog. Weil er in Sargasse aber keine Lust mehr empfand und sich oft zu Berührungen zwingen musste, interessierte er sich nun für ihren Geist.

Eines Tages fragte sie: »Du bist verreist, um deinen Vater zu suchen. Was hast du von ihm erfahren?«

Pascal verzog das Gesicht. »Du wirst dich wundern,

aber ich habe ihn nicht mal gesehen. Die Reise war ein Reinfall.«

Sie sagte nichts dazu, behielt ihre Gedanken für sich, denn so war sie: diskret. Sie sprach kaum über ihre Gefühle und die der anderen.

Zwei Tage, nachdem sie wieder zurück waren, tauchten Martha und Lazarus auf. Sie sagten kein Wort, aber der Menge Koffer und Korbtruhen nach zu urteilen, die sie bei sich hatten, begriff Pascal, dass sie sich wieder bei ihrer Schwester einnisten wollten, als wäre nichts. Das fand er eine solche Unverschämtheit, dass er sie umgehend auf die Straße setzte, und Maria gleich mit. Im Stillen sagte er sich, dass es vorbei sein musste mit den Lügen, mit denen er bisher gelebt hatte. Wenn er wirklich die Welt ändern wollte, musste er lernen, der Wahrheit in die Augen zu sehen.

Und so war Pascal wieder allein und froh darüber. Die Vormittage widmete er der sorgfältigen Vorbereitung seiner Lehrveranstaltungen bei »Le Bon Kaffé«, die er wieder aufgegriffen hatte. Nachmittags redigierte er Texte seiner Jünger, denn zwei von ihnen hatten beschlossen, über ihn zu schreiben, darüber, wie sie ihn kennengelernt hatten und welche Lehren sie aus seinem Unterricht zogen.

An manchen Tagen schrieb er an einem Werk, dem er den Titel *Kurz und knapp* gegeben hatte. Es sollte sein Meisterwerk werden. Er wollte den Beweis liefern, dass die viel diskutierte Globalisierung im Grunde genommen nichts anderes war als eine moderne Form der Sklaverei: Die reichen westlichen Länder zwangen Heerscharen unterbezahlter Arbeitskräfte in den armen südlichen Ländern, all die Dinge, die sie brauchten, zu einem Hungerlohn zu produzieren.

Daneben eilte er auch zu seiner Mutter, sobald sie wieder im Lande war. Leider traf er sie nicht in der erhofften Stimmung an. Ein Schriftsteller war bei ihr, dessen Buch *Ich verneige mich* auf dem besten Weg zum internationalen Bestseller war. Sie hatte nur noch einen Gedanken: Konnte ihr Gast nicht auch einen Vortrag bei »Le Bon Kaffé« halten? Pascal versprach, Judas Éluthère darauf anzusprechen, aber ohne große Begeisterung, denn auf ihn wirkte der Schriftsteller eingebildet und arrogant.

Zu seiner Reise nach Castera sagte Fatima nicht viel: »Ach, du hast deinen Vater nicht einmal gesehen! Kein Wunder. Was hatte ich dir gesagt?« Das war ihr einziger Kommentar.

Jean-Pierre, der den »Garten Eden« verpachtet hatte, vermietete nun auch das große Haus, in dem er jahrzehntelang mit Eulalie gelebt hatte, und zog zu Pascal nach Marais Salant. Auch er fragte Pascal nur beiläufig: »Ach, hast du deinen Vater nicht gesehen?«

Pascal meinte, Zufriedenheit in seiner Stimme zu hören, als wäre Jean-Pierre im Grunde nicht unglücklich darüber, sich das Vaterbild mit niemandem teilen zu müssen.

20 Pascal konnte Sarojini nicht vergessen. Im Gegenteil, er musste immer öfter an sie denken. Sarojini, die Unberührbare. Doch er dachte nicht an sie, weil sie so gut aussah oder weil es ihm nachträglich schmeichelte, eine solche Partnerin in den Armen gehalten, sie besessen zu haben, sondern aufgrund ihres schwierigen, unausgeglichenen Charakters, der ihm schwer zu schaffen gemacht hatte. Er stellte sie sich vor, mit ihren langen, glänzenden schwarzen Haaren, wie sie durch die Krankenhausflure eilte oder zum Einkaufen auf den Markt ging. In seinen kühnsten Träumen sah er sich in Jaipur aufkreuzen, sie ihrem Engländer ausspannen und mit ihr nach Hause zurückkehren.

Dank Sarojini hatte er begriffen, dass bei Frauen nicht nur das Äußere wichtig war, der Hintern, die Brüste und Lippen, die pausenlos Nektar verströmten. In Wirklichkeit ging es darum, dass sie einem halfen, die Komplexität der Welt zu durchdringen. Am Ende hielt er es nicht mehr aus und schrieb ihr einen Brief, den er zum »Verborgenen Gott« schickte, in der Hoffnung, dass er von dort weitergeleitet werden würde. Wochen später hatte sie immer noch nicht geantwortet. Nun denn, er würde so lange wie nötig warten.

Er machte es sich zur Gewohnheit, abends am Meer spazieren zu gehen, wenn die Dämmerung hereinbrach, flüchtig wie Sarojinis Liebschaft mit ihm. Um diese Uhrzeit fanden alle das Wasser zu kalt, niemand ging mehr zum Baden. Es waren nur ein paar Fußball spielende Jugendliche da, die insgeheim hofften, irgendwann so gut zu sein wie Lilian Thuram, oder, wer weiß, vielleicht sogar wie der »König« Pelé. Dann ließ sich Pascal in den Sand fallen, und der Schatten legte sich um ihn wie ein Trikot, das langsam zu eng wird. Wenn die Meeresbrise auffrischte und ihn fröstelte, kehrte er wieder nach Hause zurück.

Manchmal ging er auch nicht ans Meer, sondern streifte stattdessen durch die belebten Viertel von Fond-Zombi: La Treille, Saint-Ferréol. Im Labyrinth der Gässchen standen nach der Hitze des Tages die Türen weit offen. Auf den Gehsteigen rannten Kinder herum und balgten sich. An jeder Kreuzung saßen Frauen auf kleinen Bänken und verkauften frittierte Fischbällchen, Topinambur oder verschiedene Fruchtsorbets. Manchmal ging er auch in eine kleine Bar, die »Le Calalou fumé« hieß. Dann verstummten die Gespräche, und alle drehten sich zu ihm um.

Pascal merkte, dass er sich daran gewöhnte hatte, immer und überall erkannt zu werden. Aber was wollten die Leute von ihm? Das wusste er nicht. Genauso wenig wie er wusste, dass die allgemeine Begeisterung, die ihm zu Kopf stieg wie ein Parfum, sich abrupt legen oder gar umschlagen konnte. Er ahnte nicht, dass die freundlichen Gesichter und das sanftmütige Lächeln schlagartig schneidend und spitz werden konnten wie Steine, die nach einem geworfen wurden. Kurz, er wollte nichts von dem abgedroschenen Spruch wissen: »Hochmut kommt vor dem Fall.«

Einige Wochen nach seiner Rückkehr nach Marais Salant geschah etwas Seltsames. An einem Sonntag kamen seine reizenden Nachbarn zur Linken, die Martins, die fromme Christen waren, auf dem Rückweg von der Messe bei ihm vorbei. In ihren Gesichtern stand der verlegene Ausdruck von Menschen, die ein unangenehmes Thema ansprechen wollen.

»Ist Ihnen aufgefallen«, fragten sie verschämt, »dass ein Obdachloser im Schuppen hinten in Ihrem Garten wohnt?«

Pascal, dem nichts dergleichen aufgefallen war, wunderte sich sehr, denn Obdachlose hatten es schwer auf der Insel. Wenn sie sich am Strand blicken ließen, hieß es, sie würden dem Tourismus schaden, und die Polizei sammelte sie kurzerhand ein, steckte sie in eine Zelle und ließ sie ein paar Tage auf der Wache schmoren.

Die Martins wurden immer verlegener. »Das Dumme ist«, fuhren sie fort, »dass er ungeniert seine Geschäfte überallhin macht. Wir haben eine kleine Tochter, sie ist gerade mal vier, und es wäre wirklich furchtbar, wenn sie das sehen würde.«

Pascal eilte ans Ende des Gartens und stellte fest, dass hinter den Ebenholzbäumen tatsächlich ein aus Pappe und Sperrholz zusammengezimmerter Schuppen stand. Im Augenblick sah er verlassen aus. Es war niemand da, und als er einen Blick hineinwerfen wollte, schlug ihm ein so abscheulicher Geruch entgegen, dass er wieder wegging. Doch die Sache beunruhigte ihn derart, dass er wenige Stunden später zurückkehrte; diesmal fiel ein gelber Lichtschein aus dem Schuppen.

Er klopfte, und ein Mann machte ihm auf. Er hatte das Gefühl, ihn schon einmal gesehen zu haben. Das lag nicht nur an seiner Kleidung aus gestreiftem Drillich, die ihm bekannt vorkam, auch nicht an seinen Stiefeln mit breiten Stulpen, ähnlich denen der Musketiere, sondern vor allem an seiner Haltung. Es sah aus, als versteckte er etwas in seinem Rücken. Einen Buckel?

»Kennen wir uns nicht?«, fragte er verwirrt. Gleichgültig zuckte der Mann die Schultern. Immer verdutzter musterte ihn Pascal, dann fiel es ihm plötzlich wieder ein: »Sie sehen Espíritu Tejara sehr ähnlich, dem Onkel meines Vaters!«

Der Mann warf den Kopf in den Nacken und lachte, was alles und nichts bedeuten konnte. »Sind nicht alle Menschen Brüder?« Dann hörte der Mann wieder auf zu lachen und sagte ernst: »Sehen Sie nicht den dichten Schatten? Den Schatten um Sie herum? Den Schatten, der auf Ihnen lastet?«

»Von was für einem Schatten sprechen Sie?«, fragte Pascal verärgert.

Ohne zu antworten, trat der Mann wieder in den Schuppen. Trotz des Gestanks folgte Pascal ihm. »Ich bin gekommen, um Sie zu warnen«, sagte Espíritu oder sein Doppelgänger. »Ihnen steht großer Ärger bevor. Machen Sie sich darauf gefasst, wie ein Aussätziger behandelt zu werden, und wundern Sie sich nicht. Das ist ganz normal, das ist eben die Rolle der Tejaras.«

Pascal schenkte diesen unverständlichen Worten keine Beachtung und warnte ihn: »Ich könnte die Polizei rufen, und die würde Sie mit Gewalt zur erstbesten Wache schleifen, aber das ist nicht meine Art. Lieber bitte ich Sie höflich, zu gehen. Wer auch immer Sie sind, Sie haben hier nichts zu suchen.«

Der Mann lächelte geheimnisvoll. »Ich wollte Ihnen nur helfen.«

»Wie denn?«, fragte Pascal.

Der Mann kramte in seinen Taschen und zog einen kleinen Gegenstand heraus, eine rote Schachtel, die auf eine Lederlasche montiert war: »Wenn Sie mich brauchen, drücken Sie auf den Knopf, dann komme ich und helfe Ihnen.«

Pascal nahm den Gegenstand entgegen, betrachtete ihn neugierig und steckte ihn ein.

Am nächsten Morgen rannte Pascal in aller Frühe wieder hinten in den Garten und fand den Schuppen leer vor, mit Ausnahme eines Eimers, der mit gelber Flüssigkeit gefüllt war – Urin, wie sich herausstellte. Mit schweren Schritten ging er zum Haus zurück und fragte sich, ob er einen prophetischen Albtraum gehabt hatte. Warum sollte Espíritu nach Marais Salant kommen? Was wollte er ihm mitteilen? Warum sprach er davon, dass ihm eine Gefahr drohte? Was sollte das für ein Schatten sein, der auf ihm lastete? Was hatte das alles zu bedeuten? Weil ihm diese Fragen keine Ruhe ließen, bekam er die ganze Nacht kein Auge zu. Am nächsten Morgen fühlte er sich fiebrig und sein Herz raste, und das änderte sich auch nicht, als er einen Kräutertee nach dem anderen kippte.

21 Trotz des beunruhigenden Besuchs war Pascal nicht auf den Schlag gefasst, der sein Leben erschüttern sollte. Der Mann hatte die Wahrheit gesprochen: Auf ihm lastete ein Schatten, der sich blitzartig über alles breitete. Eines Morgens erreichte ihn ein Brief von Monsieur Pacheco, der aus Japan zurück war. Darin teilte er ihm ohne Umschweife mit, es sei vorbei mit seinen Lehrveranstaltungen im Betrieb, und man danke ihm für seine Dienste.

Wütend eilte er zu Judas Éluthère. Éluthère verstellte sich nicht mehr, bekannte sich offen zu seiner Sexualität und lebte mit Kassem Kemal, einem libanesischen Anwalt zusammen, den er in Frankreich kennengelernt hatte. Pascal, der selbst um ein Haar den Reizen dieses gut aussehenden, eleganten und gepflegten Mannes erlegen wäre, wunderte sich nicht darüber. Als er zu ihm kam, saßen Judas und Kassem beim Abendessen, einer Stockfisch-Chiquetaille mit gekochten Süßbananen, weil sie beide kein Fleisch aßen.

Nachdem er den Brief gelesen hatte, wetterte Judas Éluthère los: »Das darf er gar nicht! Das ist Vertragsbruch! Bei unserem Meeting hat er versprochen, nichts dergleichen zu tun. Er kann sich nicht ungestraft über uns lustig machen, das wird er schon noch sehen.

Wart's nur ab!« Dann lud er Pascal ein, mit ihnen zu essen.

Beim Nachtisch, es gab einen mit Bitterorangengelee gefüllten Kuchen, kam ein Besucher: Dominique Origny, ein kleiner Mann mit schütterem Haar, der, so unscheinbar er wirkte, ein Fernsehstar war. Vor ein paar Jahren schon hatte er mit seinen Porträts von Persönlichkeiten aus der Politik Aufmerksamkeit erregt: John F. Kennedy, Robert Kennedy, Indira Gandhi, Nelson Mandela, Michail Gorbatschow, Oprah Winfrey usw. Im Augenblick sorgte er mit einem neuen Format für Wirbel, es hieß *Face à Face*, Fernsehduell. Dazu lud er zwei Menschen ein, die gegensätzliche Meinungen vertraten, damit sie sich live über ihre Sichtweisen austauschten. Origny gab eine Reihe Anekdoten über die Berühmtheiten zum Besten, die er täglich traf. Die Unterhaltung war sehr angeregt.

Irgendwann wandte sich Origny an Pascal und schlug vor: »Würden Sie in meiner Sendung auftreten?«

»Ich?«, fragte Pascal überrascht.

»Ja, eine Debatte zwischen Ihnen und Monsieur Pacheco wäre doch wunderbar. Wie Judas mir gesagt hat, vertreten Sie eine ganz andere Meinung als er.«

Pascal wollte sich nicht festlegen. »Ich möchte ihn erst kennenlernen.«

»Er ist ein großer Charmeur«, warnte ihn Kassem.

»Ob Charmeur oder nicht«, sagte Judas Éluthère resolut, »dem werde ich was erzählen.«

Offensichtlich kam Judas mit seiner Wut nicht weiter, denn die Zeit verstrich, und Pascal hörte nie wieder etwas von der Sache. Am Ende des Monats stieg er traurig auf seinen Roller und fuhr nach Sagalin, wo er seinen letzten

Kurs geben und danach Norbert Pacheco treffen sollte, der ihn zum Mittagessen eingeladen hatte.

Zu seiner Überraschung erwarteten ihn seine Schüler dicht gedrängt im großen Hof und begrüßten ihn mit Hochrufen. Der Unterrichtsraum war brechend voll. Heute waren sogar Menschen da, die noch nie zu den Debatten gekommen waren, und manche mussten sich aus Platzmangel auf den Boden setzen. Auch diejenigen, die seinen Ideen immer widersprochen hatten, wirkten an diesem Tag betrübt und schienen seinen Abschied zu bedauern.

Nach dem Kurs schüttelte Pascal etliche Hände, ehe er sich auf den Weg zum Mittagessen mit Monsieur Pacheco machte. Sein Herz raste. Pachecos Büro lag im obersten Stock. Es war prachtvoll möbliert, an den Wänden hingen Fotos von Männern, die Pascal nicht erkannte. Er glaubte, auf einem Bild Pandit Nehru zu sehen, aber wahrscheinlich täuschte er sich.

Kein Zweifel, Monsieur Pacheco war ein sehr gut aussehender Mann in eleganter Kleidung und mit schicken Stiefeletten einer teuren Marke an den Füßen; doch unter der Oberfläche war trotz allem das gefährliche Raubtier in ihm zu erahnen. Es hieß, er hätte mehrere Mitarbeiterinnen verführt und zwei von ihnen sogar ein Kind gemacht. Er befand sich in Gesellschaft zweier Männer, die genauso elegant waren wie er.

»Da ist ja mein Feind!«, sagte Pacheco lächelnd und nahm Pascal vertraulich beim Arm. Die beiden anderen lachten devot.

Pascal protestierte: »Nein, nein! Ich bin nicht Ihr Feind, sagen wir doch lieber, dass wir nicht derselben Auffassung sind.«

»In Sagalin gibt es kein gutes Restaurant«, fuhr Monsieur Pacheco fort. »Wenn Sie einverstanden sind, fahren wir ein Stück weiter nach Saint-Marcelin. Ich will Ihnen ein unscheinbares kleines Bistro zeigen. Es ist eines der besten Lokale, die mir je begegnet sind.«

Die vier Männer gingen zu dem Parkplatz, der von einem alten Mann bewacht wurde. Auch er war Pacheco gegenüber duckmäuserisch. Als er sie sah, stand er auf, deutete einen militärischen Gruß an und rief übertrieben laut: »Guten Tag, Chef!«

Sie fuhren zum Dorf Saint-Marcelin. Aber konnte man überhaupt von einem Dorf sprechen? Saint-Marcelin bestand aus einer Reihe von einem Dutzend Hütten am Meer, das an dieser Stelle blau war und harmlos wirkte. Monsieur Pacheco ging auf die bescheidenste Hütte zu, sie war aus Ruten geflochten und rudimentär grau und grün gestrichen. Der Wirt, ein kraushaariger Inder, eilte den Neuankömmlingen entgegen und begrüßte Pacheco mit einer feierlichen Umarmung, als wollte er all seinen Gästen demonstrieren, dass der einer seiner besten Kunden war. »Ich empfehle Ihnen heute die Thunfisch-Quiche und als Beilage das Brotfrucht-Gratin. Ich bin gespannt, was Sie dazu sagen werden«, verkündete er. Die Männer setzten sich und tranken den Punsch, den er ihnen brachte.

Monsieur Pacheco wandte sich an Pascal. »Sie dürfen nicht denken, dass ich Ihren Vorträgen ein Ende gesetzt habe, um Sie zu schikanieren. Ich bin einfach nur der Meinung, dass man den Mitarbeitern jetzt Zeit geben muss, Ihre Ideen zu überdenken. Sie sind frisch aus Brasilien zurück, habe ich gehört? Ein wunderschönes Land, nicht wahr?«

»Ich war nicht als Tourist da«, sagte Pascal. »Genau genommen war ich in Castera, im Aschram ›Der verborgene Gott‹, unter Menschen, die die Welt verändern und verbessern wollen.«

»Und auf welche Lösung sind Sie gekommen?«, fragte Pacheco spöttisch.

»Noch gar keine, bis jetzt. Wir sind noch in der Beratungsphase«, sagte Pascal, dem Pachecos Spott nicht entgangen war.

Monsieur Pacheco fuhr sich mit den Fingern durch die Haare, die er schulterlang trug. »Bei ›Le Bon Kaffé‹ haben wir schon eine gefunden. Um das Leben der Menschen zu verbessern, denken wir, sollte man ihnen ein gutes Einkommen und guten Wohnraum bieten, wie wir das mit unseren Mitarbeitern tun. Wir sind auch der Meinung, dass man ihren Kindern eine gute Ausbildung an guten Schulen ermöglichen muss, damit der soziale Aufstieg nicht ins Stocken gerät.«

»Und weil das so ist, gibt es die vielen Demos im Land«, entgegnete Pascal sarkastisch.

Einer der beiden anderen Männer streckte die Hand aus. »Keinen Streit, bitte«, sagte er energisch, »wir sind zusammengekommen, um uns untereinander auszutauschen.«

Der Rest der Mahlzeit verlief friedlich, die vier Männer redeten über alles und nichts. Wieder einmal ein Gespräch, das zu nichts führt, sagte sich Pascal enttäuscht.

22 Seit er auf seine Vorträge bei »Le Bon Kaffé« verzichten musste, war Pascal nur noch gelangweilt. Mit der Überarbeitung von *Kurz und knapp* kam er nicht voran. Die meiste Zeit machte er gar nichts. Wenn er die Texte seiner Jünger redigierte, wurde ihm bewusst, dass das, was sie großspurig seine Lehren nannten, nicht viel hermachte. Ein paar Klischees, ein paar abgedroschene Ideen, kurz, Grundsätze, die schon andere vor ihm formuliert hatten.

Um auf andere Gedanken zu kommen, fuhr er nach Fond-Zombi zur Lesung des Schriftstellers, der bei seiner Mutter wohnte. Das entmutigte ihn vollends. Das wohlhabende Publikum, gepflegt und teuer gekleidet, stand Schlange, um sich die Bücher des Mannes signieren zu lassen, die eine Pariser Buchhandlung dort verkaufte wie warme Semmeln.

Als der ganze Zirkus vorbei war, fuhr Pascal nach Hause zurück, aß zu Abend und ging ins Bett. Nachdem Dominique Origny noch einmal auf ihn zugekommen war, hatte er schließlich zugesagt: Bei einem Fernsehduell mit Pacheco hätte er Gelegenheit, seinen Traum einer harmonischen, ausgeglichenen Gesellschaft darzulegen.

Ein paar Tage später bekam er eine Einladung zum vierzigsten Firmenjubiläum von »Le Bon Kaffé«: ein Flötenkonzert, gefolgt von einer Konferenz zum Thema »Das neue Unternehmen: Wie wird es der Moderne am besten gerecht?«. Das Thema war zwar verlockend, aber er wollte nicht hingehen. Das stünde im Widerspruch zu seinem Auftritt bei *Face à Face*, dem er gerade zugesagt hatte. Also blieb er allein zu Hause und vertrieb sich die Zeit mit einem alten Hitchcock-Film, der im Fernsehen lief. *Marnie* oder *Die Vögel*, eins von beiden. In beiden Filmen spielte eine hübsche blonde junge Frau die Hauptrolle. Am Ende schlief er vor der Glotze ein.

Als er gegen zwei Uhr morgens mit einem bitteren Geschmack im Mund aufwachte, ging es im Fernsehen drunter und drüber. Eine Nachrichtensprecherin meldete völlig hysterisch, dass es in Sagalin, bei »Le Bon Kaffé«, einen Anschlag gegeben hätte. Sofort war Pascal hellwach. Ein Anschlag, dachte er. Was denken die sich eigentlich in diesem Land, wo die Führungsspitze immer nur brav die Befehle aus dem Mutterland befolgt? Ein Anschlag! Was für ein schlechter Scherz!

Weil er nicht wusste, was er tun sollte, schwang er sich auf seinen Roller und fuhr nach Sagalin. Er war nicht als Einziger auf diese Idee gekommen. Die ganze Straße war voller Fahrzeuge, in denen weinende und Psalmen singende Männer und Frauen saßen.

Das Krankenhaus von Sagalin befand sich in einem alten Holzgebäude, jegliche moderne Ausstattung fehlte. Eine erstaunlich große Menschenmenge war im Garten versammelt. Alle wichen zurück, als sie Pascal sahen, und er war erstaunt, wie viele feindselige Blicke ihn trafen. Glaubten sie etwa, er hätte etwas mit dieser unseligen Geschichte zu tun? Er, der Gewalt verabscheute und keiner Fliege etwas zuleide tun könnte!

Er erfuhr, dass es ein Dutzend Tote gegeben hatte und noch viel mehr Verletzte und dass Pacheco an zwei Kopfschüssen gestorben war. Norbert Pacheco, dieser gut aussehende, gut gekleidete Mann, von dem er so beeindruckt gewesen war! Es ist eine seltsame Sache mit dem Tod, wir müssen zwar alle sterben, und er stellt sich jedem in den Weg, doch staunen wir jedes Mal, wenn wir ihm begegnen.

Der schwarze Himmel war mit roten Streifen überzogen, als wäre das Blut der Opfer bis dort oben hin aufgestiegen und würde laut nach Rache schreien. Auf seinem Weg durch die Menge stieß Pascal auf Judas Éluthère, der einen Arm in der Schlinge hatte und von einem Dutzend Polizisten begleitet wurde. Tränen standen ihm in den Augen, er sah erschöpft aus. Er erzählte Pascal, was passiert war: Trotz seiner starken Rückenschmerzen hatte sein Freund Kassem Kemal darauf bestanden, ihn zu dem Empfang zu begleiten. Und weil er Bambusflöten liebte, war er länger bei den Musikern geblieben, in dem Saal, in den das Killerkommando eindrang. Eine Kugel hatte ihn in die Brust getroffen, er war auf der Stelle tot gewesen. Pascal sprach Judas Éluthère sein Beileid aus, was wie immer in solchen Fällen oberflächlich und abgeschmackt klang, dann fuhr er traurig nach Marais Salant zurück.

Am nächsten Morgen stand schon um acht Uhr morgens die Polizei vor seiner Tür, zu der Zeit, wo Eltern ihre Kinder zur Schule schleiften, die vor lauter Verzweiflung bei der Aussicht auf einen neuen langen Schultag weinten. An jenem Morgen stand den Lehrerinnen und Lehrern nicht der Sinn danach, ihre pädagogische Aufgabe zu erfüllen, alle kannten nur einen Gedanken: Wer waren die Attentäter? Woher kamen sie? Wo versteckten sie sich?

Alle hofften, dass sie so schnell wie möglich gefasst wurden.

Zehn Polizisten waren zu ihm gekommen. Zehn Stück, dachte Pascal, das kann nur zwei Gründe haben: Entweder gibt es zu viele Polizisten oder sie messen mir zu viel Bedeutung bei. Er bat sie ins Haus.

Einer der Polizisten, der älteste oder hochrangigste, stellte ihm zunächst ganz banale Fragen: Geburtsdatum, Geburtsort, Adresse. Doch bald wurde sein Ton aggressiver: »Sie wollen uns also weismachen, dass Sie nicht wissen, welchen Hitchcock-Film Sie gesehen haben? Dass Sie nicht wissen, ob es *Marnie* war oder *Die Vögel*?«

»Tut mir leid«, verteidigte sich Pascal vehement, »mit Filmen kenne ich mich nicht so gut aus. Als ich zehn oder zwölf Jahre alt war, habe ich einen Film von François Truffaut gesehen, *Sie küssten und sie schlugen ihn*, der das genaue Gegenteil von meinem Leben damals war. Deshalb habe ich ihn nie vergessen, und Truffaut ist der einzige Filmregisseur, dessen Namen ich mir je gemerkt habe.«

Der Polizist ließ nicht locker. »Gibt es wenigstens einen Zeugen, dass Sie ferngesehen haben?«

»Nein. Das habe ich Ihnen doch schon gesagt, ich war allein zu Hause.«

Als er fertig war, bat ihn der Polizist, die Aussage zu unterschreiben, und forderte ihn grimmig auf: »Wenn Sie uns bitte folgen würden?«

»Ihnen folgen? Wieso?«, protestierte Pascal. »Mehr habe ich nicht zu sagen.«

Der andere lächelte übertrieben freundlich. »Man kann nie wissen. Vielleicht haben Sie ja etwas vergessen und es fällt Ihnen wieder ein.«

»Sie sind auf dem Holzweg«, versicherte ihm Pascal,

»für kommende Woche habe ich nämlich einem Fernsehduell mit Norbert Pacheco zugesagt. Das zeigt doch wohl ganz klar, auf welche Weise ich meine Meinungsverschiedenheit mit ihm beilegen wollte, wenn es denn überhaupt eine Meinungsverschiedenheit gab.«

Die Polizei sah das eindeutig anders. Ihr zufolge hätten die Personalräte Pascal gebeten, Vorträge in Sagalin zu halten, und das hätte Norbert Pacheco nach seiner Rückkehr aus Japan mit harter Hand unterbunden. Und deshalb hätte Pascal sich also gerächt.

Pascal, der sich nicht mit juristischen Verfahren auskannte, fragte sich, ob eine Verhaftung so aussah. Sie gingen die Treppe hinunter und nach draußen. Vor dem Haus herrschte großer Andrang. Wieder einmal staunte Pascal über den jähen Stimmungswandel ihm gegenüber. Gestern noch, kurz vor dem Anschlag, hatten ihn alle lächelnd um ein Autogramm gebeten. Jetzt erntete er nur noch feindselige Blicke.

1920 war das Gefängnis von Fond-Zombi der Schauplatz eines großen Aufstands. Dutzende Gefängniswärter waren gestorben, Hunderte Gefangene waren geflohen. Danach war ein neues gebaut worden: mit dicken Mauern, vergitterten Schießscharten, Kontrolltürmen in jedem Innenhof. Einem enormen Bunker gleich erhob sich das Gefängnis mitten in der Stadt. Heute, angesichts des Drogenmissbrauchs und der damit einhergehenden zunehmenden Gewalt, war es wieder zu klein. Die Gefangenen schliefen zu dritt oder viert in den Zellen, und es gab nicht genügend Wärter.

Zwei Polizisten führten Pascal in den ersten Stock, in eine schmale, schmutzige und schummrige Zelle. Auf einer verdreckten Matratze am Boden lag ein Junge und schlief, die Polizisten weckten ihn mit Fußtritten. »Dürfen wir vorstellen? Damien Damianus, ein alter Bekannter. Um vier Uhr wird er entlassen, dann haben Sie die Zelle für sich allein.«

Mit Augen so groß wie Untertassen starrte Damien Damianus ihn an, als wäre Pascal ein Gott. »Sind Sie das?«, fragte er ungläubig. »Sind Sie das wirklich?«

»Ich bin es, nur ich«, sagte Pascal.

Damien Damianus konnte nicht viel älter sein als zwanzig. Wie so häufig saß er eine kurze Haftstrafe ab, weil er wieder einmal beim Dealen in der Nähe der Oberschule erwischt worden war. Er war ein Handlanger großer Fische, Dealer, die ihre Ware mit Schiffen aus Lateinamerika kommen ließen.

»Ich konnte nie zur Schule gehen, wie ich es gerne wollte«, erzählte er Pascal, »meine Mutter hat bei Geldsäcken geschuftet, und ich musste ihr helfen und auf meine kleinen Brüder und Schwestern aufpassen. Wenn ich gekonnt hätte, wäre ich am liebsten Schriftsteller geworden.«

»Schriftsteller!«, sagte Pascal überrascht. »Dieser Beruf ist zu nichts gut. Sein Brot kann man sich damit jedenfalls nicht verdienen!«

Damien hörte ihm nicht zu. »Ich habe nämlich mal das Zimmer von 'nem Jungen aufgeräumt, wo meine Mutter gearbeitet hat. Und da hab ich ein Buch mit 'nem komischen Titel gefunden: *Denn du kannst weinen*. Was sollte das denn heißen? Es ist die Geschichte von 'nem behinderten Jungen und seinem Vater, die sich zusammen umbringen. So was von schön!«

Leider wurde die interessante Unterhaltung um drei Uhr unterbrochen, weil ein Polizist kam und Damien abholte. Pascal fand sich allein wieder, und da er nicht wusste, was er tun sollte, legte er sich auf die verdreckte Matratze und schlief vor Müdigkeit und vor allem vor Sorge ein.

Er hatte schon ein paar Stunden geschlafen, als zwei Frauen auftauchten. Eine kleine, dicke schob den Servierwagen mit dem Abendessen, die andere … Meine Güte, was für eine Schönheit! Selbst in der khakifarbenen Uniform war ihre sagenhafte Figur zu erkennen.

»Ich konnte es nicht glauben«, sagte sie, »als meine Kollegen mir erzählt haben, dass Sie wegen des Anschlags verhaftet worden sind. Darf ich mich vorstellen: Sergent Albertine Lachalle, wir bringen Ihnen Ihr Essen. Heute gibt es Kutteln und Poyo-Bananen.«

Meine Güte, sagte sich Pascal wieder, was für eine Schönheit! Er konnte nicht ahnen, dass diese Schönheit, die ihn so umhaute, ein gutes Dutzend Jahre älter war als er, was ihr aber nicht anzusehen war. Pascal war kein Schürzenjäger, keiner, der sofort Feuer und Flamme für eine Frau war. Aber jetzt fand er also zwei Frauen anziehend. Sarojini, die er genauso wenig vergessen konnte, wie man unbekannte Gerüche oder Geschmäcker vergisst. Und diese Albertine, bei der er noch nicht so recht wusste, woran er war.

Voller Appetit verspeiste er das ausgezeichnete Mahl, dann legte er sich wieder auf die Matratze, diesem Begehren ausgeliefert, das nicht gestillt werden kann. Um kurz vor zweiundzwanzig Uhr ertönte ein schrilles Klingeln und das Licht ging aus. Zapfenstreich. Nach einer Weile ging die Tür auf: Albertine trat in die Zelle und setzte sich neben ihn.

»Ich spüre«, sagte sie, »dass die Liebe in unseren Herzen trotz unseres Altersunterschieds mit einem Feuer brennen wird, das uns vielleicht verzehrt.«

23 Pascal wusste nichts über Albertine, aber die biederen gutbürgerlichen Frauen in Fond-Zombi verzogen das Gesicht, wenn sie von ihr sprachen. »Sechs Kinder hat sie, von sechs Männern. Kurz und gut, eine Nutte! Vor drei Jahren hat ihr letzter Macker, ein Polizist, der nach Frankreich zurück ist, ihr eine Stelle bei der Polizei verschafft. So eine verdorbene Person wie sie, und die soll Gesetzesbrecher bestrafen! Zum Totlachen!«, raunten die Frömmlerinnen.

Pascals Leben im Gefängnis hatte zwei derart unterschiedliche Seiten, dass er sich fragte, ob er das alles selbst erlebte. Er hatte das Gefühl, zu zwei Menschen geworden zu sein, die gegensätzliche Erfahrungen machten. Die Nächte, Reich der Lust, gehörten Albertine. Kurz nach dem Zapfenstreich kam sie zu ihm. Erst hörte er ihre zarten Schritte im gefliesten Gang, dann das Klappern des Schlüssels im Schloss, und schließlich trat sie ein. Sie zog ihre Uniform aus und schmiegte sich an ihn, in ihre Nacktheit gehüllt. Unersättlich, unermüdlich liebten sie sich die ganze Nacht, hielten nur inne, um Luft zu holen oder sich Erinnerungsfetzen ins Ohr zu flüstern, eindringlich wie Träume.

»Unsere Liebe«, erklärte Albertine, »ist unvergleichlich. Ich habe zwar vor dir viele Männer gekannt und sie haben mir auch Kinder gemacht. Eine ganze Bande, in allen Farben. Aber trotzdem fühle ich mich in deinen Armen wie eine Jungfrau.«

Leider musste sie ihn am frühen Morgen verlassen, um den Gefangenen ihre Frühstückstabletts vorzubereiten.

Ab sieben Uhr morgens wurde Pascal dann zu einem anderen Menschen. Ein Wärter begleitete ihn zum Waschraum am Ende des Gangs. Der Tag hatte begonnen. Pascal bekam keinen Besuch. Wieso? Hatte er ein so schweres Verbrechen begangen, dass er diese Behandlung verdiente? Wenn er die Wärter fragte, sagten sie nichts. Das beschäftigte ihn, und daneben war er völlig besessen von Judas Éluthère, dessen Sinneswandel er nicht nachvollziehen konnte.

Am Morgen nach seiner Festnahme fing es damit an. Er war gerade zusammen mit anderen Häftlingen in dem kleinen Freizeitraum, als er hörte, dass das Triumvirat an der Spitze von »Le Bon Kaffé« abgelöst werden sollte, und zwar durch José Louis, Frédérique Dondenac und – wer hätte das gedacht! – Judas Éluthère. Unerwartet hatte sich herausgestellt, dass er in Paris am renommierten Sciences Po studiert hatte und somit die besten Voraussetzungen für die neue Tätigkeit mitbrachte.

Judas Éluthère, der anzunehmenderweise die treibende Kraft hinter den Demos bei »Le Bon Kaffé« gewesen war, sollte in die Geschäftsführung kommen! Und damit würde ihm ein sehr komfortables Einkommen zustehen, ganz zu schweigen von dem großen Haus in Bois Jolan, das zu seinem neuen Posten gehörte, und vom bezahlten Jahresurlaub in Frankreich.

Am Tag von Norbert Pachecos Beerdigung, die im Fernsehen übertragen wurde, entdeckte Pascal zu seiner Verblüffung Judas Éluthère unter den Trauergästen. Er sprach in einem Interview von seinem Kummer und von der großen Wertschätzung, die er dem Verstorbenen immer entgegengebracht hatte, obwohl er seine Ansichten nicht teilte. Von wegen große Wertschätzung!, dachte Pascal fassungslos, hat er vergessen, wie er sonst immer über ihn gesprochen hat? Warum hatte man Judas Éluthère in Ruhe gelassen, ihn, Pascal, aber ins Gefängnis geworfen wie den letzten Dreck? Was war da los? Was hatte das zu bedeuten?

Eine Woche blieb Pascal in Haft. Dann kamen an einem Samstag zwei Wärter zu ihm und teilten ihm mit, dass er frei wäre. Alle Anklagen gegen ihn wären fallen gelassen worden. Ein Obdachloser, der seine Zuflucht auf der Terrasse von Pascals Haus in Marais Salant genommen hatte, hätte sogar unter Eid ausgesagt, dass Pascal am Abend des Anschlags ferngesehen hätte und nicht oder vielmehr erst sehr spät aus dem Haus gegangen wäre. Ein Obdachloser, fragte sich Pascal, wer mag das wohl sein?

Sie gingen in einen Raum im Erdgeschoss, in dem die Wärter ihm zurückgaben, was erst vor Kurzem beschlagnahmt worden war: eine Schachtel Lucky Strike, Streichhölzer, eine Packung Pfefferminzbonbons, außerdem die rätselhafte rote Schachtel, die er von Espíritu oder seinem Doppelgänger bekommen hatte.

Die Wärter beförderten ihn nach draußen, als wollten sie ihn auf einmal so schnell wie möglich loswerden. Er durchquerte den Hof, um den ein Dutzend junger Häftlinge in gestreiften Shorts rannten, und trat auf den Gehsteig.

Es war früh, sehr früh am Morgen, und der Himmel war blau, so blau wie das Auge eines europäischen Neugeborenen. Frauen kamen aus der nahen Kirche, wo sie bei der Frühmesse gewesen waren. Müllmänner leerten Tonnen in große orangefarbene Müllwagen. Pascal war hin- und hergerissen zwischen Freude, weil er wieder frei war, und Niedergeschlagenheit, weil er Albertine von einem Moment zum nächsten verlassen musste, ohne sie in den Arm zu nehmen und ihr erklären zu können, was los war.

An der nächsten Straßenecke entdeckte er ein Taxi und ließ sich nach Marais Salant bringen. Den ganzen Weg lang warf der Fahrer ihm im Rückspiegel ununterbrochen zornige Blicke zu, auf die Gefahr hin, einen Unfall zu bauen.

Zu Hause angekommen, öffnete Pascal das Tor und konnte seinen Augen kaum glauben. Der Rasen und die Terrasse waren übersät mit Schalen, Essensresten, allem möglichen Unrat, als wären Mülleimer dort ausgekippt worden. Das Haus war verdreckt. Jean-Pierre lag in ein Laken gewickelt auf einem Bett im ersten Stock.

»Warum ist das Haus in einem solchen Zustand?«, fragte Pascal ihn fassungslos.

»Die Nachbarn«, sagte Jean-Pierre nur und gab ihm einen flüchtigen Kuss auf die Stirn.

»Die Nachbarn?«

»Ja, sie sind der Meinung, du solltest woanders hinziehen. Sie sagen, du bist eine Schande für das ganze Viertel. Tag für Tag muss ich mich mit ihnen herumschlagen.«

Pascal eilte zu seiner Mutter. Auch sie hatte er seit seiner Verhaftung nicht mehr gesehen.

Sie küsste ihn ab und fragte: »Ging es im Gefängnis einigermaßen? Ich habe gerade eine Petition herumgehen lassen, damit du so bald wie möglich entlassen wirst. Ich hätte nicht gedacht, dich so schnell wiederzusehen. Als ich zum Gefängnis kam, hieß es, du hättest ein so schweres Verbrechen begangen, dass man dir Besuchsverbot erteilt hätte. Aber ich wusste trotzdem, dass alle Klagen gegen dich fallen gelassen werden würden.«

Pascal war nicht zu ihr gekommen, um von sich zu erzählen oder vom Gefängnis, denn er hatte nicht vor, ihr seine leidenschaftliche Affäre mit Albertine zu bekennen. Stattdessen kam er auf seine fixe Idee zurück und fragte: »Was sagst du zu Judas Éluthères Verhalten? Es ist doch ganz erstaunlich, oder?«

»Wieso? Judas Éluthère ist bei dem Anschlag verletzt worden, er hätte fast einen Arm verloren.«

»Und dafür wird er also belohnt?«, höhnte Pascal. »Und in die Geschäftsführung benannt?«

Seine Worte schienen Fatima zu schockieren. »Die Mitarbeiter selbst wollten, dass er befördert wird«, sagte sie. »Er hat ihnen immer nur Gutes getan.«

Pascal begriff, dass es kein Leichtes wäre, sie von seinen Zweifeln zu überzeugen, und wandte sich ab.

»Gehst du schon wieder?«, fragte sie erstaunt.

Und Pascal, der sich verlassen fühlte, kehrte nach Hause zurück.

Am frühen Nachmittag hielt er es nicht mehr aus und beschloss, selbst bei Judas Éluthère anzurufen. Die Stimme einer Frau, sicher die seiner Sekretärin, sagte ihm, er sei in einer Besprechung und sie wolle ihn nicht stören. Trotz ihrer Frostigkeit hinterließ er seinen Namen. Anschließend rief er seine Jünger an, um ihnen zu erzählen, dass er zurück war, und lud sie zu sich ein. Hocherfreut kamen Marcel Marcelin und José Donovo sofort nach Marais Salant.

Er stellte ihnen die fast schon rituelle Frage: »Was haltet ihr von Judas Éluthères Verhalten?«

Doch auch sie waren nicht davon schockiert. »Judas Éluthère«, sagte Marcel Marcelin, »habe ich seit dem Anschlag nicht mehr gesehen. Ich glaube, er will einfach nicht schlecht von einem Toten sprechen, damit es im Unternehmen nicht noch chaotischer zugeht. Außerdem ist es ihm zu verdanken, dass die Löhne erhöht wurden und die Scharlatane vor die Tür gesetzt wurden, die sich unrechtmäßig eine Wohnung unter den Nagel gerissen hatten.«

Zum Essen wollten Marcel Marcelin und José Donovo nicht bleiben. Lustlos stocherten Pascal und Jean-Pierre in einem Frikassee vom Tintenfisch, das sie beim »Mont Ventoux« bestellt hatten, und legten sich dann schlafen.

Als Pascal am nächsten Morgen die Türen öffnete, entdeckte er mit Bestürzung, dass das ganze Haus mit roten Graffitis verschmiert war. Zusammen bildeten sie ein Wort: Mörder. Darunter waren Kreuze. Auf einem von ihnen stand wiederum der Schriftzug: »Du hast dasselbe Los verdient.«

Pascal war sprachlos, er fühlte sich wie ein Seefahrer, der sieht, wie sich aus heiterem Himmel ein Sturm zusammenbraut und Wellen auf sein zerbrechliches Boot zuschießen. Leider war das nicht das Ende vom Lied. Als er am nächsten Morgen die Türen öffnete, schlug ihm ein widerwärtiger Geruch entgegen und trieb ihn ins Haus zurück. Diesmal hätte man meinen können, ganze Müllwagen wären ausgekippt worden, und Nachttöpfe obendrein. Am übernächsten Tag war es noch schlimmer. Ein Schwein war mit durchgeschnittener Kehle kopfüber aufgehängt worden, und sein Blut tropfte in eine Tonne. Es sah aus wie eine grausame Parodie des Weihnachtstages, wenn alle, die schlachten können, Unmengen Blutwurst produzieren. Jetzt fürchtete Pascal um sein Leben.

Da fiel ihm die rote Schachtel ein, die ihm Espíritu oder sein Doppelgänger übergeben hatte, mit den rätselhaften Worten: »Wenn Sie Hilfe brauchen, drücken Sie auf den Knopf und rufen Sie mich, dann komme ich und helfe Ihnen.« Er rannte in sein Arbeitszimmer, suchte den rätselhaften Gegenstand und drückte mit aller Kraft darauf.

Um kurz vor Mitternacht, als Pascal betrübt den widerwärtigen Geruch einatmete, der vom Garten kam, hielt ein Taxi vor dem Tor an, und ein Mann stieg aus. Wer mochte das sein? Espíritu oder sein Doppelgänger?

Es war Espíritu, der ihn liebevoll in die Seite knuffte und fragte: »Warum haben Sie mich gerufen?«

Erregt zählte Pascal alles auf, was geschehen war: den Anschlag, seine Festnahme, die darauf folgenden Beschimpfungen.

Espíritu war nicht besonders beeindruckt: »Ach, wissen Sie, in dieser Gegend der Welt haben die Leute ein schlechtes Gedächtnis. Wenn Sie sich eine Weile ruhig verhalten, wird keiner mehr von Ihnen sprechen. Aber wenn Sie möchten, dass ich Ihnen helfe, stehe ich Ihnen zur Verfügung.«

In dem Schweigen, das auf diese Worte folgte, nahm

Espíritu Pascals Hand. »Sie fragen mich gar nicht nach Ihrem Vater. Bedeutet er Ihnen denn nichts?«

»Im Gegenteil. Ich bedeute ihm nichts«, sagte Pascal traurig.

»Sie haben aber auch gar nichts verstanden«, antwortete Espíritu. »Ihr Vater will Ihnen Ihren freien Willen lassen. Jeder anständige Mensch muss sich drei Fragen stellen: Woher komme ich? Was ist meine Aufgabe in dieser Welt? Wohin gehe ich?«

»Mag sein«, stimmte ihm Pascal ohne Begeisterung zu.

ZWEITER TEIL

24 Im Jahr 1610 machte das Sklavenschiff *J'espère en Dieu* auf der Insel halt und löschte eine Ladung Mondongues, die in der Nähe der Stadt Abomey in Westafrika gefangen genommen worden waren. Fünfzehn Männer, ebenso viele Frauen, Kinder, deren grazilen Arme und zarten Körperbau die Plantagenbesitzer schätzten. Zu jener Zeit rief allerdings allein schon der Name Mondongues Angst und Schrecken hervor, denn sie galten als grausam und blutrünstig. Aber ihre Gründergötter, die Zwillinge Mahou und Mahia, waren eben versessen auf Menschenblut. Die Mondongues mussten also ständig gegen ihre Nachbarn kämpfen, um es ihnen zu beschaffen. Sie stachen ihren Opfern ein Loch in den Rücken, das Blut floss ab, und wenige Tage später waren sie tot.

Die Mondongues ließen sich nicht in den Plantagen um Fond-Zombi versklaven und weigerten sich, dem Reich des Zuckerrohrs Ehre zu erweisen. Auch den weißen Sandstränden konnten sie nichts abgewinnen, also wandten sie sich den steilsten Vulkanhängen zu, gen Norden. Dort gründeten sie ein Reich und nannten es Caracalla, was in ihrer Sprache »Land der Götter« bedeutet. Später flohen auch die freiheitsliebenden Maroons dorthin. Gemeinsam errichteten sie eine mächtige Mauer um Caracalla, die sie mit Inschriften und Zeichnungen bedeckten, um Angreifer abzuwehren.

Doch das ist alles Geschichte. Manche Mondongues bekehrten sich zum Katholizismus. Einer von ihnen, ein apostolischer Nuntius, verbrachte sein Lebensende beim Papst im Vatikan. Andere Mondongues konvertierten zum Islam. Wieder andere wurden Buddhisten. Schließlich gab es einige, die immer noch die traditionellen Götter verehrten und sie, weil keine Menschenopfer mehr praktiziert wurden, mit Hühnerblut nährten.

An Gegnern mangelte es den Mondongues nicht. Erstens wegen ihres Aussehens. Ihre Haut war tiefschwarz, ihr Haar hatte einen rötlichen Schimmer und stand in alle Richtungen ab, ihre weißen Zähne lugten aus dem rosa Zahnfleisch wie Knochensplitter. Die Beschimpfung »hässlich wie ein Mondongue« war weit verbreitet, bis 2019 eine junge Mondongue den zweiten Platz bei den Miss Universe-Wahlen belegte. Seither überlegt man es sich zweimal, bevor man diesen Ausdruck in den Mund nimmt.

Der Ehrlichkeit halber muss gesagt werden, dass die Gegner der Mondongues auch ernst zu nehmende Gründe für ihre Vorwürfe hatten. Bei den Mondongues hatte es nämlich noch keinen wie Robert Badinter gegeben, der in Frankreich die Todesstrafe abschaffen ließ. Sogenannte Schwerverbrecher wurden bei ihnen vor ein Hinrichtungskommando gestellt und erschossen. Früher waren solche Hinrichtungen der Anlass für große Volksfeste gewesen. Doch die Zeiten hatten sich geändert, und heute griffen auch die Mondongues zur – zugegebenermaßen diskreteren – Art der Amerikaner, dem elektrischen Stuhl.

Kurzum, die Mondongues waren friedfertig. Ihre Haupteinnahmequelle war die Herstellung von bunt bemaltem Holzspielzeug, das sie in alle Welt verschickten. Da Holz mittlerweile als gesundes, umweltfreundliches Material galt, verdienten sie damit ein Vermögen. Ihr größter Kunde war Australien, wo sie eine ständige Vertretung in der Stadt Perth hatten.

In Caracalla konnte man den Himmel kaum sehen, unter hohen Bäumen herrschte ein erfrischendes und für Körper und Geist wohltuendes Zwielicht. Die Gemeinschaft wurde von einem Vierergespann regiert, das durch allgemeines Wahlrecht für eine Amtszeit von vier Jahren gewählt wurde: Es gab je einen Verantwortlichen für Soziales, für Verwaltung, für Kultur und für Wirtschaft. Sie unterstanden dem höchsten Anführer, Mawubi, was »Unser Vater« bedeutet, der sich aber nur zum Fest am Nationalfeiertag blicken ließ.

Caracalla war in sieben Sektoren unterteilt, an deren Spitze jeweils ein Befehlshaber stand. Der verwaltete ein in Terrassen angelegtes Gebiet, das sich bis zu einer zerklüfteten Klippe über dem Meer erstreckte. Der Sektor sieben trug den Beinamen »Cayenne«, weil sich dort das Gefängnis und die Unterkünfte für die Angehörigen der Häftlinge befanden.

Maru, der Verantwortliche für Kultur, musterte Espíritu und Pascal, die ihm gegenüber an seinem Schreibtisch saßen. »Bezahlt wird er nicht«, erklärte er Espíritu, »er bekommt kein Gehalt, du kennst ja unsere Auffassung: In unseren Augen werden die meisten Verbrechen des Geldes wegen begangen. Aber er kann eine bequeme Hütte bekommen und eine Untergebene, die dreimal täglich für ihn kocht und ihm den Haushalt führt. Er kann alles mit ihr machen, was er will.« Letzteres sagte er in einem anzüglichen Ton, der im Widerspruch zu seinem harten, strengen Gesichtsausdruck stand. Pascal wunderte sich und hätte ihn gern um eine Erklärung gebeten, aber da fragte der Verantwortliche für Kultur schon mit Nachdruck: »Einverstanden?«

Espíritu und Pascal tauschten einen kurzen Blick und nickten beide. Abgemacht.

Maru holte einen Stoß Papiere aus der Schreibtischschublade und legte sie vor Pascal. »Hier ist der Vertrag über deine vorläufige Integration«, sagte er. »Zeichne die einzelnen Seiten ab und unterschreibe auf der letzten.« Als das erledigt war, nahm er das Dokument wieder an sich, legte es in die Schublade und erklärte freundlich: »Unsere Vereinbarung sollte gefeiert werden, denke ich. Gehen wir etwas trinken.«

Espíritu entschuldigte sich. Er hatte es wie immer eilig und musste in zwei Stunden den Flieger in Porte Océane bekommen. Die drei traten aus dem Gebäude, auf dem ABTEILUNG FÜR KULTURELLE ANGELEGENHEITEN stand, überquerten den Parkplatz und trennten sich. Nachdem sie sich von Espíritu verabschiedet hatten, gingen Maru und Pascal zu einem Getränkeausschank.

Ein Getränkeausschank – so nannten es die Mondongues, weil sie Alkohol verboten hatten und lieber nicht von Bars oder Kneipen sprachen. Sie hatten den Rum und den Punsch, die auf der Insel so teuer waren, durch eine Vielzahl von Säften und Kräutertees ersetzt. Es gab dort zum Beispiel ausgezeichneten Kurkumatee und köstliche Aufgüsse mit Bougainvilleen oder Cayenne-Rosen.

Beglückt entdeckte Pascal hier etwas, was ihm ganz fremd geworden war, von Neuem: die Anonymität. Bei dem Ausschank drehte sich keiner nach ihm um. Als Maru ihn einigen der Gäste an den Tischen vorstellte, war offensichtlich, dass ihnen der Name Pascal Ballandra nichts sagte. Beide suchten sich etwas aus dem reichhaltigen Angebot aus, Maru wählte einen Saft von grünen Goldpflaumen und Pascal hielt sich an Guavensaft, den er schon kannte. Anschließend begleitete Maru Pascal zu seinem Haus in der Nelson-Mandela-Straße 102 in Sektor vier.

Caracalla war eine egalitäre Gemeinschaft, und schicke Viertel, diese Orte, die den weniger Privilegierten ihren Reichtum vor Augen führen, waren verpönt. Dementsprechend war Privatbesitz verboten, und die Häuser wurden von der Mondongue-Regierung vermietet. Sie waren alle identisch: grün gestrichene Hütten mit zwei großen Räumen und einer Mansarde, in die man über eine Wendeltreppe gelangte. Wer viele Kinder hatte, konnte zwei oder drei Hütten mieten, nach Belieben.

Vor der Nelson-Mandela-Straße 102 gab Maru Pascal die Hand: »Komm morgen zum Abendessen zu mir«, sagte er, »ich möchte dir meine Frau vorstellen.«

Pascal blieb allein zurück. Seit er Marais Salant verlassen hatte, fühlte er sich wie erlöst: Niemand erwartete mehr von ihm, dass er etwas unternahm, ohne dass er wusste, was das sein sollte, und vor allem verachtete ihn niemand mehr für Dinge, die er nicht getan hatte, oder hasste ihn gar dafür.

Er räumte seine Sachen ein. Eine Stunde später klopfte es an die Tür, und er machte auf. Ein junges Mädchen stand vor ihm, sechzehn oder siebzehn Jahre alt und ein bisschen zu mollig, wie so viele Mädchen in diesem Alter. Mit dem schweren, bodenlangen scharlachroten Rock, der farblich passenden Matrosenjacke, in die das Wort »Untergebene« geprägt war, und ihren Sandalen sah sie aus, als wäre sie einem Roman von Margaret Atwood entschlüpft.

»Herr, ich bin Amanda«, sagte sie, »Ihre Untergebene. Ich wurde auserwählt, um Ihnen zu dienen und zu Gefallen zu sein.«

»Dann tu mir den Gefallen, mich bloß nicht Herr zu nennen«, sagte Pascal. »Ich bin niemandes Herr, nicht einmal mein eigener. Du könntest mich Vater nennen, dafür bin ich alt genug. Das fände ich besser.«

Als das Mädchen lachte, sah man ihre kleinen, strahlend weißen Zähne: »Wenn Sie nicht Herr genannt werden wollen, wie soll ich Sie dann nennen?«

Pascal schüttelte den Kopf. »Sag Pascal zu mir, das ist am einfachsten.«

Sie nickte und fragte: »Was möchten Sie zu Abend essen?«

Pascal, dem Essen nie besonders wichtig gewesen war, fiel nichts ein. »Wie du willst.«

Sie ließ nicht locker: »Wie wäre es mit einem Filet vom Vivaneau und dazu ein Jamswurzelgratin?«

»Ich habe doch gesagt: Wie du willst«, wiederholte er.

Zwei Stunden später servierte sie ihm eine köstliche Mahlzeit.

In Caracalla konnte man kein Fernsehen empfangen, weil die Mondongues es für eine vulgäre Form der Unterhaltung hielten, besser gesagt für Volksverdummung. Stattdessen gab es abends auf dem zentralen Platz, dem Place

Derek-Walcott, Theateraufführungen und Konzerte. Pascal ging allein hin. Vor dem – tatsächlich eher spärlichen – Publikum trat ein Trio auf, es begleitete eine umherziehende Griot-Sängerin aus Guinea, von der Pascal ganz hingerissen war.

Als er nach Hause zurückkam und die Tür öffnete, schrak Amanda zusammen, die auf einem Stuhl saß und schlief.

»Warum hast du auf mich gewartet?«, fragte er. »Geh schnell ins Bett!«

Doch sie starrte ihn nur erstaunt, fast erschreckt an. »Ich soll schlafen gehen? Brauchen Sie mich denn nicht mehr?«

Was sollte das denn, fragte sich Pascal, ging in sein Zimmer und legte sich ins Bett. Was sollte ich nach Mitternacht schon von ihr wollen? Befremdet schlief er ein.

Am nächsten Morgen um kurz vor sieben klopfte es an die Tür. Es war ein Sportlehrer, denn die Mondongues glaubten fest an den Spruch *mens sana in corpore sano*, ein gesunder Geist in einem gesunden Körper. Der Sportlehrer war klein, hässlich wie ein Mondongue – auf ihn traf es zu –, und seine Haare standen ab wie ein Wergbüschel. Zwei Stunden lang betätigten sich die beiden auf unterschiedliche Weise: Dehnungs- und Gleichgewichtsübungen, Liegestütze, Hanteln, Barren, und danach, als wäre das immer noch nicht genug, scheuchte der Sportlehrer Pascal die Nelson-Mandela-Straße hoch und wieder runter. Endlich verabschiedete er sich mit einem Lächeln: »Bis morgen, selbe Zeit!«

25 Nach dem langen Training ging Pascal zum Sékou-Touré-Gymnasium, an dem er einer Abiturklasse Philosophieunterricht geben sollte. Das Schulzentrum »Das glückliche Leben« erstreckte sich über eine riesige Fläche. Alles gab es in doppelter Ausfertigung: zwei Oberstufen, zwei Mittel- und Unterstufen, zwei Grundschulen, zwei Kindergärten und sogar zwei Krippen, weil die Mondongues nichts von gemischtem Unterricht hielten und Mädchen und Jungen streng voneinander trennten. Pascal war zutiefst schockiert, denn er hielt Unterricht in gemischten Klassen für ein Zeichen von Fortschritt. Es zeigte, dass die Geschlechter gleichgestellt waren und auf dieselbe Weise, nach demselben Lehrplan unterrichtet werden sollten.

Als er gegen zehn Uhr morgens ins Lehrerzimmer kam, sprang ein junger Mann auf, der ihn offensichtlich schon erwartet hatte. Er trug eine Baseballkappe und sah aus wie der typische Ami.

»Mein Name ist Joseph Serano«, stellte er sich vor. »Sie sind gestern in Caracalla angekommen, wie ich, hatten aber hoffentlich keinen so weiten Weg.«

Pascal drückte die Hand, die ihm entgegengestreckt wurde. »Woher kommen Sie?«, fragte er.

»Aus Menlo Park«, sagte Joseph, »einer Kleinstadt in der Nähe der Stanford University, an der ich erst studiert und dann unterrichtet habe.«

»Sie kommen aus Stanford?«, fragte Pascal bewundernd.

Lächelnd bot Joseph ihm eine Zigarette an. »Das ist eine lange Geschichte«, sagte er. »Mein Vater, ein Mondongue, hat sich vor vielen Jahren in eine junge blonde Amerikanerin verliebt, die ans ›Glückliche Leben‹ gekommen war, um dort Englisch zu unterrichten, und wollte sie heiraten. Eine Trauung zwischen einem Mondongue und einer weißen Amerikanerin – das stößt nicht auf Wohlwollen. Als er nach fünf Jahren immer noch keine Heiratserlaubnis bekommen hatte, wanderte er in die USA aus, wo er seine Angebetete rechtmäßig heiraten durfte. Trotzdem haben sich meine Eltern immer nach Caracalla gesehnt, und mir diese Sehnsucht als Kind mitgegeben. Und jetzt bin ich also hier, um zu sehen, ob es stimmt, was sie erzählt haben.«

Den wahren Grund für seine Anwesenheit in Caracalla verschwieg ihm Joseph Serano allerdings. Er hatte eine schöne Kindheit gehabt, die Familie seiner Mutter fand nichts dabei, dass er gemischter Abstammung war, und hatte ihn verwöhnt. Seine Hautfarbe spielte für ihn lange Zeit keine Rolle. Aber als er acht war und zusammen mit Gleichaltrigen am 4. Juli auf der Straße böllerte, stürzten sich Polizisten auf ihn. So kam er zum ersten Mal mit der Staatsgewalt in Berührung. Er wurde auf die Wache geschleift, und als sie ihn wieder gehen ließen, hatte er zwei Schneidezähne weniger und den Geschmack von Blut im Mund. Danach wurde alles nur immer schlimmer. An der Uni wurde Malcolm, ein sanfter, gutmütiger Riese, der fast wie ein Bruder für ihn war, festgenommen und musste eine lange Haftstrafe absitzen, weil man ihm unterstellte, er hätte im Supermarkt Falschgeld an den Mann bringen wollen.

Nach dieser Sache wurde ein schwarzer Präsident gewählt, doch auch der konnte kaum etwas an der Lage der Schwarzen ändern. Dann trat ein weißer, ebenfalls demokratisch gewählter Präsident seine Amtsnachfolge an und machte die Büchse, in der der Rassismus versteckt war, weit auf. Es schien, als würden sie um Jahre zurückgeworfen, in die Zeit, als Billie Holiday von seltsamen Früchten an den Bäumen singen konnte – den Opfern von Lynchmorden. Da hatte Joseph entschieden, sich anderswo umzusehen, ob das Leben auch dort einen bitteren Beigeschmack hatte.

Bald waren Pascal und Joseph unzertrennlich. Morgens boxten sie zusammen und verpassten sich Uppercuts, die der besten Athleten würdig gewesen wären. Mittags gingen sie zusammen in die Kantine von »Das glückliche Leben«, wo sie seltsamerweise immer allein an ihrem Tisch saßen. Abends aßen sie immer bei Pascal, weil Joseph seiner Untergebenen aus unerfindlichen Gründen gekündigt hatte. Amanda kochte ihnen jeden Tag genauso köstliche Mahlzeiten wie Martha in Marais Salant.

Manchmal gesellte sich Amandas Bruder Najib zu ihnen, ein schweigsamer junger Mann, der in einem anderen Sektor für die Müllabfuhr arbeitete. Ob dieser nicht besonders appetitliche Beruf der Grund für seinen Missmut war? Einmal im Monat lud Maru, den sie beide sehr schätzten, Pascal und Joseph zum Abendessen zu sich und seiner Frau Jézabel ein.

Maru war ein Mondongue durch und durch. Im Gegensatz zu Joseph hatte er Caracalla nie verlassen, er war dort geboren und hatte auch Jézabel, die Tochter eines Sportlehrers dort kennengelernt. Zu seinem Leidwesen war das Paar kinderlos geblieben. Und so umgaben sie sich mit einer ganzen Horde von Neffen, Nichten, Paten- und Adoptivkindern.

Alle drei, Pascal, Joseph und Maru, verstanden sich blendend. Maru war nur immer irritiert, wenn Joseph sich erlaubte, Caracalla zu kritisieren und beispielsweise über das Alkoholverbot herzog.

»Das ist doch eine einzige Heuchelei«, versicherte er. »Jeder weiß doch, dass die Männer sich abends hier heimlich betrinken. Noch dazu lehnen sie den gemischten Unterricht ab, diese Machos. Das beweist, dass sie nicht an die Geschlechtergleichheit glauben.«

Pascal hielt sich aus der Diskussion heraus. Er hatte keine feste Meinung zum Thema und überließ Maru die Verteidigung derer, die er blind bewunderte.

Pascal fand in Caracalla wieder zu dem erfüllten, arbeitsamen Leben, das er auch in Marais Salant kurze Zeit gekannt hatte. Er gab den Gedanken auf, über seinen Aufenthalt im »Verborgenen Gott« schreiben zu wollen, denn mittlerweile war er der Ansicht, dass er dort von seiner Liebe zu Sarojini verblendet gewesen war. Das Einzige, was er auf überzeugende Weise hätte schreiben können, wäre ein Büchlein darüber gewesen, wie man eine Frau verlor, der man mit Leib und Seele zugetan war. Stattdessen schrieb er in Caracalla an seiner Autobiografie, stellte sich Fragen über seine wahre Abstammung und versuchte, sich über die Art seines Auftrags klar zu werden. Oft dachte er an die Menschen, die er zurückgelassen hatte: an Fatima, Maria, Martha und Lazarus, auch an seinen alten Vater, den er vielleicht nie mehr lebend wiedersehen würde, und vor allem an Albertine, der er die Gründe für sein Verschwinden nicht hatte erklären können.

Daneben vernachlässigte er die sportliche Betätigung nicht. Zusätzlich zum Unterricht mit seinem persönlichen Trainer trat er einem Verein bei, der Wanderungen im Wald organisierte. Einmal die Woche ging er ins Gebirge. Manchmal stiegen sie sogar bis zum Gipfel des Vulkans auf, der bei seinem letzten Ausbruch im Jahr 1913 Hunderte Hektar guten Bodens zerstört hatte. Pascal gefielen diese Wanderungen im Zwielicht und in der Kühle der Höhenlagen. Kurz gesagt, er führte ein relativ glückliches Leben.

Das sollte sich von einem Tag auf den anderen ändern. Es war kurz vor Weihnachten, ein Fest, das hier nur von den Katholiken begangen wurde. Pascal musste unweigerlich an die Aufregung in der Vorweihnachtszeit denken, an die »Chanté Nwel«, bei denen in jedem Stadtviertel gemeinsam Weihnachtslieder gesungen wurden, und natürlich an die Mitternachtsmesse in seiner Kindheit, als er bei Eulalie und Jean-Pierre lebte. Jetzt war alles anders, Gänsestopfleber wurde selbstverständlich als Sinnbild für die Unterdrückung der Tiere betrachtet, und auch Champagner war verboten. Trotzdem wagten es einige wenige Geschäfte, Gänseleberblöcke in die Auslagen zu stellen. Hier gab es kein Weihnachtsfest: kein Festessen, keine heiße Blutwurst und erst recht keinen Alkohol. Der Wirbelsturm, der bald in seinem Leben toben sollte, traf Pascal aus dem Nichts.

Eines Abends, als er sich mit Joseph auf dem Place Derek-Walcott ein Reggae-Konzert anhören wollte, einen Musikstil, den beide mochten, stürmte ein Kommando von Männern in weißen, von breiten dunkelblauen Gürteln zusammengehaltenen Kutten die Bühne.

Einer der Männer trat nach vorn, griff zum Megafon: »Geht nach Hause«, befahl er. »Das Konzert heute Abend entfällt. Der Verantwortliche für Kultur, Maru, ist abgesetzt worden.«

Alle rätselten: »Abgesetzt! Wieso? Was hat er denn getan?«

»Was er getan hat?«, lautete die Antwort. »Er hat in die eigene Tasche gewirtschaftet! Er hat das Geld für Bestellungen aus acht lateinamerikanischen Ländern unterschlagen, die Kinderspielzeug bei uns geordert hatten.«

Bestürzt eilten Pascal und Joseph zu Maru. Sie trafen auf Unbekannte, vermutlich die Nachmieter, die es sich in ihren neuen Möbeln gemütlich machten. Pascal und Joseph löcherten sie mit Fragen, doch die neuen Mieter konnten sie nicht beantworten. Sie wussten nur, dass die Gemeinde ihnen wenige Tage zuvor mitgeteilt hatte, das Haus stehe zu ihrer Verfügung, der vorige Mieter sei ins Gefängnis gekommen. Was er sich zuschulden hatte kommen lassen? Sie hatten keine Ahnung.

Pascal und Joseph fanden sich auf der Straße wieder, in Kälte und Feuchtigkeit, denn die Nacht war hereingebrochen und ein schneidender Wind war aufgekommen.

Im Gegensatz zu Pascal, der völlig erschlagen war von dieser unerwarteten Wendung und kaum ein Wort hervorbrachte, zeterte Joseph: »Ins Gefängnis geworfen! Wetten, er hat keinen Prozess bekommen? Das würde den Mondongues ähnlichsehen. Wenn es sein muss, lasse ich zu seiner Verteidigung Anwälte aus Amerika kommen.« Bald hatte er einen Plan geschmiedet: »Gleich morgen starte ich eine Petition, damit Maru einen Prozess bekommt. Du wirst sehen, damit kommen sie nicht durch. Maru wird einen fairen Prozess bekommen.«

Am Ende der Woche war noch nicht viel passiert, nur eine Handvoll Leute hatten die Petition, die Pascal und Joseph herumgehen ließen, unterzeichnet. Marus Los schien allen egal zu sein. Unmöglich, die Verantwortlichen von Sektor sieben, die Abteilung für kulturelle Angelegenheiten, die Maru geleitet hatte, zu befragen. Genauso wenig kamen sie an seinen Nachfolger heran, um ihn auf die Vergehen seines Vorgängers anzusprechen. Machtlos nahmen sie eines Abends auf dem Place Derek-Walcott an der Amtseinführung des neuen Verantwortlichen teil, der, so hieß es, einen wichtigen Posten bei einem der Nationaltheater Frankreichs innegehabt hatte. Seine wohlformulierte Rede klang jedenfalls überzeugend.

Danach nahm das Leben wieder seinen Lauf, zumindest nach außen hin. Doch für Pascal war nichts mehr wie zuvor. Er musste die ganze Zeit an Maru denken. Stimmte es, was man über ihn sagte? War er ein Betrüger? Er, Maru, der einen solchen Respekt vor den Institutionen in Caracalla hatte, der meinte, die Gemeinschaft habe eine Vorbildfunktion, und alles, was dort geschehe, sei gut und richtig, ging jetzt als Verräter durch.

26

Ab dann wurde alles nur immer schlimmer. Kaum hatte sich Pascal einigermaßen von diesem Schlag erholt, kam schon der nächste, der noch brutaler war als der erste. Das Gerücht machte die Runde, Joseph habe in seinem Unterricht behauptet, der Kommunismus sei eine Täuschung und Stalin hätte genauso viele Menschen umgebracht wie Hitler. Das war so ungeheuerlich, dass seine Schüler ihn anschwärzten. Sein Unterricht wurde ausgesetzt, und man wollte ihn zwingen, seine Behauptung öffentlich zu widerrufen. Pascals zaghafte Einwände wischte er beiseite. »Niemals«, wetterte er.

Pascal war so bestürzt, dass er nicht lockerließ: »Vielleicht solltest du es als eine Möglichkeit darstellen und sagen, dass der Kommunismus eine enttäuschte Hoffnung ist, statt ihn als das absolute Ende aller Täuschungen zu bezeichnen.«

»Kommt nicht infrage!«, erwiderte Joseph unverblümt.

Auf seine kategorische Weigerung hin kam es, wie es kommen musste. Er wurde vom Unterricht suspendiert und von einem Tag zum anderen aus dem »Glücklichen Leben« ausgeschlossen. Nicht lange danach hatte er kein Dach mehr über dem Kopf. Er hatte noch geschlafen, als eines

Morgens ein paar Soldaten zu ihm kamen und ihn aus dem Bett warfen. Daraufhin war er gezwungen, seine Zuflucht bei Pascal zu suchen, seinem einzigen Freund. Das war keine dauerhafte Lösung, und nach wenigen Tagen entschied er sich, den einzigen Weg zu gehen, der ihm noch offenstand: die Abreise.

Hektisch organisierte er seine Rückkehr nach Stanford, wo er glücklicherweise noch Freunde hatte und von den meisten Dozenten bewundert wurde. Als er die Zusage bekam, sagte er zu Pascal: »Du warst noch nie in Amerika, oder? Du bist herzlich eingeladen. Komm mich besuchen, wann immer du willst.«

Am Abend vor seinem Abflug übertraf Amanda sich selbst und servierte ihnen kubanischen Hummer in Morchelsauce.

Pascal bekam nachts kein Auge mehr zu. Was sollte er, nach Marus Verhaftung, von Josephs Suspendierung halten? War es Gerechtigkeit, die in Caracalla herrschte, oder eine Form von Despotismus? Warum war es Lehrern nicht erlaubt, eine abweichende Meinung zu äußern? Es war doch kein Verbrechen, nach der Wahrheit zu suchen?

Am nächsten Morgen begleitete er seinen Freund nach Porte Océane, von wo aus Joseph nach Amerika abreiste. Die Landschaft in diesem Teil der Insel war unglaublich schön. Zur Linken das knittrige, mit funkelnden Klecksen übersäte blaue Tuch des Meeres, und zur Rechten die Berge, die zum Himmel aufragten wie eine unregelmäßig gezackte Steilwand. Doch weder Pascal noch Joseph nahm die spektakuläre Gegend wahr, beide waren in finstere Gedanken versunken. Ihre Wege würden sich trennen.

Pascal hatte Porte Océane trotz allem nie gemocht. Im Gegensatz zu Fond-Zombi, das mit seinen Kais und den von rot- und grünblättrigen Mandelbäumen gesäumten Straßen, den Plätzen mit ihren Springbrunnen, aus denen klares Wasser sprudelte, einen altmodischen, aristokratischen Charme verströmte, gerierte sich Porte Océane als der Tempel der Moderne. Die Straßen verliefen im rechten Winkel zueinander, und die Häuser mit ihren zu kleinen Balkonen, auf denen Topfpflanzen verkümmerten, sahen aus wie Betonkuben.

Pascal und Joseph gingen in eine Flughafenbar und bestellten sich einen Punsch. Seit über einem Jahr hatte Pascal keinen Rum mehr getrunken. Die laue Wärme, die ihm die Kehle hinabrann, war so wohltuend, so angenehm, dass er erst einen zweiten, dann einen dritten Punsch bestellte. Seine Stimmung hob sich, und er hatte das Gefühl, zu neuem Leben zu erwachen. Plötzlich begriff er den Sinn des beliebten Liedes über Rum: »Ich bin weder ein König noch eine Königin und bringe doch die ganze Welt zum Beben.« Wäre er nicht von seinen Gedanken über die Wohltaten des Rums abgelenkt gewesen, hätte er vielleicht bemerkt, dass niemand ihm die geringste Aufmerksamkeit schenkte. Espíritu hatte recht gehabt, die Menschen hatten ein schlechtes Gedächtnis. Kaum war Joseph Richtung Abfluggate verschwunden, kehrte seine ganze Traurigkeit zurück. Es blieb ihm ein Rätsel, wie er heil nach Caracalla zurückkehrte, ohne einen Unfall zu bauen.

Amanda stand auf der Veranda und wartete auf ihn. »Ist er weg?« Pascal nickte nur. Sie war in letzter Zeit sehr mollig geworden, rund wie eine Tabaksdose. Ob sie schwanger ist?, schoss es Pascal durch den Kopf. Schnell verscheuchte er den Gedanken. Sie ging immer direkt in ihr Zimmer, nachdem sie das Abendessen serviert hatte, und schlief dort allein. Wenn sie nicht gerade kochte, bestickte sie Kinderkleidung im Kreuzstich, die sie einer Familie in der Stadt verkaufte. Das einzige männliche Wesen, das sie neben Pascal und Joseph sah, war ihr Bruder Najib.

Pascal war seit etwas über einem Jahr in Caracalla, und seither hatte sich das Verhältnis zu Amanda geklärt. Vorbei war seine naive Gutgläubigkeit der Anfangszeit. Er hatte schließlich begriffen, dass es niemanden kümmern würde, wenn er Amanda zur Geliebten nähme. Untergebene: Die Bezeichnung war schlechten Schülerinnen vorbehalten oder jungen Mädchen, die nicht das Glück hatten, in einem beschützten Milieu aufzuwachsen. Das alles hatte bei Pascal eine Art pedantischer Zuneigung zu ihr hervorgerufen, und Schuldgefühle. Er machte sich Vorwürfe, weil er Amanda nicht an die Hand genommen und ihr geholfen hatte, sich auf die eigenen Beine zu stellen.

Ihr Vater, ein Mitarbeiter der Müllabfuhr wie sein Sohn nach ihm, war wenige Monate nach ihrer Geburt gestorben. Sie wurde von ihrer alleinstehenden Mutter großgezogen, die Kohle auf dem Markt verkaufte. Warum Kohle? Weil das dichte Gebirge um Caracalla einen Schatz barg: den Campechebaum, dessen Holz blau leuchtete, wenn es verbrannt wurde.

Mit zwölf war Amanda dann in die Hauswirtschaftsschule gekommen, an der Kochen, Nähen und Sticken unterrichtet wurde. Im Kochen war sie schon bald eine der Besten, und nach der Schule verlieh man ihr bei einer prunkvollen Abschlusszeremonie den Titel einer Untergebenen. Das hieß, dass sie für die anspruchsvollsten Familien arbeiten durfte. Leider bekam sie jedoch keine feste Anstellung und bereitete immer nur hier und da ein Festmahl zu, bis sie Pascal zugeteilt wurde.

Der hatte sein Bestes getan, um sie zum Lesen zu bewegen. Ohne Erfolg. Die Bücher von Emile Zola, sagte sie, seien zu dick, die von Jean-Paul Sartre und Simone de Beauvoir zu intellektuell, die von Aragon zu politisch und die von Stendhal zu italienisch – bei all den Fabrice del Dongo, der Sanseverina, dem Graf und der Gräfin Mosca wisse man nicht, wo einem der Kopf stehe. Als sie *Madame Bovary* für langweilig befand, weil in dem Roman nicht viel passierte, stellte Pascal seine Bemühungen ein.

Zu sagen, dass Pascals Leben nach Josephs Abreise trostlos war, wäre untertrieben.

Pascal hatte das Gefühl, in ein tiefes Loch zu fallen. Nichts machte ihm mehr Spaß. Mechanisch ging er schlafen, mechanisch stand er wieder auf. Am Gymnasium spulte er seinen Unterricht herunter, und die Schüler hörten ihm, ganz offensichtlich, immer weniger zu. Seine Mahlzeiten rührte er kaum mehr an und fragte sich, weshalb Amanda sich weiterhin eine solche Mühe gab.

Er wunderte sich nicht, als sie eines Morgens in ihrer scharlachroten Ausgehuniform und mit ihrem Pappkoffer in der Hand von der Mansarde herunterkam.

»Großer Bruder«, sagte sie (auf diesen Ausdruck hatten sie sich schließlich geeinigt), »ich bin gekommen, um dir zu sagen, dass ich gehe.«

»Wohin denn?«

»Ich bin müde, ich muss mich ausruhen.«

»Dich ausruhen! Du kannst dich hier doch ausruhen, so viel wie du willst.«

Sie schüttelte den Kopf. »Nein, ich gehe lieber zu meiner Mutter.«

Eine dumpfe Ahnung befiel Pascal. »Kommst du wieder zu mir zurück?«

»Ehrlich gesagt, weiß ich es nicht.«

Kurz vor der Tür drehte sie sich rasch um, nahm sein Gesicht in die Hände und küsste ihn lange auf den Mund, bevor sie davonrannte.

An diesem Tag unterrichtete Pascal noch mechanischer als sonst, anschließend aß er ein Sandwich in der Kantine des »Glücklichen Lebens«. Auch das hatte er begriffen: Niemand setzte sich zu Joseph und ihm, wenn sie zusammen am Tisch saßen, denn sie waren zu anders. Die Menschen in Caracalla spürten, dass sie nicht hierhergehörten, dass sie nicht zu den Werten passten, die in der Gemeinschaft hochgehalten wurden.

Er ging sehr früh ins Bett und schlief schlecht. Die ganze Nacht verfolgten ihn im Traum die immer gleiche Frage: Wie ging es Joseph in Stanford? Er hatte nur ein paar hastig hingekritzelte Zeilen bekommen, in denen sein Freund ihm nichts weiter über sein Leben verriet.

Gegen fünf Uhr morgens klingelte dann das Telefon. Das »Krankenhaus zum Guten Hirten« informierte ihn, dass seine Untergebene, Amanda Normand, aufgrund einer starken Blutung aufgenommen worden wäre.

»Eine starke Blutung?«, fragte Pascal halb im Schlaf.

»Ja«, sagte die Stimme am anderen Ende der Leitung, »sie hat sich den Uterus perforiert, als sie versucht hat, das Kind in ihrem Bauch loszuwerden.«

Brutal wurde Pascal in die Realität zurückgeholt. Er hatte sich also nicht getäuscht, Amanda war schwanger.

27 Das »Krankenhaus zum Guten Hirten«, ein hochmodernes Gebäude, war der ganze Stolz von Caracalla. Es war dank der Hinterlassenschaft eines amerikanischen Ehepaars errichtet worden, das die Mondongues bewunderte und ihnen sein ansehnliches Vermögen vermacht hatte. Im Garten wuchsen sehr seltene Bäume. Obwohl es noch früh war, wimmelte es von besorgten Angehörigen.

Pascal eilte in den zweiten Stock. Amanda lag in einem kleinen Zimmer, im Bett, mit geschlossenen Augen, ihr Gesicht eine Wachsmaske. Um das Bett saßen ihre Mutter, Eudoxia, eine fettleibige Alte, die haltlos weinte, und einige Verwandte. Najib, ihr Bruder, wirkte völlig verstört und von Kummer verzehrt, er rauchte eine Zigarette nach der anderen. Selbstverständlich war Tabak auch verboten in Caracalla, aber es gab Ersatzzigaretten aus unterschiedlichen Pülverchen, die ausgezeichnet schmeckten.

Najib sprach Pascal an: »Schwanger! Sie war schwanger. Sie hat sich mit einem spitzen Gegenstand in den Unterleib gestochen, um den Fötus loszuwerden.«

»Wer ist der Vater?«, fragte Pascal.

»Das wissen wir noch nicht.«

Doch in seinen hasserfüllten Augen stand eine schreckliche Anklage.

Daraufhin betrat ein junger Arzt den Raum und erging sich in beruhigenden Worten: Mademoiselle Normand habe viel Blut verloren, das sei richtig. Aber sie sei jung und kräftig. Sie habe sich nicht den Uterus perforiert, wie befürchtet, und das sei die Hauptsache. Sicher könne sie bald wieder nach Hause.

Trotz dieser tröstlichen Ansprache hatte Pascal das Gefühl, dass das erst der Anfang war und sich ein abscheulicher Epilog anbahnte.

Am nächsten Tag wurde Amanda entlassen, wie der Arzt vorhergesagt hatte. Am übernächsten war sie tot.

Die Umstände ihres Todes waren so heftig wie schmerzlich. Als Eudoxia ihr morgens einen stärkenden Kurkumatee bringen wollte, hatte sie das Bett leer, das Zimmer verlassen vorgefunden. Panisch war sie ins Erdgeschoss und quer durch den Garten gerannt, um ihre Nachbarin zu alarmieren, und dabei mitten zwischen den Zierpflanzen über ihre tote Tochter gestolpert.

Die Leichenstarre war schon eingetreten. Ein starkes, wohlbekanntes Gift hatte ihren Tod herbeigeführt: eine Pflanze namens Marie-Cécile, die oben in den Bergen wuchs. Die Polizei war sich nicht sicher, ob sie den Trunk freiwillig zu sich genommen oder ob jemand ihn ihr eingeflößt hatte.

In Caracalla werden die Armen mit großer Nachlässigkeit behandelt, wie überall. Nach wenigen Tagen wurde Amandas Tod als unlösbar ad acta gelegt, und ihr Leichnam der Familie übergeben.

Zur Totenwache kamen nicht einmal dreißig Leute. Ein

paar Mitleid heuchelnde Verwandte saßen um die Mutter, die seit Tagen ohne Unterlass weinte. Najib schien selbst dem Tod nahe zu sein.

Die Beerdigung fand am frühen Nachmittag statt. Ein Kredo der Mondongues war die Gleichheit vor dem Tod. In identischen Leichenwagen wurden die Särge der Verstorbenen von staatlichen Totengräbern zum Friedhof »Die letzte Ruhestätte« gebracht, wo quadratische weiße Gräber, ebenfalls alle identisch, über dem Meer aufragten.

Früher hatte es in der tropischen Hitze der Berge einen zweiten Friedhof gegeben, »Das sternenübersäte Feld«. Um dort bestattet zu werden, musste man sich auf irgendeine Weise hervorgetan haben – mit einem vorbildlichen Leben, einem wichtigen literarischen Werk – Roman, Lyrik, Essay –, einem besonderen Kunstwerk, einer Musikkomposition.

Zu Zeiten von Mawubi XIV., genannt der »Umstürzler«, wurde alles anders. Mawubi XIV. beschloss, dass alle Mondongues gleich waren und die Kulturschaffenden keinen Sonderstatus mehr haben sollten. Sie seien keineswegs für die Gaben verantwortlich, die in ihnen schlummerten.

Der Streit um die schöpferische Leistung zog sich über Jahre hin. Endlich bekam Mawubi XIV. recht und »das sternenübersäte Feld« wurde stillgelegt. Seither wurde der Friedhof nur noch von Schulklassen besucht, denen ihre Lehrer von der Geschichte Caracallas erzählen.

Nach Amandas Beerdigung setzte sich Pascal auf ein Grab, stützte den Kopf in die Hände. Zum ersten Mal dachte er darüber nach, Caracalla zu verlassen. Es hatte alle seine Freunde getroffen, einen nach dem anderen: Maru war im Gefängnis, Joseph hatte fliehen müssen, Amanda war tot. Was blieb ihm noch? Was hatte er an diesem Ort der Angst zu suchen? Was erhoffte er sich davon? Die Gemeinschaft, die er erst für so tugendhaft gehalten hatte, weil Geld, Alkohol und Privatbesitz verboten waren, schien ihren Bewohnern kein Glück zu bringen.

Amanda war mit jemandem in Berührung gekommen, der sie verführt und damit auch zum Tode verurteilt hatte. Jemand hatte der Führungsspitze erzählt, was Joseph in der Klasse verbreitet hatte, und ihn so gezwungen, auszuwandern.

Als es zu frisch wurde, stand Pascal auf und ging zu Fuß zu seinem Haus zurück. Um diese Zeit waren die Straßen verlassen, bevor alle wieder zu den Konzerten im Freien drängten. Ab sieben Uhr abends hatten es die Leute eilig, um möglichst weit vorn zu sitzen und nicht in den Gängen stehen zu müssen. Amerikanische Filme mit Sex- und Gewaltszenen waren verboten. Ein Ausschuss mit zwanzig sorgfältig ausgewählten Mitgliedern entschied, was gut war für die Bevölkerung. So fiel die Wahl hauptsächlich auf leichte Komödien, harmlose Liebesgeschichten und seichte Krimis, die kaum jemanden interessierten.

In den nächsten Tagen verlor Pascal jedes Zeitgefühl, er verstand nicht mehr, warum tagsüber Licht auf die Gärten, Bäume und Häuserfassaden fiel, warum die Nacht hereinbrach und ihre Trauerkleidung anlegte, während der Mond am Himmel Verstecken spielte.

Eines Morgens, kurz bevor er sich auf den Weg zum Gymnasium machen wollte, besuchte ihn Najib in seinem wenig kleidsamen Müllmann-Outfit: neonfarbene Jacke und passende Hose, eng anliegende Stoffmütze.

»Ich muss mich bei Ihnen entschuldigen«, sagte er, als die Tür hinter ihnen zugefallen war. »Ich war davon überzeugt, dass Sie selbst oder einer Ihrer Freunde den Tod meiner Schwester verschuldet haben, zum Beispiel der, der nach Amerika abgehauen ist. Den konnte ich nicht leiden. Aber in Wirklichkeit war es ein anderer. Als ich Amandas Sachen aufgeräumt habe, bin ich auf leidenschaftliche Liebesbriefe gestoßen, die Amanda und ein Mann sich geschrieben hatten und die noch auf ihrem Computer waren, und ich habe etwas Wichtiges erfahren: Sie hatte einen Termin bei Madame Dormius, der Hebamme, oder besser gesagt, der Engelmacherin. Jetzt ist alles klar.«

»Und wer ist dieser andere Mann?«, fragte Pascal niedergeschmettert.

»Der Befehlshaber von Sektor vier, bei dem sie öfter gekocht hat«, sagte Najib. »Vor ein paar Monaten hat er mit großem Pomp die Tochter eines anderen Würdenträgers geheiratet. Da können Sie sich ja denken, dass er nichts mit dem unehelichen Kind anfangen konnte, mit dem meine Schwester schwanger war. Aber damit kommt er nicht durch. Ich werde zu ihm gehen und Gerechtigkeit für Amanda fordern.«

Diesen und ähnliche Sprüche hatte Pascal nach Marus Amtsenthebung von Joseph gehört. Er wusste, dass sie nichts als Imponiergehabe und Angeberei waren und musste sich zusammenreißen, um nicht mit den Schultern zu zucken.

28 In der Woche darauf hielt ein blauer Mannschaftswagen vor dem Schultor, in der Zehn-Uhr-Pause, der längsten, in der die Schüler, und vor allem die Jungen, Zeit hatten, sich zwischen unterschiedlichen Teigtaschen und rosaköpfigen Kokosplätzchen zu entscheiden, die Händlerinnen in der Nähe der Schule verkauften. Acht Polizisten stiegen aus.

Sie sprachen erst mit dem alten Hausmeister, der sein ergrautes Haupt jahraus, jahrein mit einem Strohhut bedeckte, und stapften dann im Gleichschritt über den Pausenhof. Bei ihrem Anblick war es vorbei mit dem Lärm, dem Stimmengewirr, dem Gelächter und Gerenne. Alle blieben wie erstarrt stehen.

Als würden sie ihn kennen, steuerten die Polizisten geradewegs auf Pascal zu, der auf einer Bank saß und soeben seine Lektüre von Rousseaus *Gesellschaftsvertrag* beendet hatte, über den er in der nächsten Stunde mit seinen Schülern sprechen wollte.

»Monsieur Pascal Ballandra?«, fragte einer. Als er nickte, öffnete der Polizist seine Aktentasche und zog ein maschinengeschriebenes blaues Blatt heraus. »Hier ist eine Vorladung für Sie«, sagte er. »Kommen Sie morgen Vormittag um zehn zum Befehlshaber von Sektor vier.«

»Worum geht es?«, fragte Pascal bestürzt.

Der Polizist lächelte. »Das wissen wir nicht. Wir wissen nur, dass es sich um eine Angelegenheit handelt, die Sie betrifft.«

Bei diesen Worten machten er und seine Kollegen genauso unvermittelt kehrt, wie sie gekommen waren.

Pascal war starr vor Schreck. Eine Angelegenheit, die mich betrifft, dachte er. Polizeibeamte sind auf der ganzen Welt gleich. Mit ihrer steifen, verkrampften Haltung, der unschönen Uniform und der schief aufgesetzten Kappe glichen diese hier jenen, die ihn in Marais Salant festgenommen hatten. Eine Angelegenheit, die ihn betraf! Es konnte sich nur um den Tod seiner Untergebenen handeln, Amanda. Als die Schulglocke zum Ende der Pause läutete, war Pascal die Lust vergangen, über den *Gesellschaftsvertrag* zu sprechen, und er ließ seine Schüler stattdessen einen Test schreiben.

Im Laufe der Unterrichtsstunde stieg eine Empfindung in ihm auf, die durchaus als Angst bezeichnet werden konnte. Was sie wohl von ihm wollten? Welche Fragen würde ihm der Befehlshaber von Sektor vier stellen? Amanda war ja wirklich seine Untergebene gewesen, aber er hatte nie etwas anderes von ihr verlangt, als dass sie ihm den Haushalt machte und für ihn kochte.

Mit klopfendem Herzen rannte er zu Najib. Ein Mann mit Nägeln im Mund machte ihm die Tür auf, und er wusste sofort Bescheid. Neue Mieter, wie letztes Jahr bei Maru! Eine Frau kam zu ihm: Nein, von einem Najib Normand habe sie noch nie gehört. Vorgestern hätten sie einen Brief bekommen, in dem stand, dass ihnen endlich die Dienstwohnung zugesprochen worden sei, auf die sie seit Jahren warteten. Sie hätten die Hoffnung schon aufgegeben gehabt.

Unschlüssig und verwirrt ging Pascal wieder nach draußen und zog die Tür hinter sich zu. Er schlich mit weichen Knien ums Haus, etwas anderes brachte er nicht fertig, als ein Unbekannter zu ihm kam und flüsterte: »Wenn Sie Najib Normand suchen, der ist gestern festgenommen worden.«

Pascal war erschüttert. »Festgenommen?«

Der Unbekannte nickte. »Ja, festgenommen und ins Gefängnis geworfen.«

»Was hat er verbrochen?«

»Das kann ich Ihnen nicht sagen, aber die Sache stinkt zum Himmel, so viel weiß ich. Und seine alte Mutter haben sie in ein Hospiz gebracht. Das ist eine ganz üble Sache, ich rate Ihnen dringend, sich da rauszuhalten.«

Damit ließ er Pascals Arm los und ging weiter.

Pascal blieb wie angewurzelt stehen und fragte sich, ob er das nur geträumt hatte. Ihm blieb nichts anderes übrig, als zu seinem Auto zurückzukehren und so schnell wie möglich davonzufahren. Unterwegs befürchtete er die ganze Zeit, dass sich die Polizei auf ihn stürzen würde: Dieser Beamte zum Beispiel, der so tat, als würde er Kindern über die Straße helfen, jener, der einer alten Frau half, oder der, der den Verkehr regelte. Das waren doch alles nur Tricks, nur Finten, und in Wirklichkeit sollten sie ihn im Blick behalten.

Den ganzen Nachmittag saß er zitternd zu Hause und zuckte beim leisesten Geräusch zusammen. Was wollte man von ihm? Er konnte an nichts anderes mehr denken. Am frühen Abend hielt er es nicht länger allein aus und ging zur Place Cheikh-Anta-Diop, wo ein Country-Konzert gegeben werden sollte. Eigentlich mochte er Countrymusik nicht, aber sie brachte ihn seinem Freund Joseph näher. Sollte er dasselbe tun und ebenfalls die Flucht ergreifen? Er, der geglaubt hatte, in Caracalla eine neue Heimat zu finden, sah jetzt nur noch Schrecken dort. Er musste zurück in sein Haus, ins Bett, schlafen.

Um fünf Uhr morgens war er schon wach, quälte sich mit den immer gleichen Fragen. Er ging zum Frühstücken in den kleinen Garten hinterm Haus. Dort hatte Amanda immer die Haushaltsutensilien gelagert: Mülleimer, Besen, Schrubber, Wischlappen, und es roch beißend und nicht sehr gut. Kaum hatte er sich hingesetzt, sah er ein Heer von Blau auf sich zukommen. Drei Polizisten. Diese Leute verschaffen sich aber auch überall Zugang, ohne erst zu fragen. Pascal erkannte die Männer, die ihm gestern die Vorladung gebracht hatten.

»Lassen Sie sich Zeit«, sagte der Älteste mit einem scheinheiligen Lächeln, »wir holen Sie nur jetzt schon ab, weil es nicht so leicht ist, einen Parkplatz bei der Dienststelle von Sektor vier zu finden.«

Pascal war der Appetit vergangen, und er folgte ihnen nach draußen. Auf dem Gehweg standen drei weitere Polizisten, ebenfalls in Blau.

»Nehmen Sie Ihren Wagen«, riet ihm einer, »und fahren Sie hinter uns her. Wir begleiten Sie zum Parkplatz.«

Pascal sah sich schon im Gefängnis sitzen. Sein ganzer Körper fühlte sich leblos an, wie aus Eis. Man würde ihm die Schuld an Amandas Tod geben, daran gab es keinen Zweifel.

Die Dienststelle von Sektor vier sah aus wie eine Mischung aus Rathaus und Kulturzentrum. Im Ehrensaal prangte ein Foto des Befehlshabers, ein junger Mann mit regelmäßigen Zügen, der mit seinem Igelschnitt und dem gepflegten Schnurrbart einen arroganten Eindruck machte. Ob er Amanda umgebracht hatte? Jedenfalls war er in dieses Drama verwickelt.

Pascal und die Polizisten gingen die Treppe hoch und kamen zum kleinen Büro einer verschlafenen Sekretärin.

»Warten wir hier«, sagte ein Polizist zu Pascal, »und hoffen wir, dass der Befehlshaber Ihre Geduld nicht über Gebühr strapaziert.«

Pascal zappelte herum wie ein kleiner Junge, fragte stammelnd: »Wo sind die Toiletten?«

Am Ende des Korridors, den man ihm gezeigt hatte, sah er zur Linken eine Treppe, die ins Erdgeschoss führte. Kopflos bog er ab und stürmte in Windeseile hinunter. Dann stand er im Garten. Der Parkplatz Salvador-Allende, wo sein Auto stand, war nicht allzu weit entfernt. Er rannte hin und startete den Motor. Dann ließ er sich von einer unbeherrschbaren Kraft leiten.

Normalerweise war es nicht einfach, die Gemeinschaft zu verlassen. Das hatte er ein paar Monate vorher gemerkt, als er Joseph nach Porte Océane gebracht hatte. Bewaffnete Wächter standen an der Zufahrt und wollten wissen, wer man war, weshalb man wegwollte und wann man in etwa wiederkäme. Aber am frühen Morgen hatten die Wächter nicht viel zu tun und schliefen. Einem der beiden stand der Mund offen, und er zeigte seine gelblichen, quer im Kiefer stehenden Zähne, während der andere schnaufte wie ein Walross.

Die nächsten zehn Kilometer raste Pascal mit affenartiger Geschwindigkeit über die Umgehungsstraße, bog dann links auf die Hauptstraße ab. Dann verließen ihn abrupt die Kräfte, und er parkte am Straßenrand, legte den Kopf auf den Lenker.

Wie lange blieb er besinnungslos? Eine Stunde, zwei Stunden? Er hatte keine Ahnung. Die immer gleichen Bilder gingen ihm durch den Kopf, grausam wie in einem Albtraum. Amanda, als er sie kennengelernt hatte, eine etwas zu pummelige junge Frau, die beim Lächeln ihre schönen Zähne zeigte. Amanda, als er sich von ihr verabschiedet hatte, ihr Gesicht eine gelbliche Wachsmaske. Amanda bei der Totenwache, in dem einzigen guten Popelinkleid, das ihre Mutter finden konnte.

Plötzlich holte ihn ein Klopfen an der Scheibe wieder in die Gegenwart zurück.

29 Er sah einen älteren Mann an die Scheibe klopfen, der ihm bekannt vorkam. Ihm war, als hätte er ihn schon einmal gesehen. Seine Haltung war merkwürdig, als verberge er etwas hinter seinem Rücken: einen Buckel? Nein, es war nicht Espíritu. Warum sollte der sich auch hier auf der Straße herumtreiben? Warum sollte er in Lumpen gekleidet sein wie ein armer Schlucker?

Rasch öffnete Pascal das Fenster, und der Alte fing an zu schimpfen: »Wie dumm von dir, im Auto zu schlafen. Du könntest überfallen werden, wegen dem Campecheholz gibt es hier in der Gegend eine Menge Wilderer.«

Pascal bedeutete ihm einzusteigen. »Setz dich«, sagte er, »kann ich dich irgendwohin mitnehmen?«

Der Alte ließ sich nicht lange bitten: »Bring mich nach Hause, es ist nicht weit, nur ein paar Kilometer.« Nach kurzem Schweigen fragte er: »Du kommst aus Caracalla, oder?« Pascal nickte, und er fuhr fort: »Hast du gesehen, was passiert, wenn die Menschen die Welt verändern wollen, wie es ihnen gefällt? Sie glauben, dass es ausreicht, Dinge zu verbieten, während Gott immer jedem seinen freien Willen lässt. Freiheit, das ist das größte Geschenk, das er uns gemacht hat.«

Pascal meinte, das schon einmal gehört zu haben, sagte aber nichts.

Der alte Mann stellte sich vor: »Mein Name ist Nestor. Ein ganz gewöhnlicher Name, aber den hat mir mein Vater nun mal gegeben. Ich verdiene mir mein Brot damit, dass ich zusammen mit meinem Sohn, der auch Nestor heißt, Kohle aus Campechebäumen mache, ich habe mehrere Hektar Wald von meinem Vater geerbt. Aber meine wahre Berufung ist die Vogelzucht. Um mein Haus leben an die hundert Vögel. Manchmal verdunkeln sie sogar die Sonne. Morgens zwitschern sie aus voller Kehle, damit ich sie füttere. Ich habe alle möglichen Vögel: Kolibris, Turteltauben, Drosseln, Amseln. Meine Lieblinge sind Aras aus dem tropischen Amerika.«

Pascal lauschte dieser Stimme, die so lieblich war wie Gesang, ja tatsächlich, sie klang wie Vogelgesang.

Ein Dutzend Kilometer weiter sahen sie ein Schild, auf dem in linkischen Buchstaben stand: *Harmonie, 118 Einwohner*, und der Alte bedeutete Pascal zu parken. Zu Fuß bogen sie dann in einen Feldweg, liefen auf einem Teppich aus piksigen Stinkdisteln und Guineagras.

Versteckt hinter einem Vorhang aus Zwerg-Ebenholzbäumen tauchte Nestors Hütte in einer Biegung auf. Sie war nicht gestrichen, sondern aus braunem Holz, ähnlich dem Guyana-Teak, und unter dem schweren, schrägen Mansardendach sah sie aus wie eine Glocke oder wie ein platt gedrückter Käfig. Dutzende Vögel flatterten um sie herum, einige saßen auf Goldtrompeten oder Drachenblutbäumen im Garten, andere pickten am Boden.

Als sie Nestor sahen, wurde das Gezwitscher lauter, und sie flogen schnell zu ihm, ein paar setzten sich sogar auf seine Schultern und seinen Kopf.

Lachend schüttelte Nestor sie ab. »Sie haben Hunger,

um diese Zeit füttere ich sie normalerweise. Früher haben sie Regenwürmer, Insekten, Küchenschaben gegessen, lauter Fraß. Aber nach und nach habe ich ihnen beigebracht, jedes Lebewesen zu respektieren, und heute sind meine Vögel Vegetarier.«

Wieder lachte er laut und trat dann mit dem Fuß gegen die Tür, die sich quietschend öffnete.

Die Hütte hatte zwei geräumige Zimmer. In einem standen Korbmöbel: Sessel, Stühle, ein großer Tisch. In dem anderen lagen Matratzen auf dem Boden. Seltsamerweise waren überall an den Wänden kleine Nischen, die mit Stoffstücken verhängt waren.

»Das ist mein Krankenhaus«, erklärte der Mann, »meine Klinik, denn keiner weiß, wie bedroht die Vögel in Wirklichkeit sind. Und dabei sind sie das Symbol für Freiheit.«

»Kannst du zaubern?«, fragte Pascal.

Nestor lachte. »Zaubern, ich? Nein, ich führe hier zusammen mit meinem Sohn ein einfaches Leben. Ich bin aus demselben Fleisch und Blut wie du. Hör jetzt auf, mir so unsinnige Fragen zu stellen, und komm lieber mit. Ich habe dir doch gesagt, dass keiner sich vorstellen kann, wie bedroht die Vögel wirklich sind. Die Kinder werfen mit Steinen nach ihnen oder stellen ihnen Leimfallen. Von den Männern werden sie in der Jagdsaison niedergeschossen. Sie bringen sie um und lassen sie sich sogar schmecken. Widerlich!«

Pascal ließ sich in einen Sessel sinken, erstaunt über die Last, die ihm wieder auf den Schultern lag.

Der Alte fuhr fort: »Ich hatte einmal zwei fußlahme Drosseln. Zum Glück konnte ich sie heilen.«

Pascal nahm den Kopf in die Hände. Er war zwar froh,

aus Caracalla weg zu sein, aber es nagte an ihm, dass er Najib im Stich gelassen hatte und vor allem, dass er dem Gedenken an Amanda untreu geworden war.

Nestor verschwand kurz in der Kammer, die ihm als Küche diente, und kam mit einem Kuchen aus ockerfarbenem Mehl zurück, der mit braunem Zucker bepudert war. Nachdem sie beide gegessen hatten, stand Nestor auf und rieb Pascal über die Hände und Unterarme. Der spürte, wie sich eine wohlige Wärme in seinen Gliedmaßen ausbreitete.

»Das sind die Stellen, wo Erkältungen in den Körper dringen. So kann man sich alle möglichen Krankheiten einfangen. Willst du dich nicht hinlegen? Es sieht mir ganz danach aus, als müsstest du wieder zu Kräften kommen.«

Als Pascal aufwachte, war es schon Nacht. Das große spöttische Auge des Mondes lugte zum Fenster herein, aus dem Nebenraum drang leises Stimmengewirr. Er stellte erstaunt fest, wie viel Kraft, wie viel Energie er plötzlich verspürte, und stieß die Tür auf.

Ein Dutzend Männer und Frauen saß auf dem Boden um einen jungen Mann, der Mundharmonika spielte. Er sah Nestor zum Verwechseln ähnlich, nur die stahlgrauen Haare und der Schnauzer fehlten.

»Wie fühlst du dich?«, fragte Nestor. »Darf ich dir Nestor II vorstellen, meinen Sohn? Leider hat seine Mutter uns vor ein paar Jahren verlassen. Sie hatte genug von unserem elenden Leben, vom Geruch nach Vogelkacke und Federn, der ihr von morgens bis abends in die Nase stieg. Ich hoffe, dass sie dort, wo sie jetzt ist, glücklich ist.«

Alle hatten sich zu Pascal umgedreht, der sich unbeholfen vorstellte. Mit einem Lächeln sagte er: »Ich liebe die Musik, spiele aber leider kein einziges Instrument.«

»Ich habe gehört, dass du aus Caracalla kommst?«, fragte einer der Anwesenden. »Ich wollte auch in die Gemeinschaft. Aber mein Antrag ist leider abgelehnt worden.«

Pascal blieb eine Woche bei Nestor. Nachmittags ging er allein im Wald spazieren, brütete über seine Erlebnisse in Caracalla. Welche Schlüsse ließen sich daraus ziehen? Er hatte gelernt, dass es nicht ausreicht, gewisse vermeintlich schädliche Dinge zu verbieten: Alkohol, Geld, Tabak. Nein, man musste das Herz der Menschen ändern, aber wie, das hatte er nicht gelernt. Die Bäume, die ihn umgaben, hatten glatte und gerade Stämme wie die Finger einer Hand, ihr dichtes Laub hielt die Sonnenstrahlen ab. An manchen Stellen sickerte trotzdem etwas Licht durch, rann die Stämme hinab und bildete funkelnde Pfützen auf der fetten braunen Erde.

Nach seinen Waldspaziergängen ging Pascal zurück zu den beiden Nestors, und sie nahmen köstliche vegetarische Mahlzeiten aus Kräutern, Samen und Wurzeln zu sich, wie nur diese beiden sie zuzubereiten wussten. Dann ließen sie den Abend bei Freunden ausklingen, wo Konzerte gegeben wurden: Bambusflöte, Mundharmonika oder Akkordeon. Pascal liebte diese Klänge, die die Nacht nicht zerrissen, sondern aus ihrer innersten Tiefe aufzusteigen schienen.

Die Leute behandelten ihn mit einer Mischung aus Respekt und Vertrautheit. Er wusste, dass sie ihn insgeheim

Kardamom nannten, nach dem Gewürz, mit dem sie ihre Speisen verfeinerten. Das amüsierte ihn sehr, und gleichzeitig warf es die Frage auf, was ihm fehlte, um seinem Leben den bitteren Beigeschmack zu nehmen.

An einem unvergesslichen Abend gab ein Musiker nigerianische Lieder zum Besten, und am nächsten Tag verabschiedete sich Pascal dann von seinen Freunden und machte sich auf den Weg zurück nach Marais Salant.

30 Als er nach knapp zehnstündiger Fahrt wie gerädert dort ankam, konnte er nicht ahnen, welchen Wirbel seine Ankunft verursachen würde. Espíritu hatte ihm doch versichert: »Die Leute haben ein schlechtes Gedächtnis. Wenn Sie sich eine Weile ruhig verhalten, weiß keiner mehr, wer Sie sind.«

Zunächst schien das zu stimmen, denn keiner hatte ihn erkannt, als er Joseph, der nach Stanford flog, nach Porte Océane begleitet hatte. Ein Gedanke ließ ihm keine Ruhe: Wie sollte er Maria, Martha, seiner Mutter Fatima und vor allem Albertine, die sich ihm mit solcher Leidenschaft hingegeben hatte – all jenen, die er hier zurückgelassen hatte, sein über einjähriges Schweigen erklären? Würde er seinen alten Vater Jean-Pierre noch lebend antreffen?

Die Grand Route du Nord lag gerade und gepflegt vor ihm – kein Schlagloch, keine Spurrille in der Straße zwischen den Bananenstauden mit ihren glatten Blättern, die beim leisesten Windhauch zu Boden geweht wurden. Mehrmals überquerte er klapprige Brücken über Schluchten mit wohlklingenden Namen: Ravine Madame, Ravine des Pères, Ravine du Pendu. Pascal stellte sich Manman Dlo vor, die auf einem großen Felsblock saß, ihr langes Haar kämmte und sang, um Männer zu betören.

Als er endlich zu Hause ankam, stellte er fest, dass eine Rasta-Gemeinschaft ihre weiß-blauen Zelte im Garten aufgeschlagen hatte. Es gab auf der Insel zwar viele Rastas, sie verkrochen sich aber eher im Südosten, einer unwirtlichen Gegend, wo sie von der Polizei weitgehend in Ruhe gelassen wurden. Ihre heilige Pflanze Ganja hatte Pascals ganzen Garten überwuchert und die Hibiskus- und Bougainvillea-Beete verdrängt. Frauen stillten ihre Kinder auf der Veranda. Die war zu drei Seiten mit Sperrholzplatten beplankt worden und bildete einen Unterstand, in dem ein riesiges Porträt von Haile Selassie prangte, dem ehemaligen Ras Tafari.

Pascal entdeckte einen jungen Mann, offenbar den Anführer der Gemeinschaft, der ihn mit weit aufgerissenen Augen, groß wie Untertassen, anstarrte. Wie gut er aussah! Sagenhaft gut, mit seinem schwarzen Teint und dem Helm aus kleinen Zöpfen. Die Hände vor der Brust gefaltet, murmelte er ununterbrochen: »Sie! Sie sind das!«

Pascal reagierte nicht darauf, sondern sagte nur knapp: »Zugegeben, es war sicher mein Fehler, das Haus so lange leer stehen zu lassen, dass man es für verlassen hätte halten können. Aber jetzt bin ich wieder da, und ich bitte Sie, möglichst bald und in aller Ruhe weiterzuziehen.«

Der junge Mann nickte. »Keine Sorge«, versicherte er, »wir wollen Ihnen keinen Ärger machen, wir ziehen weiter, sobald wir etwas Neues gefunden haben. Aber die Leute hatten erzählt, Sie wären zu Ihrem Vater zurück und in den Himmel aufgestiegen!«

Über diese Worte ärgerte sich Pascal sehr. »So ein Quatsch! Aber vielleicht wissen Sie ja, was aus dem alten Mann geworden ist, der hier gelebt hat. Er ist mein echter Vater.«

Ein trauriger Ausdruck legte sich auf das Gesicht des jungen Mannes. »Das war Ihr Vater? Dann habe ich leider eine traurige Nachricht für Sie. Er ist vor ein paar Monaten gestorben.«

Es brach Pascal das Herz. Seine Befürchtungen waren also eingetreten, und Jean-Pierre war gestorben, ohne dass er, sein Sohn, ihm die Augen schließen konnte.

»Aber seien Sie ganz unbesorgt«, fuhr der Anführer der Gemeinschaft sanft fort, »viele Menschen sind zu seiner Beerdigung gekommen, alle hier haben ihn geliebt und bewundert. Was uns betrifft, hatten meine Frauen Maggy und Domitiana ihn ins Herz geschlossen. Sie haben ihm morgens und abends zu essen gegeben und ihn auf jede erdenkliche Weise umsorgt. Glücklich, zu seiner Frau zurückzukehren, die ein paar Jahre vor ihm gestorben war, hat er uns verlassen.«

Pascal hielt es nicht länger aus und machte sich schweren Schrittes auf den Weg hinüber auf die andere Straßenseite, zu seiner Mutter. Würde er auch dort zu hören bekommen, dass sie gestorben war?

Obwohl das Haus in Dunkelheit getaucht war, klopfte er ohne Bedenken an. Die alten Hausangestellten waren nicht mehr da, ein junges Pärchen hatte sie ersetzt, das bei seinem Anblick ebenfalls große Augen machte. Die Frau bekreuzigte sich sogar, als stünde ein Skorpion oder ein anderes gefährliches Tier vor ihr.

»Ich möchte zu meiner Mutter, Madame Fatima«, erklärte Pascal.

Nach kurzem Zögern erzählten sie ihm, sie sei in Frankreich. Seit dem unerklärlichen Verschwinden ihres Sohnes halte sie sich die meiste Zeit dort auf und sei kaum mehr hier. Man würde sie oft im Fernsehen sehen. Die Gerüchte, dass Pascal etwas mit dem Anschlag, der Norbert Pacheco das Leben gekostet hatte, zu tun haben könnte, seien noch immer nicht verstummt. Deshalb hätte sie einen der besten Pariser Anwälte eingeschaltet, und der hätte ihr sein Wort gegeben, die Angelegenheit zu klären.

Schweren Herzens machte Pascal wieder kehrt. Ihm blieb nichts anderes übrig, als ins Bett zu gehen. Er schlief sehr früh ein.

Als er aufwachte, stand die Sonne hoch am Himmel und bepuderte Bäume, Häuser und Straßen mit Gold. Pascal öffnete das Fenster und atmete den belebenden Duft der Gegend tief ein, denn jeder Landstrich hat seinen eigenen Geruch, der von der Entfernung zum Meer abhängt, von der Vegetation, vom Mutterboden. In Caracalla hatte er sich fremd gefühlt, in Marais Salant war er wieder zu Hause.

Die Rasta-Gemeinschaft machte überhaupt nicht den Eindruck, aufbruchsbereit zu sein, wie der Anführer es ihm versprochen hatte. Wäsche trocknete auf der Hecke, Kinder rannten stolpernd hintereinander her. Eines fiel der Länge nach hin und stieß schrille Schreie aus, die seine Mutter herbeilockten. Unterdessen schlenderte der Anführer seelenruhig herum, die Nase in seiner Zeitung vergraben wie ein Priester, der in sein Brevier vertieft war.

Pascal ging in die Küche und kochte sich einen Kaffee. Zehn Uhr schon! Ein Tag würde nicht genügen, um all die Dinge zu tun, die er sich vorgenommen hatte. Als Erstes wollte er Maria, Martha und Lazarus auftreiben.

Das scheinbar so einfache Vorhaben erwies sich als hoch kompliziert. Er wusste zwar noch, dass die drei in der Siedlung Beausoleil wohnten, doch als er hinkam, war die Hausmeisterloge zu. Davor hing ein Schild: »Wg. Urlaub im Mutterland geschlossen.«

Im Mutterland, dachte Pascal verärgert, was soll das denn heißen? Er betrat das Haus, aber die halb weggetretenen Jugendlichen, die im Eingang kifften, konnten ihm nicht weiterhelfen. Er wurde immer gereizter.

Ihm fiel ein, dass die Geschwister im dritten Stock wohnten, und er stieg die Treppe hoch, weil der Aufzug natürlich kaputt war. Wohnung A oder Wohnung B? Auf gut Glück klingelte er an einer der beiden Türen. Nach einer Weile machte ihm eine alte, trotz der Wärme in einen schweren Morgenmantel aus Flanell eingemummte Frau die Tür auf. Sie war völlig verblüfft, als sie ihn erkannte, eine Reaktion, an die er sich allmählich gewöhnte.

»Nein«, erklärte sie, »sie wohnen nicht mehr hier.«

»Wissen Sie denn, wo ich sie finden kann?«

»Das weiß ich nicht, aber bei der ›Arche des Neuen Bundes‹ kann man Ihnen bestimmt weiterhelfen.«

»Die ›Arche des Neuen Bundes‹?«, fragte Pascal spöttisch. »Was soll das denn wieder sein?«

Erstaunt sah ihn die alte Frau an. »Das wissen Sie nicht? Es ist die Kirche, oder besser gesagt die Glaubensgemeinschaft, die sie gegründet haben. Dort treffen sich Gleichgesinnte zu wöchentlichen Andachten.«

Daraufhin kritzelte sie eine Adresse auf einen Zettel und gab ihn Pascal. Mehr wollte er gar nicht wissen und ging wieder hinunter.

Die »Arche des Neuen Bundes« befand sich im ruhigen ehemaligen Hafenviertel in einem schicken Haus zwischen einem Laden, der Stockfisch verkaufte, und einem anderen, in dem es billigen Rotwein gab. In der ersten Etage standen Kübelpflanzen auf einem umlaufenden Balkon. Die Haustür stand weit offen, wie es sich für einen öffentlichen Raum gehört, und Pascal brauchte sich nirgends anzumelden.

Als er eintrat, saßen Martha und Maria an kleinen Schreibtischen voller Papiere und schrieben eifrig. Zu seinem Ärger bemerkte Pascal, dass ein Foto von ihm fast eine ganze Wand bedeckte.

»Du?«, riefen die beiden wie aus einem Mund, während Martha sich bekreuzigte und niederkniete.

»Meister, du bist zurück!«, murmelte Maria.

Wütend fuhr Pascal sie an: »Hast du mich gerade Meister genannt? Erkennst du mich denn nicht? Mich, den Mann, mit dem du das Bett geteilt hast und der dir so viel Lust verschafft hat, wie du nur wolltest?«

»Wir glaubten, du wärst zu deinem Vater zurückgekehrt«, erklärte Martha. »Wir dachten, das wäre der Grund für dein Verschwinden.«

Pascal regte sich immer mehr auf. »Ich war nicht verschwunden«, widersprach er, »ich war bloß verreist, vielleicht ein bisschen zu lange. Und ihr habt also die Gelegenheit genutzt, euch diesen Unfug auszudenken.«

»Das ist kein Unfug!«, rief Maria.

Sie erhob sich, zog eine Schublade auf und entnahm ihr eine Broschüre. Pascal riss sie ihr aus den Händen. Es war ein Heftchen mit seinem Foto auf dem Umschlag und dem Titel *Leben und Lehre des Pascal*.

Zornig blätterte er es durch. Marcel Marcelin, einer seiner ehemaligen Jünger, erzählte darin, wie sie sich kennengelernt hatten und welche Wunder Pascal bis zu seinem Verschwinden bewirkt hatte.

»Marcel Marcelin! Ruf ihn sofort her!«

»Genau das hatte ich vor«, sagte Maria und griff zum Handy, während Pascal sich eine seiner geliebten Lucky Strike anzündete, um sich zu beruhigen.

Nach einer Weile hielt ein Auto vor der Tür, und Pascal erkannte seine ehemaligen Jünger: Marcel Marcelin und José Donovo. Statt ihn herzlich in die Arme zu schließen, blieben die beiden feierlich stehen und legten zur Begrüßung die Hände vor die Brust.

Marcel erklärte: »Wir müssen deine unerwartete Wiederkunft unbedingt groß begehen. Das ganze Land soll in deinen Bann gezogen werden.«

»Wieso das denn?«, protestierte Pascal. »Dort, wo ich war, habe ich nichts Neues gelernt. Ich weiß nicht, wie man die Herzen der Menschen vom Bösen befreit. Erzählt mir lieber, was aus Judas Éluthère geworden ist, ich möchte ihn sehen.«

Marcel und José zankten sich darum, wer es ihm sagen durfte, und erklärten Pascal dann, was in seiner Abwesenheit passiert war. Judas Éluthère hatte bald nach Pascals Verschwinden sein wahres Gesicht gezeigt und diejenigen, die mit ihm in die Geschäftsführung von »Le Bon Kaffé« benannt worden waren, aus dem Weg geschafft. Schlimmer noch, er hatte seine sexuellen Vorlieben sorgfältig geheim gehalten, um sich um den Vorsitz des Regionalrates bemühen zu können, und den Posten tatsächlich bekommen. Jetzt war Judas Éluthère also selbst ein Despot, den weder Streiks noch Demonstrationen erweichen konnten. Als Freund des Innenministers hatte er Einfluss auf die Polizeigewalt und konnte so die alte Ordnung aufrechterhalten.

Pascal sagte nur, das sei doch alles vorhersehbar gewesen. Hatte er nicht versucht, sie vor ihm zu warnen?

In diesem Moment betrat Lazarus den Raum. Pascal hätte ihn fast nicht wiedererkannt. Er war kräftiger geworden, sein Teint sonnenverbrannt, der Bart gepflegt, und er hatte keinerlei Ähnlichkeit mehr mit dem schmächtigen Kerl, der er bei seiner »Wiederauferstehung« gewesen war. Er lebte auch nicht mehr bei seinen Schwestern und hatte eine Anstellung in einer Palliativklinik, wo er versuchte, die Kranken davon zu überzeugen, dass man sich nicht vor dem Tod fürchten muss, weil der ein Übergang zu einem anderen Leben war.

Lazarus stürzte sich auf Pascal und schloss ihn in die Arme, was ihn sehr freute. »Wo hast du gesteckt? Ich habe gerade erfahren, dass du wieder in Marais Salant bist, das Gerücht macht schon die Runde. Also bin ich sofort gekommen, um dir meine Hilfe anzubieten, sollte dein Feind dir Böses wollen, und damit meine ich Judas Éluthère, falls du das noch nicht gehört hast, denn er ist unser aller Feind. Kaum auszudenken, dass du einmal mit ihm befreundet warst.«

Pascal zuckte die Schultern. »Was soll er mir schon antun? Ich bin nach dem Anschlag festgenommen und wieder freigelassen worden, ich bin reingewaschen, alle Anklagen gegen mich mussten fallen gelassen werden.«

Martha kam aus dem Nebenzimmer, sie schob einen kleinen Servierwagen vor sich her. Sie hatte einen Imbiss zubereitet, der so köstlich aussah wie eh und je: Teigtaschen mit Krevetten und eine Karaffe mit einem Punsch aus Goldpflaumensaft, Maracujasaft und Rum.

»Ich habe auch *grattons* gemacht«, sagte sie und hob den Deckel von einer Schale. »Du erinnerst dich sicher noch daran, was du uns einmal gesagt hast: ›Sooft ihr hiervon esst, denkt an mich, und ich werde bei euch sein.‹«

Pascal nahm sich sehr gern einen Punsch.

»Ich habe eine Idee«, sagte Marcel. »Du hast doch in zwei Wochen Geburtstag, oder? Ostersonntag? Wie wäre es, wenn wir diesen Tag mit einer unvergesslichen Feier begehen?«

José Donovo und Lazarus sprühten vor Ideen für das Fest, nur Pascal protestierte: »Das ist doch Unsinn! Was stellt ihr euch denn vor, dass ich sage?«

Lebhaft und lautstark diskutierten sie den ganzen Nachmittag.

31 Es gab noch jemanden, den Pascal unbedingt sehen wollte: Albertine. Wie sollte er ihr sein Verschwinden erklären, seine Abwesenheit und vor allem sein langes Schweigen? Das ließ ihn nicht los. Er hatte erfahren, dass Jean-Pierre, sein Adoptivvater, ihr das große Haus vermietet hatte, in dem Pascal aufgewachsen war. Dort lebte sie jetzt mit ihren sechs Kindern zwischen zwei und vierzehn Jahren, und mit ihrer Mutter, einer trotz ihrer grauen Haare immer noch sehr attraktiven Frau. Ihr überließ sie nicht nur die Kindererziehung, sondern auch Aufgaben im Haushalt, in der Küche und im Garten.

Tief bewegt ging Pascal durch den Garten und bis zu dem Schuppen, in dem er vor dreißig Jahren nachts zwischen den Beinen eines Esels gefunden worden war, wie auf einem biblischen Gemälde. Er hatte Eulalies überschwängliche Schilderung dieses Moments nicht vergessen: »Du warst schön, so schön wie ein Prinz oder ein junger König. Es sprang ins Auge, dass du aus kostbarem Material geschaffen warst, nicht aus demselben wie die anderen Menschen. Als ich dich in die Arme genommen habe, hast du die Augen aufgeschlagen und mir aufmerksam ins Gesicht gesehen. An diesem Tag bin ich deine Dienerin geworden.«

Damit wollte sie ihm schmeicheln, aber jedes Mal, wenn er sich an diese Worte erinnerte, dachte Pascal, dass eine Mutter keine Dienerin sein sollte. Im Gegenteil, Mütter müssen ihren Kindern Vorhaltungen machen, sie lenken, bestrafen, kritisieren, damit sie vollkommen werden – oder jedenfalls annähernd. Genau das hatte er Eulalie immer vorgeworfen: ihre Mischung aus Vergötterung kombiniert mit Strenge bei unwichtigen Dingen. Seine Liebe zu ihr war nie frei von Tadel gewesen.

Im Garten blieb er ab und zu stehen, pflückte eine Blüte und roch an ihr. In dieser Ecke gab es weder Cayenne- noch Tété-Négresse-Rosen, die wuchsen in den Treibhäusern weiter links. Als er zur Terrasse gelangte, kam Albertine gerade aus dem Haus, in einem ebenso schicken wie originellen Ensemble, das ihren vollkommenen Körper umschmeichelte.

»Du!«, schrie sie, als sie ihn sah, genauso verblüfft wie verärgert.

Pascal fiel ihr zu Füßen, schlang ihr die Arme um die Knie. »Ich weiß«, sagte er. »Ich habe mich dir gegenüber schändlich benommen. Ich bin weggegangen, ohne dir zu sagen wieso, und ich habe dir nicht geschrieben. Aber wenn ich dir erkläre, was passiert ist, wirst du es verstehen. Verstoß mich nicht aus deinem Herzen.«

Sie strich ihm über die Haare wie früher und sagte sanft: »Ich bin dir nicht böse. Wie sollte ich? Aber bevor wir irgendeine Entscheidung treffen, muss ich dir jemanden vorstellen.«

Bei diesen Worten zog sie Pascal auf die Beine und nahm ihn mit ins Haus. Sie gingen durch ein paar spärlich möblierte Räume und kamen in ein Zimmer mit sorgfältig zugezogenen Vorhängen. Auf dem Boden stand ein Babykörbchen. Darin lag ein blasses, zartes Kind und schlief.

»Nein, es ist nicht deins«, sagte Albertine zu Pascal, der sich gerührt über die Wiege gebeugt hatte. »Ich war so verletzt, als du weggegangen bist! Ich war verzweifelt, hatte das Gefühl, mein Leben sei vorbei, nichts machte mir noch Freude. Das hat ein Mann, den ich schon lange kannte und den ich immer hatte abblitzen lassen, ausgenutzt, um mich zu verführen. Er ist der Vater dieses Kindes.«

Pascal wusste nicht, was er dazu sagen sollte. Einerseits krampfte sich ihm das Herz vor Eifersucht zusammen, als er hörte, dass es einem anderen gelungen war, Albertine zu verführen und ihr ein Kind zu machen. Andererseits empfand er dieses Durcheinander als eine logische Konsequenz seines eigenen Verhaltens. Es war nicht recht, dass er sie einfach so verlassen hatte, warf er sich unentwegt vor.

Er nahm sie in die Arme und flüsterte zärtlich: »Dein Kind ist mein Kind. Ich bin gekommen, um dich zu bitten, das Geschehene zu vergessen, und mit mir zusammenzuleben.«

Und ab diesem Moment lebte Pascal mit Albertine zusammen und pendelte zwischen ihrem Haus und seinem in Marais Salant hin und her. Aber nicht lange danach merkte er, dass ihm dieses Arrangement nicht passte. Alles an Albertine fand er mittlerweile unerträglich. In erster Linie ihre Kinder. Sie zankten sich die ganze Zeit, schrien, wenn sie im Garten Fußball spielten, lärmten, wenn sie Drachen steigen ließen. Gefräßig und unhöflich waren sie obendrein. Pascal musste sich eingestehen, dass der Jüngste am schlimmsten war, der Junge, der geboren wurde, als er in Caracalla war. Pascal konnte einen Schauder des Ekels nicht unterdrücken, wenn er ihn im Arm hielt. Der Kleine hieß Igor.

Sein Vater war ein Russe, einer der mittlerweile zahlreichen weißen Penner auf der Insel. Er lungerte seit Jahren in Fond-Zombi herum, aber trotzdem wusste niemand, was er genau trieb. Die einen sagten, er sei ein Drogendealer, die anderen, er würde Artikel für die *Prawda* schreiben. Aber in einer Sache waren sich alle einig: Dass er Albertine verlassen hatte, als ihr Bauch anfing sich zu runden, und dass sein Sohn nichts anderes von ihm bekommen hatte als seine wunderschönen blauen Augen.

Es dauerte nicht lange, und schon konnte er Albertine selbst nicht ertragen. Im Gegensatz zum göttlichen Marcel hätte Pascal kein Werk mit dem Titel *Auf der Suche nach der wiedergefundenen Albertine* schreiben können, denn genau das war das Problem: Er hatte sie nicht wiedergefunden. Was war aus seiner Liebe, seiner Leidenschaft geworden? Sie hatten sich nichts mehr zu sagen. Albertine schwärmte die ganze Zeit nur von ihren Kindern, die sie furchtbar verwöhnte. Selbst ihre Rosa, eine Jugendliche mit zu großen Brüsten, hielt sie für einen Ausbund an Schönheit.

Weil Albertine Klimaanlagen und Ventilatoren verabscheute, waren die Nächte bei ihr eine Qual. Im offenen Fenster sah er das große Auge des Mondes und war davon überzeugt, dass der sich über ihn lustig machte. Warum hatte er ihr letztes Kind so leichtfertig angenommen? Sollten Männer nicht standhafter sein und gewisse Dinge ablehnen? Ob Albertine auffiel, dass Pascals Gefühle für sie sich verändert hatten? Jedenfalls war bei ihr nichts davon zu merken, und das Leben ging mehr schlecht als recht weiter.

Zum Glück ließ Pascals Inspiration ihn in Marais Salant nicht im Stich, wo er sich in seinem Arbeitszimmer verkroch und wie ein Besessener schrieb. Er wollte seine Erfahrungen in Caracalla in Worte fassen, und zwar in autobiografischer Form. Dann könnte er die Wahrheit über die Dinge sagen, die in der Gemeinschaft vorgefallen waren, während Romanautoren sich immer schwertun mit der Wahrheit. Wessen Erfahrungen und Erlebnisse werden erzählt? Die des Schriftstellers oder die einer fiktiven Figur oder eine Mischung aus beidem? Trotz dieser Fragen hatte Pascal immerhin einen Titel für sein Werk gefunden: *Das Buch des Aufrechten*. Ab und zu fragte er sich, ob es bei den Lesern Anklang finden würde. Die Leute verabscheuten die Mondongues zwar und kritisierten sie auch, trotzdem war zu befürchten, dass sie ein Werk ablehnen würden, das ihren Weg schlicht als Misserfolg darstellte.

In der Zwischenzeit sah es in Marais Salant nicht danach aus, als hätten die Rastas vor, ihre Zelte abzubrechen, im Gegenteil, sie drängten sich immer mehr auf. Der Anführer der Gemeinschaft ließ sich zu Vertraulichkeiten hinreißen. Manchmal stellte er sich Pascal in den Weg, wenn er ihn sah, und sang das Loblied der Rasta-Religion. Das hörte sich Pascal an und schluckte seinen Ärger hinunter. Bis der junge Mann eines Tages zu weit ging.

Als Pascal erschöpft von Albertine zurückkam, baute er sich mit einem schlitzohrigen Lächeln vor ihm auf. »Wir sind gezwungen worden, einen weißen Gott anzubeten, oder besser gesagt einen jüdischen. Danach haben unsere Leute einen arabischen Gott angebetet. Und einige lassen sich schließlich von einem indischen Gott das Tor zum Nirwana öffnen. Wir Rastas sind die Ersten, die einen Gott derselben Hautfarbe wie unsere eigene verehren.«

»Derselben Hautfarbe, ja?«, fragte Pascal entnervt.

»Ja, Haile Selassie war schwarz, wie wir.«

Pascal riss sich zusammen und schwieg bis zu dem Tag, an dem der junge Mann erneut sagte: »Die Rastas sind, wie ich Ihnen schon einmal gesagt habe, die Ersten, die einen Schwarzen zum höchsten Wesen erkoren haben.«

Pascal zuckte nur die Achseln und fragte: »Aha! Und was ist mit den traditionellen afrikanischen Religionen?«

32

Unterdessen geschahen am laufenden Band unangenehme Dinge, die er, zu Recht oder zu Unrecht, Judas Éluthère zuschrieb. Eines Morgens, als er genüsslich seinen Kaffee trank, klopfte jemand an die Tür. Es war ein junger Mann mit dem Gesicht eines Dieners, der einen schicken dunkelblauen Anzug trug.

»Ich bin Déodat Lafitte, Anwalt«, stellte er sich vor. »Können Sie in meine Kanzlei kommen? Ich möchte mit Ihnen über den Anschlag und seine Konsequenzen für Ihr Leben sprechen.«

»Warum wollen Sie nach so langer Zeit über den Anschlag sprechen?«, fragte Pascal aufgebracht. »Da gibt es nichts zu sagen. Ich bin festgenommen worden und wieder freigekommen. Alle Anklagen gegen mich wurden fallen gelassen.«

»Alle, wirklich? Genau das ist der Haken, um es mal salopp zu sagen. Die Polizei hat sich die Personalien des Obdachlosen, der zu Ihren Gunsten ausgesagt hat, offenbar falsch notiert. Trotz ausgiebiger Suche bleibt er unauffindbar.«

»Es war ein Obdachloser«, spottete Pascal. »Das heißt doch wohl, dass er kein Dach über dem Kopf hat. Natürlich wird er nicht gefunden, wenn man sich Jahre später auf die Suche nach ihm macht.«

Doch als er Lafittes ernsten Blick sah, verfinsterte sich auch Pascals Gesicht, und er versprach, in die Kanzlei zu kommen. Damit fing der Ärger an.

Ein paar Tage später kam er Lafittes Bitte nach und ging in seine Kanzlei. Dort wiederholte er nur seine frühere Aussage. Der Anwalt stellte ihm dieselben Fragen, die man ihm schon einmal gestellt hatte: »Sie wissen also nicht, welchen Hitchcock-Film Sie gesehen haben? *Marnie* oder *Die Vögel*?«

Pascal konnte sich überhaupt nicht daran erinnern und sagte entschuldigend: »In beiden Filmen spielt doch dieselbe Frau die Hauptrolle, glaube ich. Für mich sehen blonde Frauen alle gleich aus.«

Erfüllt von einer düsteren Vorahnung, verließ er die Anwaltskanzlei.

Die zweite unangenehme Sache ereignete sich ein paar Tage später, als Polizisten zu ihm kamen und ihm eröffneten, er dürfe das Land nicht verlassen.

Kurz darauf wurden Marcel Marcelin und José Donovo festgenommen und wegen nächtlicher Ruhestörung ins Gefängnis gesteckt. Nächtliche Ruhestörung? Was war passiert? Pascal erfuhr, dass Marcel Marcelin und José Donovo seit seiner Rückkehr jeden Abend Nachbarn in ihren Garten einluden, um ihnen von dem sagenhaften Event zu erzählen, das sie vorbereiteten: dem Osterfest, das mit großem Pomp in der »Arche des Neuen Bundes« gefeiert werden sollte. Mit dem Fest sollte gleichzeitig Pascals Wiederkunft unterstrichen werden. Um ihren Worten Nachdruck zu verleihen, hatten sie eine afrikanische Band eingeladen, die im Stadion Félix-Eboué auftrat.

Es war ein Höllenlärm: Balafon und Kora, unterbrochen von großem Geschrei. Ein paar Nachbarn beschwerten sich, und mitten in der Nacht hielten zwei Gefangenentransporter vor dem Gartentor. Ein Heer von Polizisten war ausgestiegen und hatte Marcel und José in den Knast gebracht.

Als Pascal zum Gefängnis eilte, teilte man ihm dort mit, aufgrund der Schwere ihres Verbrechens hätten Marcel Marcelin und José Donovo kein Besuchsrecht. Ein bisschen Musik galt also als schweres Verbrechen! Sonst noch was?

Aber damit nicht genug: Wenige Tage später brach beim »Neuen Bund« ein Feuer aus. Ohne die Nachbarn, die Nachtmenschen waren und die Brandwache alarmierten, hätte es sich in allen Stockwerken ausgebreitet, denn die Feuerwehrleute ließen sich Zeit anzurücken, und die Flammen konnten in aller Ruhe die Pamphlete *Leben und Lehre des Pascal* und das große Foto von ihm an einer der Wände zerstören.

Nach all diesen Ereignissen beschloss Pascal, sich bei Judas Éluthère zu melden, was er bisher nicht gewagt hatte. Er hätte es nicht für möglich gehalten, dass es so schwierig war, einen Termin bei ihm zu bekommen. Die Sekretärin – dieselbe wie früher und noch genauso unfreundlich – sagte erst, Judas Éluthère sei in Frankreich, danach, er sei im Norden der Insel bei der Hochzeit eines Cousins, und anschließend hieß es, er habe Denguefieber, eine Epidemie, die aus Kuba herübergeschwappt sei, und an der Scharen von Menschen erkrankten, und würde aus diesem Grund niemanden empfangen. Doch Pascal ließ nicht locker und bekam nach vier Wochen schließlich einen Termin. Die Sekretärin lud ihn jedoch nicht zum Sitz des Regionalrates ein, sondern zu »Le Bon Kaffé«. Das gab Pascal zu denken. Wollte Judas Éluthère sich in einem schlichteren, freundschaftlicheren Rahmen mit ihm treffen?

An einem Dienstag machte er sich also wieder auf den Weg nach Sagalin. Unterwegs gingen ihm die vielen Stunden durch den Kopf, die er im Unternehmen zugebracht hatte, im Glauben an die Zukunft und in der Überzeugung, dass es ein Leichtes wäre, die Welt zu verändern. Sagalin jedenfalls war unverändert. Es war immer noch schmutzig, grau und trostlos. Überall lagen Haufen von Makaken und von Straßenhunden.

Im Unternehmen nahm Judas Éluthères Büro mittlerweile ein ganzes Stockwerk ein. Pascal setzte sich in einen Warteraum, in dem Flughafenmusik dudelte. Über eine Stunde betrachtete er die Porträts der führenden Regierungschefs der Welt: Mahatma Gandhi, Nelson Mandela, Barack Obama und Kwame Nkrumah lächelten von den Wänden. Kurz bevor er wieder gehen wollte, holte ihn endlich eine Sekretärin.

Judas Éluthère sah so gut aus wie eh und je und war noch genauso elegant. Auch seine Schuhe, aus reich verziertem, samtweichem Leder, waren so gepflegt wie immer. Doch er selbst machte einen abgespannten Eindruck. Die Worte, die er mit heiserer und stockender Stimme sprach, schienen nur mit Mühe aus dem leicht geröteten Mund zu kommen. Pascal fielen die zwiespältigen Gefühle ein, die sie füreinander empfunden hatten, ohne es sich einzugestehen. Wie weit weg das alles war!

Als er Pascal sah, sprang Judas Éluthère auf, kam um den Schreibtisch herum und begrüßte ihn mit einem freundlichen, aber doch heuchlerischen Küsschen. Einem Judaskuss, sozusagen! Dann deutete er auf einen Sessel, sagte breit lächelnd: »Wie ich höre, bist du wieder zurück in Marais Salant. Zu meiner Überraschung hast du mich aber noch nicht besucht.«

»Im Gegenteil«, sagte Pascal ebenfalls lächelnd, »seit meiner Wiederkehr versuche ich die ganze Zeit einen Termin bei dir zu ergattern, aber deine Sekretärin hat es mir nicht leicht gemacht. Was hast du mir vorzuwerfen? Glaubst du etwa, ich hätte etwas mit dem Anschlag zu tun? Ich mochte Pacheco nicht, aber wenn mich nicht alles täuscht, mochtest du ihn genauso wenig.«

Judas Éluthère, der sich wieder an seinen Schreibtisch gesetzt hatte, stand erneut auf und bot Pascal eine Zigarette an.

»Ich weiß, dass Lucky Strike deine Lieblingsmarke ist«, sagte er, »und dass du keine anderen Zigaretten rauchst. Ich habe nie geglaubt, dass du etwas mit dem Anschlag zu tun hast, trotzdem ist es vollkommen normal, dass du dazu befragt wirst. Alle Welt wusste doch, wie sehr du Norbert gehasst hast.«

Ohne auf seine Bemerkung einzugehen, fragte Pascal trocken: »Aus welchem Grund hast du Marcel Marcelin und José Donovo hinter Gitter gebracht? Warum bist du so feindselig zu mir? Du steckst doch hinter all diesen Dingen, oder?«

Judas Éluthère schüttelte den Kopf und stritt alles ab.

Pascal wusste, dass er nicht mehr aus ihm herausbekäme, also fuhr er fort: »Als ich sie im Gefängnis besuchen wollte, habe ich zu meiner großen Überraschung erfahren, dass sie Besuchsverbot haben. Wo bleibt da die Gerechtigkeit? Es war die Rede von einem schweren Verbrechen, dabei war es doch eine Lappalie.«

Judas Éluthère wich der Frage aus. »Ich habe dir doch gesagt, dass ich nichts damit zu tun habe. Warum steigerst du dich so rein? Warum vergeudest du deine Zeit mit solchen Leuten? Hast du gelesen, was sie in ihrem Blättchen über dich geschrieben haben? Es ist miserabel, sie tun so, als wäre es ein Evangelium unseres Herrn Jesus Christus, das Markus-Evangelium, glaube ich! Ich habe dir doch immer gesagt, dass sie nur Stroh im Kopf haben und dir nichts als Ärger machen werden.«

Schweigend zog Pascal an seiner Zigarette, und Judas fuhr fort: »Ich kann mich nur wiederholen: Es gibt zwei Sorten von Menschen, die Gewinner und die Verlierer. Die, deren Leben ein einziges Chaos ist, und die, denen es gelingt, es zu strukturieren. Erstere sind nichts als Loser, wie die Engländer sagen.«

»Du siehst erschöpft aus«, erwiderte Pascal. »Liegt es daran, dass du in die Politik gegangen bist? Ich schicke dir mal einen Kräutertee mit Passionsblumen, der dagegen hilft. Diese Blumen haben meine Eltern im »Garten Eden« angebaut und wussten nur Gutes darüber zu berichten.«

Judas Éluthère deutete eine Geste des Dankes an, und Pascal fuhr nachdrücklich fort: »Du bist jetzt Präsident des Regionalrats. Hast du vergessen, was wir früher gesagt haben? Dass der einzig zulässige Weg der der Unabhängigkeit ist?«

»Unabhängigkeit! Dieses Wort hat heute keine Bedeutung mehr. Man muss mit der Zeit gehen. Kein Land ist mehr unabhängig. China ist abhängig von den USA, von

Saudi-Arabien, den Golfstaaten. Wie Norbert Pacheco sage ich jetzt: Was man jedem Menschen zusichern muss, ist ein gutes Einkommen, guter Wohnraum und eine gute Ausbildung für seine Kinder. Er hatte vollkommen recht, aber wir wollten nicht auf ihn hören.«

Pascal fiel nichts Besseres ein als zu brummeln: »Die Menschen leben nicht von Brot allein.«

»Apropos Essen«, sagte Judas, »ich möchte dich auf das Inselchen Bédier mitnehmen. Ich habe da ein Lokal entdeckt, ›Au Bec Fin‹, Zum Leckermaul, das von Indonesiern betrieben wird. Du weißt ja, dass hier alle möglichen Menschen leben. Erst letzte Woche sind hundert Japaner an Land gegangen, aber das waren keine Gastronomen, sondern Informatiker. Bei ›Au Bec Fin‹ gibt es das beste Nasi Goreng der Welt.«

Pascal zögerte. Er fand Judas Éluthères Arroganz und seinen selbstzufriedenen Ausdruck unerträglich. Trotzdem war es ihm wichtig, sich gut mit ihm zu stellen. Er nahm die Einladung an, und beide Männer verließen zusammen »Le Bon Kaffé«, gingen zu dem schicken dunkelblauen Cabrio, das Judas Éluthère sich inzwischen geleistet hatte. Sie stiegen ein, und Judas hob die Hand und grüßte den alten Parkplatzwächter, immer noch derselbe wie früher, wie Pascal sich erinnerte.

33

Um zum Inselchen Bédier zu gelangen, musste man erst eine Serpentinenstraße nehmen und dann etwa zehn Kilometer zur Hafenmeisterei von Sagalin fahren. Dort konnte man sich von Matrosen, die als venezianische Gondoliere verkleidet waren, in zwei Booten zum »Bec Fin« übersetzen lassen. Normalerweise musste man eine gute Stunde warten, ehe es aufs Meer ging. Für Judas Éluthère, den alle kannten, machten sie jedoch eine Ausnahme. An Bord ließ Pascal ihn in einem roten Ledersessel im Rauchsalon zurück, ging an Deck und sah sich um.

Die See hat keine Ähnlichkeit mit dem Tod. Sie ist lebendig, heiter, lachlustig. Um dem weiten Himmel hoch über ihr zu gefallen, wechselt sie ihre Gewänder. Um ihm zu gefallen, kleidet sie sich mal in Blau, dann wieder in Grün oder in Grau. In Schwarz kleidet sie sich nur, wenn der Seewind aus südlichen Gefilden kommt, wo es zu heiß ist. Sie schlägt auch Wellen, zeigt ihre Schaumkronenzähne. Trotz ihres meist friedlichen, fröhlichen Anscheins ist die See ein Friedhof, ein Grabstein. Seit ewigen Zeiten hat sie viele auf den Grund sinken sehen: Sklavenschiffe mit ihrer Ebenholz-Fracht, spanische Galeonen mit ihren Schätzen aus Edelsteinen und Diamanten, Boote aus Südamerika mit ihrer lukrativen Drogenfracht, Ozeandampfer, die in ihren Flanken den Schmuck reicher Passagiere bergen. Es heißt, in ihren Tiefen sei es blau und immer kalt, es heißt, dort fänden sich Gestalten, über deren Herkunft sich nichts Genaues sagen lasse. Sind es Tiere? Wie sind sie dorthin gelangt? Sie scheinen jedenfalls glücklich, spielen und tanzen frei in der großen Stille der Meerestiefe. Die Lieblinge der See sind der Weiße Hai und der Mondstein-Hai. Entgegen den allgemeinen Vorstellungen halten die sich von Menschen fern, denn sie mögen weder ihren Geruch noch den Geschmack von Blut; sie jagen sich hinterher, harmlos, unschuldig wie Kinder. Am zweitliebsten mag die See die Tintenfische und Kraken, die mit ihren langen, spitz zulaufenden Armen wedeln. Auch wohlgeformte kleine Fische mag sie: Katzenfische, Mondfische, vor allem fliegende Fische, die, in ihr Lichtgewand gehüllt, aus dem Wasser springen. Ganz unten am Meeresgrund liegen, wie verzierte Truhen, die Muscheln, und beleben mit ihren kostbaren Spiegelungen die Dunkelheit. Die See ist reich an Schätzen, die dem menschlichen Auge verborgen bleiben.

Nach dem Besuch in Sagalin lebte die Beziehung zwischen Pascal und Judas Éluthère wieder auf, aber nur sporadisch und oberflächlich. Nichts war mehr wie früher. Manchmal fragte sich Pascal sogar, ob diese Wiederannäherung Judas bloß dazu diente, ihn zu überwachen, damit er die Projekte, die Pascal am Herzen lagen, besser sabotieren konnte.

Erstes Beispiel: Je mehr Zeit verstrich, desto verlorener fühlte er sich in dem Haus in Marais Salant mit seinen Dutzenden Zimmern und dem riesigen Garten, denn die

Rasta-Gemeinschaft war am Ende doch weggegangen. Er beschloss, es in ein Flüchtlingsheim zu verwandeln, weil er die Männer und Frauen, die Schleusern ihr letztes Geld in die Hand drückten und auf stürmischen Meeresarmen ihr Leben aufs Spiel setzten, schon immer bewunderte, sich aber nie für sie eingesetzt hatte. Auf seinen Antrag beim Regionalrat hin bekam er aber nur von irgendeinem kleinen Beamten zur Antwort, derartige Anfragen würden prinzipiell abgelehnt, schließlich seien die Geflüchteten alle gefährliche Terroristen. Zweites Beispiel: Anschließend überlegte er sich, sein Haus zu einer Sportanlage zu machen. Auch auf diesen Antrag bekam er einen abschlägigen Bescheid.

Enttäuscht widmete er sich wieder dem Schreiben. Er schickte Judas ein Exemplar vom *Buch des Aufrechten*, das er gerade auf eigene Kosten bei einem kleinen Pariser Verlag veröffentlicht hatte, zusammen mit dem Päckchen Passionsblumentee, das er bisher vergessen hatte zur Post zu bringen. Wenige Tage später lud ihn die Sekretärin, diesmal freundlich, zu einer Debatte im Sitz des Regionalrats ein. Zwei renommierte Philosophen, die zu Besuch auf der Insel waren, würden über sein Buch sprechen. Er war so eitel, sich geehrt zu fühlen. Als er Albertine davon erzählte, verzog sie das Gesicht.

Sie hatte einen Traum gehabt, der ihr zufolge nichts Gutes für dieses Treffen vorhersagte. Im Gegenteil, angeblich war es sogar der Anfang ernster Gefahren. Pascal weigerte sich, auf sie zu hören. Tatsächlich gehörte Albertine, wie Maria, zu diesen traurigen Gestalten, die bis zum Überdruss ihre Träume analysieren. Als sie sich ineinander verliebt hatten, waren sie so spät aufgewacht, dass dafür keine Zeit geblieben war. Doch seit einigen Wochen schon besprach sich Albertine endlos mit ihrer Mutter.

»Hast du von Blut geträumt?«, fragte sie Pascal. »Das steht für Gefahr. Pass gut auf, wen du heute triffst.«

Was für ein Blödsinn, dachte Pascal, der um jeden Preis seinen Willen durchsetzen wollte. Entschlossen machte er sich auf den Weg.

Der Sitz des Regionalrates war das Schmuckstück von Porte Océane. Er wurde nach dem fürchterlichen Hurrikan von 1928 nach den Plänen eines schwedischen Architekten wiederaufgebaut, der hier im Urlaub gewesen war und sich in das Gebäude verliebt hatte. Es war ein vornehmer Bau mit einer doppelten Freitreppe, einer beliebten Fotostelle für Touristen.

Der Saal, in dem die Debatte stattfinden sollte, war zum Bersten voll mit Leuten, die am Nachmittag nichts Besseres zu tun hatten. Die lebhafte Diskussion dauerte fast zwei Stunden. Leider merkte Pascal bald, dass beide Philosophen, bei aller Höflichkeit, keine hohe Meinung von seinem Buch hatten und sich vor allem darum bemühten, Leser für ihre eigenen Werke zu gewinnen. Enttäuscht zog sich Pascal noch vor dem Empfang zurück.

Kaum war er wieder zu Hause in Marais Salant, hörte er im Fernsehen, der Präsident des Regionalrats habe auf dem Rückweg von Porte Océane einen schweren Autounfall gehabt. Wie durch ein Wunder sei er dem Tod entronnen, doch er war gegen einen Baum gefahren und sein Cabrio hatte einen Totalschaden. Der Journalistin zufolge stand fest, dass Judas Éluthère am Steuer eingeschlafen war.

Eine düstere Vorahnung hielt Pascal die ganze Nacht wach. Prompt rief Déodat Lafitte am nächsten Morgen an und fragte, weshalb er Judas Éluthère ein Päckchen Passionsblumentee geschickt hätte.

»Weil ich von meinen Eltern gelernt habe, dass Passionsblumen ein kraftvolles Aufbaumittel sind.«

»Meinen Sie nicht«, hakte der Anwalt spöttisch nach, »dass das der Grund sein könnte, weshalb Judas Éluthère am Steuer eingeschlafen ist?«

Pascal schwor hoch und heilig, dass das ein völlig abwegiger Gedanke sei.

Trotzdem, so unglaublich es war, verbreitete sich das Gerücht, er hätte dem Präsidenten des Regionalrates ein Schlafmittel gegeben. Die Leute sprachen auf ihrer Veranda darüber, im Wohnzimmer, im Esszimmer, in der Küche und vor allem im Schlafzimmer. Ein gefundenes Fressen für Lästermäuler: Pascal war doch schon in den Anschlag verwickelt gewesen, der Norbert Pacheco das Leben gekostet hatte, oder? Und jetzt hatte er also möglicherweise auch noch versucht, den Präsidenten des Regionalrates umzubringen.

Pascal sah sich gezwungen, Monsieur Joyau zu empfangen, einen Franzosen, der ein Buch über einheimische Heilpflanzen schrieb. Er kreuzte gegen Mittag auf, in T-Shirt und kurzer Hose, dem nachlässigen Aufzug, in dem sich Fremde allzu oft in unseren Gefilden blicken lassen. Pascal erklärte ihm, wenn man Passionsblumentee trinke, bestehe keineswegs Gefahr einzuschlafen, er selbst habe den Tee in seiner Kindheit literweise getrunken.

»Literweise?«, fragte sein Besucher nach. »Weshalb haben Ihre Eltern Ihnen den Tee zu trinken gegeben?«

»Das haben sie immer gemacht«, sagte Pascal, »wenn ich mich matt gefühlt habe.«

Die Renoux, die Nachbarn zur Rechten, die neuerdings einen Überlaufpool hatten, an dem sie gern mit ihren Freunden zu Mittag aßen, grüßten ihn nach dieser ganzen Sache nicht mehr. Allerdings hatten sie sich davor auch schon geweigert, Albertine guten Tag zu sagen, wenn die sich blicken ließ. Nach und nach wurde Pascal erneut wie ein Aussätziger behandelt. Kaum tauchte er in der Eckkneipe auf, ging eine Hälfte der Gäste weg, während die andere Hälfte ihm wütende Blicke zuwarf. Es war nicht auszuhalten.

Am meisten quälte ihn aber, dass Judas Éluthère seit mehreren Wochen verreist war. Seine Sekretärin, die ihm gegenüber mittlerweile eiskalt war, hatte ihm mitgeteilt, er sei vom französischen Staatspräsidenten persönlich gebeten worden, ihm seine Meinung über eine multikulturelle Gesellschaft darzulegen. Denn das Nebeneinander vieler Kulturen bereite so viele Probleme in Frankreich.

34 In dieser Zeit voller Sorgen erblickte Pascal eines Morgens auf dem Gehweg einen Mann, der ihm bekannt vorkam. War das nicht Espíritu? Doch, er war es tatsächlich, und er ließ sich gerade eine Zigarre schmecken. Schnell kam er zu Pascal und umarmte ihn liebevoll. Der ließ es nur widerwillig über sich ergehen und fragte kurz angebunden: »Was treiben Sie hier?« Denn Pascal war überzeugt, dass Espíritu nur vorgegeben hatte, ihm zu helfen, als er ihn zu den Mondongues brachte, sich in Wirklichkeit aber über ihn lustig gemacht und den Löwen zum Fraß vorgeworfen hatte.

Espíritu, den all diese Gedanken offenbar nicht kümmerten, zog ihn mit sich ins Haus. Als sie sich bei einem Kaffee gegenübersaßen, erklärte er: »Ich habe eine wichtige Neuigkeit für Sie: Ihr Vater wird in Kürze fortgehen. Sie sollten ihn vorher noch besuchen. Sonst sagen Sie sich für den Rest Ihres Lebens, dass er Sie verlassen hat und fragen sich, wieso.«

»Wohin geht er denn?«

Espíritu antwortete ausweichend. »Dorthin, wohin er gerufen wird. Wo er gebraucht wird. Sie müssen kommen und seine Nachfolge antreten.«

»Seine Nachfolge antreten? Wie denn? Niemand hat mir je erklärt, was von mir erwartet wird.«

»Aber man hat Ihnen gesagt, dass Sie den Auftrag haben, die Welt so zu verändern, dass sie toleranter und friedlicher wird.«

»Und wie soll ich das anstellen, ich ganz allein?«, schrie Pascal.

Pascal war hin- und hergerissen. Marais Salant zu verlassen, hieße Albertine zu verlassen – nichts lieber als das. Das wäre eine halbwegs elegante Weise, sich von ihr zu verabschieden.

»Lassen Sie uns später darüber sprechen. Sie müssen sich nicht sofort entscheiden«, fuhr Espíritu in versöhnlichem Ton fort. »Ich bitte Sie nur, darüber nachzudenken.«

Plötzlich schlug sich Pascal an die Stirn, das hatte er ja ganz vergessen: »Ich komme hier gar nicht weg. Ich musste der Polizei versprechen, nicht zu verreisen. Außerdem haben sie meinen Pass beschlagnahmt.«

Das schien Espíritu nicht viel auszumachen, denn er lachte laut: »Ihr Pass? Sie brauchen doch gar keinen! Ich habe Ihnen doch schon gesagt, dass ich einen Privatjet habe und überallhin fliegen kann. Wann immer ich möchte. So bin ich mit Ihrem Vater gereist, und so sind wir überall dorthin geflogen, wo es unserer Meinung nach schlecht lief: nach Südafrika wegen der Apartheid, nach Indien wegen der Unberührbaren und der Stellung der Frauen, in den Irak, in den Iran. Alle Tower kennen mich, keiner wird es wagen, nach meinen Papieren zu fragen.«

Die Vorstellung zu verreisen wurde immer verlockender. Pascal hatte sich nie damit abgefunden, dass er seinen Vater nicht kannte und nicht wirklich wusste, wo er herkam, selbst wenn es den meisten anderen Sterblichen genauso erging.

Um sich leichter miteinander abstimmen zu können, zog Espíritu zu Albertine, wo die Kinder ihn wie ihren Vater behandelten. Sie neckten sich gegenseitig, machten Späße, spielten endlos lange miteinander. Nach kurzer Zeit ärgerte sich Pascal darüber, weil Albertines Kinder, mit Ausnahme von Igor, ihm gegenüber nie so überschwänglich gewesen waren. Im Gegenteil, sie waren immer sehr zurückhaltend. Albertines Mutter schien ebenfalls nicht unempfänglich für den Charme des Neuankömmlings. Sie kochte ihm leckere kleine Mahlzeiten und holte ihren fünfundfünfzigprozentigen Rum aus ihrer Reserve. Espíritu stand ihr in nichts nach. Er trug ihre Körbe, wenn sie zum Markt ging, und begleitete sie sogar manchmal zu Freunden. Auch Albertine war ganz eingenommen von diesem Onkel, der wie vom Himmel gefallen war.

So zog es sich über Tage, ja über Wochen. Pascal konnte sich nicht entscheiden, bis Espíritu sich schließlich bei ihm unterhakte, wie er es gern machte, und ihm vorschlug: »Sollen wir uns meinen Privatjet ansehen, mit dem wir nach Brasilien fliegen wollen?«

Es war zwei Uhr nachmittags und brütend heiß. In den verlassenen Straßen wurden die Schatten unter den Füßen der wenigen Passanten immer kleiner. Sie hatten bei Albertine gerade ausgiebig getafelt, und es wäre sicher angenehmer gewesen, im Kühlen eine kleine Siesta zu halten, doch die Neugier siegte. Pascal stimmte zu, und die beiden machten sich auf den Weg.

Zu Beginn des Jahrhunderts war der Flugplatz von Valmondon Schauplatz der Kunstflugfertigkeiten der Söhne reicher Grundbesitzer und Kaufleute gewesen. Einer von ihnen, Philippe de Laville-Tremblay, fand dank seiner

Meisterleistungen sogar Eingang in die Reiseführer der Insel. Heute war der Flughafen für seine großen Sportfeste bekannt: Tischtennisturniere, Fahrradrennen, Boxkämpfe. Sein Grundriss sah aus wie ein großes gleichschenkliges Dreieck, das auf einer Seite vom Meer gerahmt wurde und auf der anderen von majestätischen hochstämmigen Bäumen: Mahagoni, Sandbüchsenbaum, Mapou.

Espíritus Gulfstream G650 ER stand in einer großen Flugzeughalle. Bewundernd sah Pascal ihn sich an. In der Kabine war, nach der Anzahl Sessel um die schicken Beistelltische, Platz für zehn Fluggäste. Der Fußboden war mit einem mollig weichen roten Teppich ausgelegt, und ein Flachbildschirm hing an einer Wand. Pascal, der nur die bescheidene zweite Klasse in Linienflugzeugen kannte, war fassungslos.

»Bevor wir nach Brasilien fliegen, geht es erst einmal nach Miami und New York«, erklärte Espíritu.

»Nach New York?«, fragte Pascal verblüfft, denn von New York träumte er schon seit Langem. »Aber das liegt doch gar nicht auf dem Weg, Brasilien ist doch viel weiter südlich!«

Espíritu nickte. »Ja, natürlich, aber ich finde, Sie sollten diese Städte kennenlernen. Sie sind nicht genug herumgekommen. Wie oft waren Sie im Ausland? Sie haben Ihren Geist nicht ausreichend an dem der anderen gerieben und geglättet.«

»Nach New York?«, fragte Pascal ungläubig nach.

»Das verspreche ich Ihnen hoch und heilig!«

Damit war Pascals Entscheidung getroffen, und die beiden gingen zur Flughafenbar und besiegelten ihre Abmachung mit einem Punsch.

Die nächsten Tage vergingen im Nullkommanichts. Mit einem Gefühl großer Befreiung erklärte Pascal Albertine, er müsse mit seinem Großonkel nach Brasilien. Sie weinte, zog eine große Show ab. Dennoch war er davon überzeugt, dass seine Abreise ihr gelegen kam. Nichts verband sie mehr miteinander.

Genau genommen hielt ihn hier überhaupt nichts zurück. Das unlogische Verhalten der Menschen in seiner Umgebung hatte ihn bestürzt. Vor allem aber war er untröstlich über seinen Streit mit Judas Éluthère. Dabei hatte er doch einmal geglaubt, Judas sei ihm ähnlich! Er erinnerte sich an die Zeiten, als der mit seiner schönen Stimme gesungen hatte: »Ich träumte von einem anderen Bund, und die Erde wäre rund.«

Ein paar Tage vor seiner Abreise wollte Pascal noch bei Maria und Martha vorbeischauen. Nachdem der »Neue Bund« vom Feuer verwüstet worden war, hatten sie ihre Zuflucht in der Wohnanlage »Siedlung der Wunder« gesucht, in einem dicht bevölkerten Stadtteil, und verdienten sich ihren Lebensunterhalt mit dem Verkauf von indigoblauem Tuch – Meterware, die sie nach einem afrikanischen Verfahren färbten. Jedes Mal, wenn er Maria sah, hatte Pascal ein schlechtes Gewissen. Sie hatten sich doch so innig geliebt. Er hatte doch geglaubt, in ihr die Frau gefunden zu haben, die ihm solche Erfüllung schenkte, dass er nie mehr eine andere begehren würde. Jetzt war er davon überzeugt, dass die Liebe nicht nur ein wilder Vogel war, wie es in Bizets berühmter Oper heißt, sondern eine launische Göttin, die immer nur machte, was sie wollte.

Er ging also zu Maria und Martha und teilte ihnen seine Entscheidung mit. Marcel Marcelin und José Donovo waren so empört über die willkürliche Verhaftung und ihren Gefängnisaufenthalt, dass sie erneut nach Frankreich gegangen waren, um dort Arbeit zu suchen.

»Du willst wieder verreisen!«, sagte Maria vorwurfsvoll. »Dabei kennst du doch das Sprichwort: In der Ruhe liegt die Kraft. Hab Geduld, eines Tages wird dein Leidensweg ein Ende haben und du wirst die Welt mit deinem Licht erhellen.«

»Mit welchem Licht?«, fragte Pascal unzufrieden.

Darauf hatte Maria keine Antwort. Stattdessen fuhr sie aufgeregt fort: »In New York gibt es in der französischen Community viele Anhänger der ›Arche‹, wir werden ihnen Bescheid sagen, dass du kommst. Sie würden sich sicher freuen, dich mit dem gebührenden Respekt zu empfangen.«

Auch über diese Mitteilung war Pascal nicht erfreut, zeigte es jedoch nicht. Lieber ließ er sich die Getränke schmecken, die Martha zubereitet hatte.

35 Espíritu, der erschöpft war von den vielen Stunden im Cockpit, schlief bald auf der Rückbank des Taxis ein, das sie in New York erwartet hatte. Sein Mund stand offen, und er zeigte seine Raubtierzähne. Wie seltsam war er doch gebaut, dieser Espíritu, mit seinen großen, ironisch funkelnden Augen und den Worten, die nicht immer verständlich waren. Pascal zweifelte die ganze Zeit, ob es wirklich eine gute Idee gewesen war, erneut mit ihm loszuziehen.

Er hatte sich neben den Fahrer gesetzt, weil er keine Ahnung hatte, wie geschwätzig die Amerikaner waren, und dass sie ihre Gesprächspartner skrupellos mit oftmals sehr indiskreten Fragen löcherten. Der Mann kam aus Haiti, seine Haut war gegerbt wie altes Leder, und ein üppiger Schnurrbart zierte sein Gesicht. Weil er schon ewige Zeiten in Amerika war, konnte er fast nur noch Englisch sprechen. Sein unbeholfenes, zögerliches Französisch klang, als wäre es eine Fremdsprache für ihn.

»Was!«, rief er. »Sie waren noch nie in Port-au-Prince? Was! Sie kennen New York nicht? Was! Sie waren auch noch nie in Paris!«

Pascal hätte sich lieber in Ruhe die Stadt angesehen, fühlte sich aber verpflichtet, auf diese dämlichen Fragen zu antworten.

Im Gegensatz zu Miami, das er als eine nicht sonderlich interessante Großstadt empfunden hatte, die hauptsächlich von der Lage am Meer und der glühend heißen Sonne profitierte, erschien ihm alles kostbar, was er in New York entdeckte, selten, von unschätzbarem Wert: die Yellow Cabs, die bunte und bunt gemischte Gesellschaft, die sich in den rechtwinkligen Straßen tummelte, die Wolkenkratzer, vor allem die Wolkenkratzer, denn er hatte selbst nie höher als im dritten Stock gewohnt. Wie fühlte es sich wohl an, ganz da oben? Angeblich wurden auf den Dächern sogar Pflanzen angebaut: Salat, Gemüse, Obst, und die Menschen aßen diese Himmelsgewächse. Sie fuhren einmal quer durch New York, von einem Ende zum anderen. Je länger die Fahrt dauerte, desto dunkler wurde es. Bei der Brooklyn Bridge war es dann tiefschwarze Nacht. Zu beiden Seiten des Flusses gingen die Lichter an, funkelnden Luftballons gleich.

Das Hotel »Belo Horizonte«, ein Fünfsternehotel, in dem sie zwei Zimmer reserviert hatten, war unter brasilianischen Geschäftsleuten wohlbekannt, weil es eine breite Palette an Vergnügungen bot. Zur Karnevalszeit zum Beispiel verkleidete sich das Personal, und alle tanzten Salsa. Espíritu kannte das Viertel offenbar wie seine Westentasche und führte Pascal zum Abendessen in ein nahe gelegenes mexikanisches Restaurant: »La Rosita«. So hübsch und anmutig wie die Kellnerinnen waren, sprang ins Auge, dass sie nicht nur zum Tellertragen und Getränke-Einschenken da waren. Sicher begleiteten sie die Kunden auch an intimere Orte. Espíritu bestellte Schweinsragout mit Schokolade, ein Gericht, das Pascal noch nie gegessen hatte, und sie begossen es mit reichlich Tequila.

Als Espíritu sagte, er sei müde, ließ Pascal ihn allein ins Hotel zurückgehen und zog los, um die Stadt zu erkunden. Er streifte durch kleine und große Straßen, ohne sich ihre Namen zu merken. Mal badete er in dem Licht, das aus Räumen über ihm fiel, mal wurde er vom Schatten verschluckt. So war es abwechselnd taghell und nachtschwarz. Sein fieberhafter Geist führte ihn mal hierhin, mal dorthin, wie einen Blinden. Irgendwann stand er am Ufer eines Flusses. Ein grell beleuchtetes Schiff fuhr langsam zur Flussmündung. Wie gern wäre Pascal an Bord gewesen, um auf die Freundschaft und den Zusammenhalt anzustoßen.

Dann folgte er einem Grüppchen in ein Gebäude. Es war ein Nachtklub, »The Blue Cacatoes«, in dem eine schwarze Sängerin in einem weißen Kleid auftrat. In ihrer Stimme lag die ganze Verzweiflung der Vergangenheit. Die Knechtschaft auf den Plantagen im Süden, die Rassentrennung, die Lynchjustiz, die Leichen, die an den Bäumen hingen wie seltsame Früchte. Gleichzeitig war ihre Stimme voller Hoffnung, ein reiches Vibrato, das Mut und Zuversicht schenkte. Vielleicht war das ja das schwarze Amerika: harte Drangsal, die der festen Entschlossenheit, die Hürden zu überwinden und sich seine Träume zu bewahren, nicht im Weg stand. Als die ersten Paare sich umschlangen, zog sich Pascal zurück und ging ins Hotel. Es war zwei Uhr nachts.

Zu seiner Überraschung schimmerte Licht unter Espíritus Zimmertür durch. Pascal meinte, zwei Stimmen zu hören, darunter eine hohe, kristallklare. War da eine Frau in Espíritus Zimmer? Pascal hatte Albertine nicht kränken wollen, aber er hatte immer genau gewusst, was zwischen ihrer Mutter und Espíritu lief. Eines Nachmittags hatte er die beiden ertappt, als sie sich in den Armen lagen. Schmunzelnd über diese Erinnerung versank er im bodenlosen Wasser des Schlafs.

Er schmunzelte immer noch, als Espíritu ihn am nächsten Morgen weckte. Im Hotel nahmen beide Männer ein üppiges Frühstück zu sich, dann stiegen sie in eins der Taxis, die auf einem Parkplatz in der Nähe standen. Bald legte sich Pascals Euphorie vom Vorabend und wich Entsetzen und Ernüchterung. Wo waren der Reichtum und die Schönheit geblieben, die er gestern zu sehen geglaubt hatte? Am Vormittag war alles schmutzig und grau. Auf den Straßen wimmelte es von schlecht gekleideten Menschen, alle mit schweren, farblosen Mützen oder uneleganten Käppis auf dem Kopf, die hinter Bussen herrannten oder die Treppen zur U-Bahn hinuntereilten. Nach einer fast einstündigen Fahrt blieb das Taxi vor einem kleinen tempelartigen Gebäude mit Säulen, mitten in einem verwahrlosten Garten, stehen.

Als sie das Gebäude betraten, sahen sie, dass an die fünfzig Menschen sie erwarteten: Männer, Frauen, sogar Kinder. Bei Pascals Anblick standen alle auf und begrüßten ihn mit der Geste der Demut, die er so verabscheute: gesenkter Kopf, die Hände vor der Brust aneinandergelegt. Ein Pfarrer in einer blauen Albe, ein gewisser Pfarrer Edison, der sie zur Begrüßung vertraulich umarmt hatte, stieg auf die Kanzel und begann mit seiner Predigt.

Pascal hatte in der Schule zwar Englischunterricht gehabt, aber er hatte sich nichts gemerkt und die Sprache als eines der Fächer abgetan, die man am besten sofort wieder vergaß. An jenem Morgen verstand er aber zu seiner Überraschung jedes Wort des Pfarrers und all dieser Leute jedoch bestens. Noch erstaunlicher war, dass er selbst Englisch sprach, er hörte sich sagen: »Ihr wisst nicht, wer ich bin, weil ich es selbst nicht weiß. Es scheint mir anmaßend, zu glauben, ich hätte eine andere Abstammung als ihr. Womit habe ich so viel Aufmerksamkeit verdient? Mein ganzes Leben war eine einzige lange Lehre. Und was ich gelernt habe, ist, dass es auf die meisten Fragen, die ich mir stelle, keine Antwort gibt.«

Einige Menschen hoben die Hand und sagten etwas auf Spanisch, einer Sprache, die Pascal nie gelernt hatte, an diesem Tag aber ebenfalls verstand. Der angenehme, freundschaftliche Austausch dauerte an die zwei Stunden. Zum Schluss stimmte die Versammlung einen Psalm an, der Pascal bekannt vorkam, und Pfarrer Edison bat ihn um einen letzten Dienst: Autogramme zu geben, Kinder in die Arme zu nehmen und sich im Gästebuch zu verewigen.

Nach der Veranstaltung kam eine Frau mittleren Alters auf sie zu, gab ihnen die Hand und lud sie zum Mittagessen ein. »Ich wohne ganz in der Nähe«, sagte sie lächelnd, »und würde mich sehr freuen, wenn Sie meine Einladung annehmen.« Als Pascal und Espíritu zusagten, bedeutete sie einem hübschen jungen Mädchen, das ihr wie aus dem Gesicht geschnitten war, näher zu kommen. Dann wandte sie sich an Pfarrer Edison: »Sie würden mir eine große Ehre erweisen, Reverend, wenn Sie sich ebenfalls zu uns gesellen.«

Die Frau hieß Denim und kam aus Tennessee, ihre Tochter hieß Norma. Denim war sehr stolz auf Norma. Sie hatte sie allein, ohne Mann, ohne die Unterstützung von

Verwandten großgezogen, und heute arbeitete Norma als Lehrerin an einer der besten Schulen Brooklyns. Daneben war Norma, die ausgezeichnet Querflöte spielte, in einem Ensemble, das immer bekannter wurde.

»Stellen Sie sich vor, Motown hat sie unter Vertrag genommen«, prahlte die Mutter.

Das Grüppchen ging aus dem Tempel in der engen Straße, und der Anblick der heruntergekommenen Gebäude mit den rostigen Feuerleitern stimmte Pascal traurig. Sie betraten ein wenig ansprechendes Haus, und weil es keinen Fahrstuhl gab, nahmen sie die Treppe, auf der ein zerschlissener Teppich lag. Im dritten Stock kamen sie dann aber wider Erwarten in ein kleines, hübsch eingerichtetes, lichtdurchflutetes Wohnzimmer. Auf dem Beistelltisch standen Fotos von Martin Luther King und seiner Frau Coretta, an der Wand hing ein riesiges Porträt von Malcolm X.

»Und, was sagen Sie zu diesem Vormittag?«, flüsterte Espíritu, der Pascals Ansichten gut kannte. Der zuckte nur die Schultern, sagte aber nichts, um keinen Streit vom Zaun zu brechen.

Das Mittagessen war hervorragend: Saubohnen, deftige Schweinsrippchen, die mit einem unbekannten Gewürz bestreut waren, und unerwartet schmackhafte Knollen.

»Was kommt als Nächstes auf Ihrer Reise, nach New York?«, fragte Denim.

»Recife«, sagte Espíritu, zur großen Überraschung von Pascal, der überzeugt gewesen war, dass sie als Nächstes nach Asunción fliegen würden.

»Nicht nach Asunción?«, fragte Pascal leise.

»Nicht direkt«, entgegnete Espíritu.

»Wo ist mein Vater genau?«, fragte Pascal, der allmählich wütend wurde.

»Das habe ich Ihnen doch schon gesagt«, entgegnete Espíritu.

Es war nicht der richtige Ort für einen Streit, also schwieg Pascal und widmete sich lieber seiner Zigarette.

Er hatte das immer deutlichere Gefühl, dass die ganze Reise nur ein Scherz war. Hätte er besser daran getan, Espíritu zu misstrauen? Wo war sein Vater? War er tot? Diese Fragen gingen ihm unaufhörlich durch den Kopf.

Nachdem sie einen köstlichen Kaffee getrunken hatten, bat Denim ihre Tochter, ihren Gästen etwas auf der Flöte vorzuspielen. Bereitwillig kam sie der Bitte nach und bescherte ihnen Momente perfekter Harmonie.

Pascal und Espíritu verließen Denims Wohnung erst wieder nach Einbruch der Nacht, und die deckte barmherzig die Wunden der Stadt zu und verlieh ihr wieder die Schönheit, die ihr der Tag geraubt hatte.

36 Pascal hatte eine schöne Zeit in New York. Während Espíritu ständig Verabredungen mit mysteriösen Menschen hatte, zog er auf Erkundungstour los. Abends war er dann fix und fertig und rührte sein Abendessen kaum an. Er hätte eine Goldmedaille verdient für sein fleißiges Abklappern der Orte, die es wert wären, auf der Karte des perfekten Touristen zu stehen: Ellis Island, das Empire State Building, den Audubon Ballroom, das Museum der Black Star Line, das Dakota Building ... Aber er wollte diese Orte nicht nur aus touristischen Gründen kennenlernen, sondern weil alle mit persönlichen Erinnerungen verbunden waren.

Angefangen bei Ellis Island. Als Kind hatte er in Eulalies Schubladen das Foto einer Gruppe junger Antillianerinnen im Torero-Kostüm entdeckt, die vom *Immigration Service* befragt wurden. Auf der Rückseite stand, das Foto sei am 6. April 1911 entstanden. Warum waren diese jungen Frauen nach Amerika ausgewandert? Eulalie konnte es ihm nicht sagen, sie wusste nur, dass eine von ihnen mit ihrer Großmutter befreundet war und auch in Panama gelebt hatte. Pascal wunderte sich über den Mut und die Entschlossenheit, die es diese jungen Mädchen aus einem kleinen Land gekostet haben musste, um – ohne Ehemann, ohne Beschützer – so weit wegzuziehen.

Der Audubon Ballroom: der Ort, an dem Malcolm X vor den Augen seiner Familie ermordet worden war. Pascal fühlte sich ihm nahe – Malcolm X, ein sehr hellhäutiger Schwarzer, hätte gut mit Eulalie verwandt sein können.

Die Black Star Line dagegen war die erste Schifffahrtsgesellschaft, die den Traum von Marcus Garvey verwirklicht und schwarze Amerikaner nach Afrika, in die Freiheit, gebracht hatte.

Vor dem Dakota Building schließlich wurde John Lennon erschossen. Und John Lennon war sein Idol. Anfangs hatte Pascal den Klavierunterricht bei Monsieur Démon verabscheut, den Eulalie ihm auferlegt hatte. Für ihn war es eine langweilige Pflicht gewesen, die nach Ansicht seiner kleinbürgerlichen Adoptivmutter Teil einer guten Kinderstube war. Aber dann hatte sich die Kraft der Musik in ihm entfaltet, und er war gegen seinen Willen zum Musikliebhaber geworden. Er machte keinen Unterschied zwischen klassischer Musik und Pop, wie man es ihm beigebracht hatte, und liebte alles, was harmonisch klang.

Eines Abends, als er wieder zurück im Hotel war, rief Pfarrer Edison an: Ob er mit einem Besucher vorbeikommen dürfe, der von weither gekommen sei, um ihn kennenzulernen? Sie verabredeten sich für den nächsten Tag. Als er in die Lobby kam, erwarteten ihn dort zwei vollkommen gegensätzliche Männer. Während der kleine, rundliche Pfarrer in seiner ewigen blauen Albe steckte, trug der magere, schmächtige Neuankömmling, obwohl es erst Anfang September war, einen schweren Kamelhaarmantel und hatte einen dicken weißen Schal um den Hals gewickelt.

Pfarrer Edison stellte ihm den Unbekannten vor: »Das ist mein Freund, Dr. Saulus. Ich habe es ja schon gesagt, er ist von weither gekommen, um Sie kennenzulernen. Aus Damaskus.«

Pascal staunte. »Aus Damaskus?«

»Ja, ich komme aus Damaskus und leite dort den ›Neuen Bund‹.«

»Gibt es bei Ihnen auch einen ›Neuen Bund‹?«, fragte Pascal verblüfft.

»Das ist eine lange Geschichte, aber sie wird Sie sicher interessieren. Ich komme aus einer sehr reichen, sehr katholischen Familie. Als ich noch nicht mal vier war, erzählten mir meine Eltern schon vom ewigen Leben und davon, wie man sich darauf vorbereitet. Habe ich deshalb im Lauf der Zeit gelernt, es zu verabscheuen? Ich fing an, ganz im Gegenteil, von einer Welt ohne Gott zu träumen. Eine Gottheit zu verehren hielt ich für ein Zeichen der Schwäche. Ich träumte von einer Welt, in der jeder sich allein aus Vernunftgründen davor hüten würde, seine Mitmenschen zu verletzen. Ich gründete eine Gesellschaft von Atheisten, von Freidenkern, die nichts anderes im Sinn hatten, als die Frommen zu kritisieren und ihnen zu schaden. Aber eines Tages, auf dem Weg nach Damaskus, hörte ich eine beeindruckende Stimme meinen Namen rufen und fiel von dem Pferd, auf dem ich saß: ›Saulus, warum verfolgst du mich?‹, dröhnte es mir in den Ohren.«

Pascal lachte. »Die Geschichte kommt mir bekannt vor«, sagte er, »ich habe sie schon mal irgendwo gehört.«

»Kein Wunder«, antwortete Saulus, »sie ist sehr bekannt. Kennen Sie Caravaggios Gemälde ›Die Bekehrung des Heiligen Paulus‹?«

Zu seiner Schande musste Pascal gestehen, dass er sich mit Malerei überhaupt nicht auskannte.

»Wenn Sie wollen, nehme ich Sie mit ins MoMA. In New York gibt es die schönsten Museen der Welt.«

Saulus fuhr fort: »Danach hat sich mein Leben radikal geändert. Zurück in Damaskus, heiratete ich die Frau, mit der ich schon seit Jahren zusammenlebte. Von klein auf besuchten die Kinder, die sie mir schenkte, eine religiöse Schule. Vor einer Weile habe ich dann mit großer Begeisterung einen Ableger der ›Arche des Neuen Bundes‹ gegründet, er hat viele Anhänger. Das ist der Grund für meinen Besuch heute bei Ihnen. Wir wären überglücklich, wenn Sie zu uns kommen könnten. Pfarrer Edison hat leider schon angedeutet, dass Sie mich nicht begleiten können.«

Pascal stellte sich Fragen über Fragen: Wie hatte der Mann von der »Arche des Neuen Bundes« erfahren, die in einem unbekannten Land entstanden war? Was wusste er über Corazón Tejara? Seltsam beschämt ließ er den Mann eine Anekdote nach der anderen erzählen.

»Eines Tages«, erzählte Saulus, der Arzt war, »wurde ich an das Bett einer Frau gerufen, die einen schrecklichen Verkehrsunfall gehabt hatte. Kurz nach mir hatte man auch den Priester gerufen, der ihr die Krankensalbung spenden sollte. Doch kaum hatte ich ihr die Hände auf die Brust gelegt und laut ›Pascal, Pascal‹ gesagt – so heißen Sie doch, nicht wahr? –, stand sie schon wieder auf den Beinen und sprang herum wie ein junges Mädchen.« Oder eine weitere: »Eines Morgens haben mich Eltern weinend an das Krankenbett ihres einzigen Sohnes gerufen. Er hatte Lycheekerne verschluckt und war daran erstickt. Ich legte ihm die Hand auf die Kehle. Er stand auf, war geheilt und sprach wieder mit klarer Stimme.«

Am Ende des Besuchs wusste Pascal nicht, ob er die Erwartungen des Mannes erfüllt hatte. Er begleitete Pfarrer Edison und Saulus zur U-Bahn. Als sie die traditionelle Abschiedsgeste machen wollten, stoppte Pascal sie. »Was soll diese Geste? Ich bin euer Bruder und nicht euer Herr oder euer Messias, nur euer Bruder.«

Als es keine Sehenswürdigkeit mehr zu besichtigen gab, ließ sich Pascal im Rhythmus der Stadt treiben, dieses stark pulsierenden, lebenden Herzens, das keine Ruhe kannte. Nach Mitternacht war er dann wie betäubt vom Verkehrslärm und verloren inmitten der vielen Menschen, die alle irgendwohin wollten, nur wohin? Am Abend vor seiner Abreise fand er schließlich »The Blue Cacatoes« wieder, den Nachtklub, den er an den vergangenen Abenden vergeblich gesucht hatte. Er war wieder genauso gut besucht, bloß dass diesmal eine andere Sängerin auftrat, eine ältere, fülligere Frau. Doch sie sang dieselbe Art von Liedern, eine Mischung aus Verzweiflung und unerschütterlichem Glauben. Pascal trank einen Glenfiddich und hörte ihr zu, ergriffen wie noch nie: »*Sometimes, I feel like a motherless child ...*«

Als er den Nachtklub wieder verließ, sah er auf dem Gehweg einen in sich gekehrten alten Schwarzen, der untröstlich schien. Pascal zog sein Portemonnaie aus der Tasche, nahm sämtliche Dollarscheine, die er hatte, heraus, und gab sie dem verblüfften Alten. Ausnahmsweise hat dieser Mann mal das große Los gezogen, sagte er sich auf dem Rückweg zum Hotel.

37 Sie landeten gegen elf Uhr nachts in Recife. Der Flughafen war hell erleuchtet, und es herrschte noch viel Betrieb. Für den letzten Abschnitt der Reise hatte Espíritu den Autopiloten eingeschaltet und sich auf ein Sofa gelegt, kurz darauf dröhnte sein Schnarchen durch die Kabine. Pascal wurde immer ängstlicher zumute, ihm schien, er könnte sich jeden Moment in der Dunkelheit verlieren und an das Ufer gelangen, an das niemand vor seiner Zeit gelangen möchte.

Plötzlich, nur wenige Augenblicke vor der Landung, wachte Espíritu wieder auf und lenkte den Flieger sicher ans Ziel. Pascal war unerklärlich traurig, als sie sich von diesem Privatjet trennten, der sie so treu befördert hatte, und Espíritu ihn einem Team von Mechanikern übergab, die einen kompetenten Eindruck machten. Immer weiter drang er in das Unbekannte, über das er keine Macht hatte.

Es war schon stockfinster, und ein kühles Lüftchen wehte. Die Zöllner und Polizisten behandelten Espíritu respektvoll und vertraut zugleich, hießen ihn willkommen wie einen Einheimischen, der nach langer Abwesenheit zurückkehrt. Die anderen Reisenden dagegen musterten ihn staunend. Vor allem die Kinder beäugten ihn offen und lachten über ihn. Pascal hatte sich nicht ein-

gestehen wollen, was für einen merkwürdigen Anblick
Espíritu bot, und das nicht nur wegen seiner Kleidung –
altmodisch geschnittener, hochgeschlossener Anzug
aus gestreiftem Stoff, Lacklederstiefel mit breiten Stulpen –, sondern vor allem wegen seiner Haltung: wegen
des Buckels, der sich offenbar in seinem Rücken verbarg.
Espíritu selbst schien es überhaupt nicht zu kümmern,
welchen Eindruck er auf andere machte, und er ging, den
Koffer in der Hand, mit großen Schritten, als wäre nichts.
Vor dem Flughafen parkte eine lange Taxischlange, und
die beiden stiegen in einen Mercedes.

Die Tejaras wohnten in Mengistu, einem vornehmen,
prachtvollen Viertel. Seit dem siebzehnten Jahrhundert,
der Zeit, als sich ein Tejara als Verteidiger der Armen aufgeworfen hatte, wohnten sie in ein und derselben Villa.
Ein großer, mit Gemälden der Meister behängter Raum
folgte auf den nächsten. Zwei Hausangestellte hießen sie
willkommen und umarmten Espíritu herzlich.

In perfektem Französisch wandten sie sich an Pascal.
»Hatten Sie eine gute Reise?«

Espíritu stellte sie ihm vor: »Das ist Margarita, und er
heißt Hermenius.«

Trotz der späten Stunde boten die beiden ihnen ein
Abendessen an, doch sie lehnten ab. Espíritu hakte sich
bei Pascal unter und führte ihn in den ersten Stock.

Kaum hatten sie die Tür zu einem gemütlichen Zimmer geöffnet, in dem ein Schlafsofa mit einer molligen
orangefarbenen Steppdecke stand, nahm Pascal eine Anwesenheit war. Er drehte sich zu Espíritu um, fragte:
»Das war das Zimmer meines Vaters, oder?«

»Ja, hier hat er gelebt, bis er siebzehn oder achtzehn

war. Später ist eine Tante in dieses Zimmer gezogen. Aber genug für heute. Morgen ist ein neuer Tag, morgen wenden wir uns ernsten Dingen zu.«

Als er allein war, trat Pascal auf den kleinen Balkon, der auf den riesigen Garten hinausging. Der Mond versteckte sich hinter tintenfarbenen Wolken und war nicht zu sehen, und der Wind war noch kühler geworden. Pascal ahnte, dass die Reise einen unerwarteten Verlauf nehmen würde. Gleichzeitig beruhigten ihn die Kühle, die tiefe Dunkelheit. Hatten nicht seine Nachbarn am Abend vor der Abreise noch einmal ihren Müll auf seine Beete gekippt? Etliche Lucky Strike später rang er sich dazu durch, sich schlafen zu legen.

Am Kopfende des Bettes, auf dem Nachttisch, stand das Foto eines sehr hübschen Jugendlichen mit lockigem Haar und vor Intelligenz sprühenden mandelförmigen Augen. Er war modern gekleidet, also ließ sich nicht mit Sicherheit sagen, aus welcher Zeit das Foto stammte. Wer war das? War es Corazón Tejara? Pascal sah eine gewisse Ähnlichkeit zwischen dem Unbekannten und ihm selbst. Er hatte noch nie ein Bild seines Vaters gesehen. Im Geist malte er ihn sich immer so aus, wie es ihm gerade passte. Mal gut aussehend, dann wieder hässlich und mit einem lächerlichen Schnauzbart, wie Sarojini angedeutet hatte. Als er den Schrank öffnete, um seine Kleider einzuräumen, fand er darin von eins bis vier durchnummerierte Fotoalben und schlug sie rasch auf. Da waren alle nur erdenklichen Corazón Tejaras. Am Anfang als leicht dandyhafter Schönling, immer mit einer attraktiven jungen Frau an seiner Seite, später intellektuell, in einem Mao-Anzug mit vier Taschen und einer schweren

Aktenmappe in der Hand, schließlich als Seelenhirte im weiten Gewand. Sie waren alle da.

Begeistert schlief Pascal ein, er hatte das Gefühl, seinen Erzeuger endlich etwas besser zu kennen. In dieser Nacht hatte er einen Traum, an dem Albertine ihre Freude gehabt hätte. Darin stand er vor einem hohen, dicht bewachsenen Berg und fragte sich, wie er auf die andere Seite hinüberkommen sollte. Im Traum einen Berg zu besteigen, hätte Albertines Mutter in belehrendem Ton gesagt, heißt, dass man vor einem unüberwindlichen Hindernis steht.

Gegen zehn Uhr morgens unterbrach Espíritu seine Fantasien und setzte sich auf die Bettkante, eine seiner ewigen Zigarren im Mundwinkel.

»Geben Sie sich ein bisschen Mühe, meine Worte zu verstehen«, sagte er. »Ihr Vater ist schon seit Wochen weg und stellt es Ihnen frei, seine Nachfolge so anzutreten, wie es Ihnen beliebt.«

Pascal versuchte, seine Wut zu unterdrücken. »Soll das heißen, dass ich ihn nicht sehen werde, solange ich hier bin?« Er wartete doch schon so lange auf diese Begegnung. Da die Antwort ausblieb, hakte er nach: »Erklär mir doch bitte, was du damit meinst, wenn du sagst: ›Ihr Vater ist weg‹. Was soll das heißen? Hat er einfach nur Recife verlassen? Oder ist er tot?«

»Ich könnte zustimmen«, erwiderte Espíritu, »aber was würde das schon bedeuten? Denn wie gesagt: Alles hängt davon ab, welchen Sinn wir dem Wort Tod geben. Für die einen ist er nur eine vorläufige Trennung, für die anderen der Übergang in einen anderen Zustand. ›Die Toten sind nicht tot‹, schrieb ein Dichter. Ein Afrikaner, glaube ich, Birago Diop. Sie kennen ihn doch, oder?«

»Hör auf, um den heißen Brei herumzureden«, sagte Pascal schroff, »und antworte mir mit Ja oder Nein.«

»Ja, nein, ich wiederhole, dass es auf diesem Gebiet keine Rolle spielt«, beharrte Espíritu, »aber wenn ich Ihnen damit einen Gefallen tue, antworte ich eben mit Ja.«

Pascal stand auf, bezwang sich, um Espíritu nicht mit Faustschlägen und Fußtritten zu traktieren, und trat auf den Balkon. Was sollte er tun? Was würde aus ihm werden? Jetzt war er also völlig aufgeschmissen, in einem unbekannten Land, dessen Sprache ihm genauso fremd war wie dessen Sitten. An wen sollte er sich wenden? Wer konnte ihm helfen? Am besten kehrte er ins Zimmer zurück.

Espíritu hatte sich nicht gerührt. Er lümmelte auf dem Bett, empfing ihn mit seinem typischen Lächeln. »Wir tun besser daran«, sagte er, »hinunterzugehen und zu frühstücken. Sie werden sehen, die brasilianische Küche ist ausgezeichnet. Zu unserem großen Glück verwöhnt uns Margarita seit Jahren mit ihren köstlichen Gerichten. Allerdings war sie auch eine Zeit lang die Geliebte Ihres Vaters und fühlt sich hier wie zu Hause.«

Ohne ein Wort folgte Pascal ihm ins Erdgeschoss.

In dem Esszimmer, das genauso vornehm eingerichtet war wie der Rest des Hauses, standen Vasen mit bläulichen Blumen, die Pascal noch nie gesehen hatte. Er setzte sich auf einen Stuhl an einen grün-weißen Korbtisch. Beim Frühstück plapperte Espíritu unaufhörlich – hohle, oberflächliche Worte, die nur dazu dienten, die Stille zu vertreiben und Pascal daran zu hindern, seine Wut und seine Enttäuschung zu äußern.

»Schauen Sie mal«, sagte er, »das ist Mangomarmelade. Die Früchte müssen genau zum richtigen Zeitpunkt gepflückt werden, kurz bevor sie reif sind, sonst schmeckt das Mus nicht besonders gut.«

Kurz vor Mittag zog Pascal los, um die Stadt zu erkunden. Recife war nicht ganz reizlos, seine größte Schönheit waren die dicht belaubten Bäume, die aussahen, als wären sie lackiert, wie die auf den Gemälden von Françoise Sémiramoth. Doch Pascal konnte dem Anblick nichts abgewinnen. Er fragte sich, ob es nicht besser wäre, nach Hause zurückzukehren. Aber etwas sagte ihm, dass sein Abenteuer noch nicht zu Ende war. Weitere Dramen warteten auf ihn, es galt, eine Bestimmung zu erreichen.

Die Altstadt von Recife lag seltsamerweise auf einer Insel, auf die man über ein paar Brücken gelangte. Pascal betrat eine von ihnen, blieb stehen, lehnte sich ans Geländer und schaute auf das schäumende Wasser unter ihm, dann setzte er seinen Weg fort, ohne festes Ziel. Nach einer Weile kam er in ein derart hässliches Viertel, dass er sich darüber wunderte. Das war wohl eine Favela, das einzige brasilianische Wort, das er kannte. Fassungslos stand er vor den verkrüppelten Bäumen am Straßenrand und den verwahrlosten Häusern, die notdürftig zusammengezimmert waren – aus Holz, Eisenteilen, Betonplatten und Plastik. In den schmalen, schlecht gepflasterten Straßen wimmelte es von Menschen, die in Lumpen gekleidet waren, Frauen standen an den Brunnen Schlange, wie in einem Entwicklungsland, Kinder spielten Fußball, in der Hoffnung, der nächste Pelé zu werden. Auf dieses Elend schüttete die gleichgültige Sonne mit vollen

Händen ihre Strahlen aus, wie sie es in den Tropen eben macht, es war eine Affenhitze.

Am nächsten Morgen brach Pascal mit Espíritu nach Asunción auf.

38 In Pascals Erinnerung bot der Aschram »Der verborgene Gott« ein tristes Bild. Wenn er daran zurückdachte, sah er ein ganz uncharmantes eckiges Flachdachgebäude vor sich, in dem sich sowohl die Gästezimmer befanden als auch die Säle, die für Musikkonzerte, Kolloquien und Vorträge genutzt wurden.

Doch innerhalb weniger Jahre hatte es sich, dank der großzügigen Spende eines Amerikaners aus Nevada, der ebenfalls die Welt verändern wollte, vollkommen gewandelt. Jetzt standen freundliche Ein- oder Zweizimmer-Pavillons, die von bunt blühenden Blumenbeeten umgeben waren, unter gepflegten Bäumen. Der Clou des Umbaus war eine Fontäne aus dickwandigem, blauem Glas, aus der schillerndes Wasser in ein niedriges, muschelförmiges Becken sprudelte.

Espíritu begleitete Pascal zu seiner Unterkunft, einem eleganten Bungalow mit großer Glasfront zum Garten, in dem die obligatorischen Porträts von Nelson Mandela, Mahatma Gandhi, Papst Johannes Paul II. und anderen Träumern hingen, die allesamt auf eine bessere Welt gehofft hatten.

Anschließend gingen sie gemeinsam zum Empfangssaal. Der neue Leiter, Sergio Stefanini, hatte einen italienischen Namen, stammte aber aus Asunción. Er war athletisch gebaut, doch das war nicht weiter erstaunlich, denn in seiner Freizeit betreute er ein gemischtes Schwimmteam von Jugendlichen, »Die Pinguine«, das sich in ganz Brasilien einen Namen gemacht hatte. Auch er sprach perfekt Französisch, und Pascal bekam Minderwertigkeitsgefühle, weil er kein Wort Portugiesisch konnte.

Schmeichelnd sagte Stefanini: »Es heißt, Sie sind der Sohn unseres verstorbenen Anführers. Ich bin schon sehr gespannt auf Ihre Botschaft.«

Verstorben, dachte Pascal. War das also der Beweis, dass Corazón Tejara wirklich tot war? Und von welcher Botschaft war die Rede? Er hatte noch nichts zustande gebracht.

In diesem Augenblick strömten, wie um Sergios Worte zu unterstreichen, einige Männer und Frauen eindeutig indischer Herkunft in die Empfangshalle. Nach einigem Flüstern und Seitenblicken in seine Richtung begrüßten sie Pascal ehrfürchtig auf die traditionelle Weise, die ihm so zuwider war. Zum Glück entfernten sie sich bald wieder und gingen in einen der Säle.

Wie üblich hatte Espíritu es eilig, er musste möglichst bald wieder in Recife zurück sein. Als sie allein waren, gingen Pascal und Sergio durch den Garten zum Lokal »Die enge Pforte«, einer sehr beliebten Neuerung. Nordländer mit schulterlangen, glatten Haaren saßen dort zusammen mit dunklen, kompakten Latinos und ganz unterschiedlichen Menschen gemischter Abstammung. Es waren sogar Afrikaner in langen Dschellabas und mit weichen Lederbabuschen da. Pascal und Sergio setzten sich in eine ruhige Ecke.

»Schwimmen Sie gern?«, fragte Sergio aus heiterem Himmel. »Wenn ja, darf ich Sie bitten, mich zum Training meines Teams zu begleiten.«

»Wo findet es denn statt? In der ›Blauen Lagune‹?«

»Ach«, sagte Sergio belustigt, »Sie kennen die ›Blaue Lagune‹? Ja, da gehen wir nachher hin.«

Auf dem Weg dorthin dachte Pascal gerührt an die Stunden, die er früher mit Sarojini auf derselben Straße verbracht hatte. Er sah wieder den alten Mann vor sich, wie er auf seinem Wägelchen radelte und Snowballs mit Mandelsirupgeschmack verkaufte; erinnerte sich, dass dort auch ein Imker wohnte, der mit einem riesigen Schild für seinen hochwertigen Honig warb. Die »Blaue Lagune« hatte nichts von ihrem Reiz verloren. Drei Becken mit blauem Wasser reihten sich am Meeressaum auf, darunter eines fürs Synchronschwimmen, in dem anmutige junge Mädchen herumtollten.

Pascal und Sergio gingen zur Umkleide, wo sie von ein paar Jugendlichen erwartet wurden. »Meine Kinder«, sagte Sergio.

Ein Junge, der Teamchef der »Pinguine«, stellte sich mit einem solchen Selbstbewusstsein vor, dass er Pascal sofort unsympathisch war.

»Ich bin Jorge«, sagte er, »wie der Schriftsteller Jorge Amado. Meine Mutter mochte ihn sehr, und wir haben alle seine Bücher gelesen und alle Filme gesehen, die in Amerika über ihn gedreht wurden. Sie kennen ihn doch hoffentlich? Sonst lege ich Ihnen einen Besuch in der nächstbesten Buchhandlung ans Herz.«

Das fand Pascal überhaupt nicht witzig, doch er ließ sich nichts anmerken.

Zusammen mit Sergio folgte er dem Team zu einem der Becken, und die beiden Männer setzten sich zum Schutz vor der Sonne unter einen Baum. Sie blieben so lange bei der »Blauen Lagune«, dass es dämmerte, als sie sich auf den Rückweg machten. Diese Stunde mochte Pascal am liebsten, wenn der Abend ihn sanft berührte und der kalte Nordwind ihm ein Lied sang.

Von nun an hatte er einen festen Tagesablauf. Er wachte spät auf und nahm ein Frühstück zu sich, das gleichzeitig sein Mittagessen war. Er wurde Stammgast in der »Engen Pforte«, wo es jeden Freitag eine ausgezeichnete Feijoada gab. Nachmittags lockten seine Vorträge so viele Menschen an, dass diejenigen, die zu spät kamen, auf dem Boden sitzen mussten.

Worin bestanden seine Lehren? Nach langen Zweifeln hatte Pascal ein Thema gefunden: Es waren, wieder einmal, Betrachtungen über seine Erfahrungen in Caracalla. Er versuchte, eine Erklärung dafür zu finden, weshalb er die Flucht ergriffen hatte. Lag es daran, dass er fürchtete, vor Gericht zu kommen und verurteilt zu werden? Oder daran, dass ihn das Bild seines möglichen Todes mit Angst und Schrecken erfüllte? Warum hatten die vielen Bemühungen der Mondongues, eine bessere Welt zu schaffen, kein greifbares Ergebnis gehabt? Vielleicht wussten sie ja nicht, wie sie es anstellen sollten. Genügte es, eine Welt ohne Alkohol, ohne Zigaretten, ohne Privatbesitz zu erschaffen, in der die Menschen alle gleich waren vor dem Tod? Hatten sie nicht das Wichtigste vergessen? Aber worin bestand das Wichtigste? Das war die Frage, auf die er noch keine Antwort gefunden hatte.

Seine Schüler nahmen ihn in die Mangel. Auch sie konnten nicht begreifen, wieso Pascal aus Caracalla geflohen war, statt zu versuchen, den Namen desjenigen, der die Schuld an Amandas Tod trug, öffentlich zu machen. Sie fanden sein Verhalten feige, und Pascal hatte nichts zu seiner Verteidigung vorzubringen, denn je länger es her war, desto mehr teilte er diese Meinung und machte sich dieselben Vorwürfe. Vielleicht hatten seine Schüler ja recht. Er hätte zu Amanda stehen und den traurigen Vorfall aufklären sollen.

Nach seinen Vorträgen besuchte er Konzerte, was ihn an die Abende in Caracalla erinnerte, als er mit Joseph zu Rockkonzerten gegangen war, zu Opern oder zu Bands, die Musik aus aller Welt spielten: Zouk, Kompa, Highlife, Reggae.

Seit er in Castera war, dachte er auch wieder oft an Sarojini. Sie hatte keinen seiner Briefe beantwortet! Er sah ihre strahlende Schönheit wieder vor sich und hörte den Klang ihrer Stimme. Er erinnerte sich an ihre genauso komischen wie tragischen Geschichten. Eines Tages, hatte sie einmal erzählt, hätten die Unberührbaren gestreikt, weil sie es nicht mehr aushielten, für einen so geringen Lohn zu arbeiten. Folglich waren die Latrinen übergequollen, und in den Nachttöpfen hatten sich die Exkremente angehäuft, in der ganzen Stadt verbreitete sich ein widerlicher Gestank. Doch eines Morgens, beim Aufwachen, waren die Gärten und Terrassen von Rosen überwuchert gewesen, die alles Hässliche mit ihrer unerwarteten Schönheit überstrahlten. Dieses Wunder hatte das Ende des Streiks eingeläutet.

Die ganze Zeit fragte sich Pascal, weshalb sich keiner

im Aschram an sie zu erinnern schien. Er fand nur heraus, dass Sarojini, neben ihrer Tätigkeit als Pflegerin im Krankenhaus von Jaipur, auch Vorsitzende eines Verbands für Fraueninteressen geworden war, denn Frauen waren immer und überall Unberührbare. Das einzige Recht, das man ihnen zugestand, war das Recht zu leiden.

In seiner Verzweiflung schrieb er ihr eines Abends einen Brief, noch einen, erzählte, er sei wieder im Aschram, und erinnerte sie an die schöne Zeit, die sie dort zusammen verbracht hatten.

Wie er es schon bei ihrem ersten Treffen geahnt hatte, freundete er sich bald mit Sergio Stefanini an. Er erzählte ihm sein Leben: wie er zu Unrecht verdächtigt worden war, einen Anschlag geplant zu haben, und gezwungen gewesen war, ins Ausland zu fliehen. In Caracalla, wohin er sich geflüchtet hatte, war er wiederum zu Unrecht beschuldigt worden, diesmal hätte er angeblich eine verbotene Beziehung zu der jungen Frau gehabt, die ihm den Haushalt führte, und hatte sich nur durch erneute Flucht retten können, was man als ausgesprochen feige betrachten könnte.

Er hoffte, dass er klarer sehen würde, wenn er jemandem sein Herz ausschüttete, und dass sich das Chaos, in das sich sein Leben verwandelt hatte, vielleicht legte.

Allerdings hörte Sergio zwar aufmerksam zu, hatte aber auch nur einen unglaublich banalen Rat für ihn: »Machen Sie sich nicht so viel aus dem, was andere denken. Jeder sollte das tun, was er für gut und richtig hält und sich nicht um die Meinung der anderen kümmern.«

Oft unterhielten sich die beiden bis zum Einbruch der Dunkelheit und gingen dann ans andere Ende des Aschrams, um ein letztes Glas in der gut besuchten »Engen Pforte« zu trinken, wo es von Studierenden wimmelte.

Eines Abends kam er gegen Mitternacht nach Hause und fand Post vor, die unter der Tür seines Pavillons durchgeschoben worden war. Es war ein Brief von Maria, die ihn regelmäßig auf dem Laufenden hielt, was auf der Insel geschah. Auf den Schlag, der ihn traf, als er den Brief öffnete, war er nicht trotzdem vorbereitet: Judas Éluthère hatte die Insel verlassen. Er war nicht mehr Geschäftsführer von »Le Bon Kaffé«, sondern vom französischen Staatspräsidenten zum Minister für sozialen Zusammenhalt ernannt worden. Der soziale Zusammenhalt, was hat das zu bedeuten, fragte er sich bestürzt. Dann fielen ihm die Reden gegen den Multikulturalismus ein, die in Paris so hoch im Kurs standen. Das Nebeneinander verschiedener Kulturen wurde als das Böse schlechthin dargestellt, eine Gefahr für die Demokratie und die nationale Einheit. Wenn dieser Gedanke nicht so gefährlich wäre, dann wäre er absurd gewesen. Das bedeutete aber, dass Judas Éluthère weitgehende Befugnisse hatte und sich jeden Unsinn erlauben konnte, der ihm in den Sinn kam. Maria überschüttete den früheren Freund, der jetzt sein wahres Gesicht zeigte, mit Vorwürfen.. Pascal zerriss den Brief. All das ging ihn nichts mehr an, er hatte andere Aufgaben. Nur welche? Er wusste immer noch nicht, was von ihm erwartet wurde.

39 Bald fand Pascal den Respekt – das Wort ist zu schwach, sagen wir lieber: die Verehrung –, die ihm alle entgegenbrachten, unerträglich – alle in seinem Umfeld, Männer wie Frauen, alt wie jung, krochen vor ihm. François, einer seiner Schüler, hatte sogar ein Heftchen mit dem Titel *Die Aphorismen Pascals* veröffentlicht.

Jedes Mal, wenn er es durchblätterte, überkam ihn ein Gefühl, das große Ähnlichkeit mit Scham hatte. Stammen diese Plattitüden wirklich von mir, fragte er sich. »Seid reinen Herzens wie die Kinder. Das gefällt dem Schöpfer«, oder: »Nehmt es dem, der euch Böses tut, nicht übel, sondern öffnet ihm die Arme und drückt ihn an eure Brust«.

Deshalb hatte er sich öffentlich auch nie zu den *Aphorismen* geäußert, war aber trotzdem nicht drum herumgekommen, an die tausend Exemplare zu signieren.

Es war Anfang September. Der Beginn der Regenzeit. Der schlimmsten Regenzeit seit 1920, wenn man den Meteorologen Glauben schenken konnte. Die Tage waren so finster wie die Nächte. Es regnete ununterbrochen, und man fragte sich, ob der Himmel nicht bald genug davon bekommen würde, so viel Wasser auf die Erde hinabzuschütten.

Dann bekam Pascal eines Morgens einen Brief, der die Sonne in seinem Herzen wieder zum Leuchten brachte. Diesmal schrieb ihm nicht Maria, sondern Sarojinis Assistentin. Sie erzählte, sie würden Konferenzen in der ganzen Welt organisieren, und fragte, ob ihre Chefin zum Aschram kommen könnte. Es ging um Barati Mukerjee, die mit vierzehn Jahren mit einem Fünfundsiebzigjährigen verheiratet worden war. Als der Alte eines Nachts sein Recht einfordern wollte, hatte sie ihn mit unzähligen Messerstichen niedergemetzelt. Die Sache hatte großes Aufsehen erregt und überall Schlagzeilen gemacht. Es gab einen Prozess, der sich ewig lange hinzog, aus dem Barati aber frei wie der Wind herauskam, denn das Gericht erkannte Notwehr an und erklärte sie für unschuldig. Das sei doch wohl nicht nur in Indien ein großer Sieg für die Rechte der Frau gewesen, sondern auf der ganzen Welt! Pascal stürmte zu Sergio, der kurz in seinen Unterlagen kramte und ihm dann mitteilte, er habe einen ähnlichen Brief bekommen und wolle gerade zusagen.

Sarojini würde also nach Castera zurückkommen. Eine herrliche Zeit brach an. Pascal konnte es kaum fassen. Er drehte vollkommen durch. Er ließ die gesamte Inneneinrichtung seines Pavillons ändern, wählte einen weichen Teppich statt dem vorhandenen, Reproduktionen von Matisse-Bildern, um die Wände zu verschönern, und einen Damaststoff als Bettüberwurf. Als er damit fertig war, überkamen ihn Selbstzweifel, und er knöpfte sich sein Äußeres vor. War er nicht gealtert, in all den Jahren fern von Sarojini? War er nicht dick geworden und hatte einen Bauch bekommen? Obwohl Sergio ihm versicherte, dass er immer noch ein sehr attraktiver Mann sei, zog er jeden Tag Bahnen in der »Blauen Lagune« und nahm seine täglichen Spaziergänge wieder auf. Zu guter Letzt engagierte er einen Personal Trainer, der ihm wieder zu einem jugendlichen Aussehen und einem flachen Bauch verhelfen sollte.

Euphorisch meldete sich Pascal bei Espíritu und lud ihn nach Asunción ein, um sein Glück mit ihm zu teilen. Wenige Wochen später, er war noch mitten in den Vorbereitungen, erhielt er jedoch einen weiteren Brief von Sarojinis Assistentin: Diesmal um zu berichten, Barati sei von zu Hause verschwunden und ihre Leiche später von Raubtieren angefressen an einem Waldrand gefunden worden. Ihren Mörder hätten sie noch nicht gefasst. Pascal glaubte, er werde selbst im nächsten Moment sterben. Er versuchte, Sarojini zu erreichen, kam aber nicht zu ihr durch und begriff, dass er sie nicht wiedersehen würde.

Sergio machte sich große Sorgen und verständigte Espíritu, der nach Castera kam. Er schaffte es, seinen spöttischen Blick und den sarkastischen Zug um den Mund zu bändigen, und wirkte fast, als wäre er in Trauer. Begleitet wurde er von Antonio, dem Piloten, der seinen Privatjet aus Recife hergeflogen hatte. Mit seinem engelsgleichen Lächeln und dem gepflegten, fast brustlangen Vollbart sah der auffallend schöne junge Mann aus wie der Erzengel Michael. Espíritu unterbreitete Pascal drei Vorschläge: ihn nach Recife zu begleiten oder mit ihm wahlweise nach Rio oder nach Sao Paulo zu fliegen, beides faszinierende und bei Touristen sehr beliebte Städte.

Dummerweise stand Pascal der Sinn überhaupt nicht nach Reisen, und er lehnte alle drei Vorschläge auf einmal ab. Von morgens bis abends suhlte er sich in seiner

Trauer und grübelte, ob nicht der einzige Ausweg darin bestünde, nach Hause zu verschwinden und dort unerkannt zu leben. Da machte Espíritu ihm einen weiteren Vorschlag: »Ihr Vater hatte ein Haus in San Isabel. Manche Menschen würden Ihnen sagen, dass es ein merkwürdiger Ort ist. Die Insel gehörte zu drei verschiedenen Staaten, bis sie im Jahr 1910 ihre Unabhängigkeit erklärte. Heute hat sie nichts mehr mit Brasilien gemeinsam, außer dass dort Portugiesisch gesprochen wird. Für Corazón war es nicht nur ein Haus, was er dort besaß, sondern es war seine Heimatbasis, sein Rückzugsort. Dorthin ist er immer wieder zurückgegangen, wenn er nachdenken oder ein Problem lösen musste. Sie könnten sich von ihm inspirieren lassen.«

Zur allgemeinen Überraschung nahm Pascal das Angebot an. Die jüngsten Ereignisse hatten ihm zu sehr zugesetzt: Judas Éluthères Aufstieg zum Minister und jetzt auch noch der Tod von Barati Mukerjee, Sarojinis Schützling.

Gleich am nächsten Morgen stieg er zusammen mit Espíritu in den Jet, den Antonio flog. Dank des jungen Piloten war es vorbei mit der Angst, die er bei den letzten Reisen gehabt hatte. Jetzt bedrückte ihn nur noch sein Kummer. Er lag die ganzen fünf Stunden, die der Flug dauerte, auf einem Sofa und schlief tief und fest. Nachdem sie Turbulenzen, Unwetter und schwarze Regenwolken überwunden hatten, war der Himmel wieder makellos blau. Allmählich klarte auch seine Laune auf. Diesmal war Espíritu als Retter aufgetreten.

Die drei Männer kamen bei Sonnenuntergang in San Isabel an. Die letzten Sonnenstrahlen schienen auf eine malerische Landschaft aus Steinen und Dornensträuchern. Die in das späte Licht getauchten Steinblöcke verfärbten sich blassrosa, und es sah aus, als leckte das Meer von allen Seiten am Land.

Die Republik San Isabel machte keinen Hehl aus ihren Überzeugungen. Der Flughafen war nach Corazón Tejara benannt, und in der Wartehalle hing ein großes Porträt ihres Wohltäters, mit grau werdenden Haaren, dickem Bauch und in seiner ewigen blauen Tunika.

Der Fahrer des Taxis, in das sie am Flughafen gestiegen waren, hatte eine auffallend dunkle Hautfarbe, ein tiefes Schwarz.

Pascal konnte sich nicht verkneifen zu fragen: »Wo kommen Sie her?«

Der Fahrer ließ den Motor an und sagte mit der größten Selbstverständlichkeit: »Aus Dakar natürlich.« Überrascht schwieg Pascal.

Corazón Tejaras Haus ragte in einer traumhaft schönen Umgebung auf: eine moderne längliche, einstöckige Villa mit großen Glasfronten und einer umlaufenden Veranda. Dort wurden die Neuankömmlinge von einem Mann und einer Frau mit einem kleinen Kind an der Hand erwartet. Alle drei hatten einen tiefschwarzen Teint, der Pascal erneut erstaunte. Kamen sie ebenfalls aus dem Senegal? Ihr Lächeln erhellte ihre Gesichter wie eine Mondsichel eine stockfinstere Nacht.

Der Mann stellte alle drei vor: »Ich bin Saliou, meine Frau heißt Aminata, und das ist unser Sohn, Amin. Wir kommen aus dem Senegal.«

Amin war ein besonders niedliches Kind. Mit seinem

runden Kopf, über den seine Mutter so oft strich, dass er hier und da wie poliert aussah, den strahlenden Augen, den schief im blasslila Zahnfleisch stehenden Beißerchen, war er unwiderstehlich.

Espíritu, Pascal und Antonio ließen sich den ausgezeichneten Reis schmecken, den Aminata ihnen mit den Worten servierte: »Mit dem Fisch, den es hier gibt, wird meine Thiéboudienne fast so gut wie in der Heimat.«

Pascal stellte Saliou die Frage, die ihn seit seiner Ankunft beschäftigte: »Wie hat es Sie hierherverschlagen?«

»Das ist eine lange Geschichte«, sagte der. »Es braucht Zeit, um sie zu erzählen, und Zeit, um sie zu hören. Sind Sie bereit?«

Pascal stimmte zu, und er legte los: »Alles war perfekt. Unser Land wurde vom größten Herrscher Afrikas regiert, einem unvergleichlichen Präsidenten und Dichter. Sein Werk wird an der Schule unterrichtet, sogar in Frankreich.

Nackte Frau, schwarze Frau
Gekleidet in deine Farbe, die Leben, in deine Form,
  die Schönheit ist!
In deinem Schatten bin ich aufgewachsen, deine
  sanften Hände verbanden mir die Augen.
Und da entdecke ich dich im Herzen des Sommers,
  des Mittags, gelobtes Land, hoch von der Höhe
  versengten Passes
Und deine Schönheit trifft mich ins Herz wie der
  Blitz eines Adlers.

Sehen Sie, sogar ich habe es mir gemerkt. Leider ist nach seinem Tod alles anders geworden. Uns hat die schlimmste Armut getroffen. Wir mussten um jeden Preis versuchen zu überleben, und uns blieb nichts anderes übrig, als unser Land zu verlassen: in Flugzeugen, in Booten, sogar in Einbäumen. Manche sind ums Leben gekommen, andere hatten das Glück, in Europa anzukommen. Dann haben wir davon gehört, dass in Brasilien früher Korken aus einer bestimmten Art Korkeiche gemacht wurden. Das Verfahren wurde längst nicht mehr genutzt, aber es genügte, stark zu sein und nicht arbeitsscheu, um es zu neuem Leben zu erwecken. So kam es, dass die Männer aus unserem Land sich nach Brasilien aufmachten. Einige haben ihre Frauen und sogar ihre Kinder nachkommen lassen. Deshalb leben wir also hier, so weit weg von der Heimat. Wir hatten keine andere Wahl als die Flucht oder den Hungertod zu Hause.«

40 Pascal hatte die Hoffnung schon aufgegeben, doch nun bekam er die Gelegenheit, sich seinen alten Traum zu erfüllen: eine Schule zu gründen. Es gab nämlich nicht nur erwachsene Flüchtlinge, sondern auch Jugendliche und etwa vierzig kleine Kinder, die ihren Eltern wohl oder übel in die Heimatlosigkeit und die Entwurzelung hatten folgen müssen und die jetzt ebenfalls mit leeren Händen dastanden. Denn Flucht bedeutet die totale Enteignung, genau wie die, die den afrikanischen Kontinent vier Jahrhunderte zuvor getroffen hatte.

Die Gemeinde San Isabel, die sich großzügig geben wollte, hatte den Flüchtlingen eine stillgelegte Flugzeughalle zur Verfügung gestellt und ihr den pompösen Namen »Bildungszentrum Gilberto Freyre« gegeben. Jugendliche wurden dort anders unterrichtet als die jüngeren Kinder. Den Kleinen brachte man ein paar Brocken Portugiesisch bei, indem man ihnen immer wieder dieselben Märchenfilme vorführte, von denen sie kaum ein Wort verstanden, die sie am Ende aber trotzdem mochten. Ihr Lieblingsfilm war *A Bela e o Monstro*: Ein wunderschönes junges Mädchen flieht vor einem Ungeheuer, das es verfolgt. Das Ungeheuer verwandelt sich in einen Märchenprinzen, und dann geben sich die beiden einen langen und zärtlichen Kuss. Wie hieß das Märchen? Sie konnten es sich nicht merken. Aber das hinderte sie nicht daran, den Film lauthals einzufordern.

Pascal ergriff die Gelegenheit, einen Kindergarten zu eröffnen. Er schrieb den zuständigen Behörden, er wolle den Jüngsten unter den Bedürftigen Französisch beibringen. Es war die Sprache ihrer Eltern – egal, auf welche Weise sie diese gelernt hatten, ob durch die Kolonialisierung oder in der Emigration. Es war ihre Möglichkeit, zu träumen, sich schöpferisch zu betätigen, Bilder, Klänge und Schönheit zu erschaffen. Ein Beamter, der nichts anderes im Kopf hatte, als den Formalien gerecht zu werden, stimmte dem Antrag zu.

So bekam Pascal ohne jedes Problem die ersehnte Genehmigung. Er nannte seinen Kindergarten *Le blé en herbe*, »Erwachende Herzen«, aber nicht zu Ehren von Colette, von der er kaum etwas gelesen hatte, sondern weil der Name ihm das Versprechen einer reichen, gedeihlichen Zukunft zu bergen schien. Die üblichen belanglosen Abzählreime ersetzte er durch kurze Gedichte, die ihm da und dort über den Weg liefen: *Du Liebchen lass uns Rosen schaun ...* Um die Lesekompetenz zu fördern, schrieb er eine Geschichte: Die eines jungen Helden, der durch die Welt reist und seinen kleinen Lesern alles Schöne zeigt, was die marginalisierten Gebiete zu bieten haben.

An die Gesellschaft von Kindern war er nicht gewöhnt. Er idealisierte sie, hatte keinerlei Vorstellung davon, wie viel Unkonzentriertheit, was für Lachanfälle ihn erwarteten. Dennoch bemühte er sich, ihnen ein möglichst umfassendes Bild der Welt, in der sie lebten, zu vermitteln. Er hatte es immer schon geahnt: Mit ihnen musste man arbeiten, bevor Herz und Hirn im Lauf der Zeit verknöcherten.

Zu seiner Unterstützung suchte er sich eine junge Frau, die bisher Kreide in die Klassenräume gebracht und die Böden gewischt hatte. Sie hieß Awa und war vor Kurzem zwanzig geworden, sah aber aus wie fünfzehn. Als er eines Tages in den Musikraum gekommen war, hatte Pascal sie ein selbst vertontes Gedicht von Verlaine summen hören: »Es glänzt der Himmel über dem Dach / so blau, so stille«. Sie war sofort verstummt, als hätte er sie bei etwas Verbotenem ertappt, und hatte rasch erklärt: »Ich habe das Klavierspielen von Madame Noël gelernt. Madame Noël war zu Hause in Zinguinchor die Nachbarin meiner Mutter. Sie kam aus Frankreich und unterrichtete ganz junge Kinder.«

Ab diesem Moment arbeiteten Pascal und Awa perfekt zusammen. Sie vertonte die Gedichte, die er anschließend seinen Schülern beibrachte. Immerhin war Pascal so ehrlich, sich einzugestehen, dass er sie vor allem deshalb als seine Verbündete gewählt hatte, weil sie der verstorbenen Amanda ähnelte. Der Gedanke an Amanda schmerzte ihn immer noch, es war wie ein Splitter in einer Wunde, die nicht verheilen will. Auch Awa war etwas zu mollig und strahlte übers ganze Gesicht, wenn sie lächelte. Sie war zusammen mit ihren großen Brüdern nach San Isabel gekommen, Hassan und Cheik, die davon träumten, von hier aus nach England zu gehen.

Jedes Mal, wenn sie das erwähnte, schlug sich Pascal vielsagend an die Stirn. »Deine Brüder sind vollkommen verrückt. Wissen sie eigentlich, wie weit es von Brasilien nach England ist?«

»Das ist alles eine Frage der Organisation«, sagte Awa, die es nicht leiden konnte, wenn man ihre geliebten Brüder kritisierte. »Man muss nur die richtigen Schleuser finden, die ein stabiles Boot haben, um sicher im richtigen Hafen einzulaufen.«

Pascal ließ nicht locker: »Nach England zu wollen, ist vollkommen absurd! Es ist eines der rassistischsten Länder der Welt.«

Awa zuckte die Schultern. »Alle Länder in Europa sind rassistisch. Davon lassen wir uns nicht abhalten. Der Bruder meiner Mutter lebt in Plymouth. Wir stehen also nicht allein da, er kann uns helfen, Arbeit zu finden. Das hat er uns versprochen.«

Pascal schwieg, die Diskussion führte zu nichts.

Eines Tages wartete er in dem Musiksaal, wo sie sich treffen sollten, vergeblich auf Awa. Als er nach einer Stunde frustriert wieder wegging, kam sie ihm auf dem Hof entgegen, ganz verschwitzt und in zerrissener Kleidung.

»Ein paar Jugendliche waren hinter mir her«, erklärte sie weinend, »sie haben geschworen, dass sie mich noch kriegen werden.«

Da entdeckte Pascal zu seinem großen Ärger, dass die Leute in San Isabel die Flüchtlinge hassten. Sie nannten sie »schmutzigen Abschaum« und meinten, sie sollten dorthin zurückgehen, wo sie herkamen. Die Brüderlichkeit, die er sich ausgemalt hatte, gab es also gar nicht. Stattdessen nichts als Hass und Verachtung, wie immer, wie überall.

Von da an wurde Pascal zu Awas Leibwächter. Er begleitete sie zu der Kreuzung, wo sie geröstete Kastanien verkaufte, und anschließend nach Hause. Dort standen auf einer Kommode Fotos der im Senegal zurückgebliebenen Familie. Awa zeigte sie ihm jedes Mal und weinte.

»Das«, sagte sie, »ist meine Großmutter, die die beste Thiéboudienne der Welt kocht, das ist meine Mutter, sie hat sechs Kinder, aber sie hat immer noch eine Figur wie ein junges Mädchen, siehst du? Das da ist mein Vater. Er ist vom Baum gestürzt und kann seither gar nichts mehr tun. Er liegt von morgens bis abends auf einem Klappbett.«

Was geschehen musste, geschah. Eines Nachts fanden sich Pascal und Awa im selben Bett wieder. Es war Pascals erstes Mal mit einer so jungen Frau, denn Maria und Albertine waren beide einige Jahre älter gewesen als er. Unweigerlich entwickelte er ihr gegenüber die Gefühle eines Lehrers, der einem wehrlosen jungen Menschen seinen Stempel aufdrückt. Ob sie es wohl einschüchternd fand, dass er älter war als sie und schon einiges erlebt hatte? Vor allem aber war ihm noch nie ein so unwissendes junges Mädchen begegnet.

Das lag nicht daran, dass Awa nicht wusste, dass die gute alte Erde fünfundzwanzig Milliarden Jahre alt war und dass Galileo verurteilt wurde, weil er gewagt hatte zu denken, sie sei rund. Nein, sie verklärte die Welt nach Belieben, verlieh ihr ein Leben, das Pascal überraschte und gelegentlich sogar erschreckte. So glaubte sie, die Nacht sei von Geistern bevölkert, die nichts anderes im Sinn hatten, als sich auf Menschen zu stürzen. Beim kleinsten Laut zuckte sie ohne jeden Grund zusammen. »Hast du das gehört?«, flüsterte sie. »Das war doch ein ganz merkwürdiges Geräusch.«

»Das war nur ein Auto, das vorbeigefahren ist«, sagte Pascal.

Sie las verborgene Dinge in der Natur. Wenn er sie »meine kleine Fee« nannte, protestierte sie: »Ich bin keine Fee. Bei mir zu Hause gibt es keine Feen, du kannst mich höchstens einen Dschinn nennen.«

An einem Abend, nach der Liebe, hatte Pascal Lust, von sich zu reden, zu erklären, weshalb er in diesem Land war, so weit weg von seiner Heimat, in diesem Land, dessen Sprache er nicht beherrschte, und er erzählte ihr von den Gerüchten über seine Abstammung.

Sie lauschte mit geschlossenen Augen, als wäre sie ganz im Bann seiner Geschichte. Als er fertig war, lachte sie laut. »So, so«, sagte sie, »du bist also Gottes Sohn? Das wundert mich überhaupt nicht! Das sagen doch alle Männer: Dass sie Götter sind und dass wir, die Frauen, ihnen dienen müssen.«

Beleidigt schwor sich Pascal, das Thema ihr gegenüber nie wieder zu erwähnen.

Aber wenige Tage später kam sie darauf zurück. »Dein Vater ist also für unser ganzes Unglück verantwortlich?«, fragte sie ihn aggressiv.

Auf einen solchen Angriff war Pascal nicht gefasst. »Wie meinst du das?«

Sie stemmte die Hände in die Hüfte. »Mein Vater ist vom Baum gefallen, als ich zehn Jahre alt war. Ab dem Moment war meine Mutter allein, ohne Mann, und musste uns alle durchbringen, meine Brüder und mich. Zu sagen, dass wir im Elend gelebt haben, beschreibt unsere Situation nicht einmal annähernd. Wer ist dafür verantwortlich?«

Pascal suchte nach einer Antwort. »Doch nicht mein

Vater! Du könntest ihm noch viel Schlimmeres in die Schuhe schieben: Warum nicht die Kolonialisierung, wo du schon dabei bist, oder die Entwurzelung, die Enteignung, den Rassismus?«

Doch Awa ließ sich nicht beirren. »Du bist der Sohn eines Mörders«, sagte sie unablässig, »der Sohn eines Mörders.«

Pascal hätte ihre Worte als Scherz abtun können, wenn sie sich nicht teilweise mit seinen eigenen Überlegungen gedeckt hätten. Seither änderte sich sein Verhältnis zu Awa auf subtile Weise. Er fragte sich, ob sie nicht scharfsinniger war als er, und hörte auf, sich aufzuführen, als wäre er ihr Lehrer.

Weil er immer an ihrer Seite war, konnte ihr keiner etwas zuleide tun. Er begleitete sie nach Hause, wo er ihre beiden Brüder traf, die, so muslimisch sie waren, trotzdem dem Alkohol frönten. Pascal konnte die beiden nicht ausstehen. Also ging er sofort mit Awa in ihr Zimmer unterm Dach, und sie liebten sich bis zum Morgen.

Eines Nachts, gegen zwei Uhr, klopfte jemand an die Tür seines Zimmers im Haus von Corazón Tejara. Es war Saliou, der völlig aufgelöst war. »Irgendetwas muss in der Stadt passiert sein«, schrie er, »wir wissen nicht was, aber wir haben Sirenen gehört. Als wir aus dem Fenster geschaut haben, haben wir ein großes helles Licht am Himmel gesehen. Ob es irgendwo brennt?«

Pascal zog sich rasch an, und die beiden rannten zusammen aus dem Haus. Im Garten trafen sie Aminata, die in einen Frotteemantel eingemummt war und den kleinen Amin in den Armen hielt. Amin, den sie eindeutig aus dem

Schlaf gerissen hatte, verzog schmollend den Mund und versteckte den Kopf an der Brust seiner Mutter.

»Es brennt, glaube ich«, sagte Aminata, »ich habe Feuerwehrautos vorbeirasen sehen.«

Pascal und Saliou ließen Aminata und Amin allein in der Nacht zurück und stürmten davon. Später erfuhren sie, dass ein Feuer im Bellavista-Viertel ausgebrochen war, wo die meisten Flüchtlinge wohnten. War es Brandstiftung gewesen oder ein Unglück? Das musste geklärt werden.

Zuerst nahm die Polizei ein paar Jugendliche fest, ließ sie aber aus Mangel an Beweisen bald wieder frei. Danach wurden zwei Personen aus Bahia verhaftet, die gleichfalls aus Mangel an Beweisen freigelassen werden mussten. Der Brand, der großes Aufsehen erregt und für Schlagzeilen gesorgt hatte, war bald nur noch eine kleine Meldung auf der letzten Seite der Zeitung wert. Die Flüchtlinge wurden in Zelte aus gestreiften Stoffplanen umgesiedelt, die Pascal an das Rastalager in Marais Salant erinnerten. Dann gerieten sie in Vergessenheit, und der Alltag nahm wieder seinen Lauf.

Merkwürdigerweise fühlte sich Pascal für das Drama verantwortlich.

Eines Nachmittags nach dem Musikunterricht nahm Awa seine Hand. »Ich muss dir etwas sagen: Meine Brüder sind sich mit einem Schleuser einig geworden. Davon habe ich dir schon erzählt, oder? Übermorgen Abend geht es nach Plymouth los.«

»Und du gehst mit?«, fragte Pascal dümmlich.

»Was bleibt mir anderes übrig? Allein dableiben, in einem Land, wo ich niemanden kenne?«

Aus einem Impuls heraus sagte Pascal: »Heirate mich. Dann kannst du bei mir bleiben.«

Unerwartet scharfsinnig musterte sie ihn von oben bis unten. »Dich heiraten! Das willst du doch nicht wirklich, das sagst du doch nur aus Mitleid.«

Pascal begleitete Awa zurück nach Hause. In den nächsten zwei Tagen versuchte er es immer wieder, doch vergeblich.

Am Abend des zweiten Tages begleitete er sie zur Anlegestelle, an der das Boot *Es o meo salvador* erwartet wurde, um aufs offene Meer hinauszufahren. Dort verabschiedete er sich von ihr.

41

Awa und ihre Brüder waren nicht die Einzigen, die San Isabel verließen. Nach dem Feuer – ob es Brandstiftung war oder ein Unglück, stellte sich nie heraus –, wurde die Lage schier unerträglich für die Flüchtlinge. Sie wurden auf einer Brache zusammengepfercht: unbequeme Zelte, zu wenige Duschen, genauso wenige, noch dazu stets überquellende und ekelerregend schmutzige Sanitäranlagen. Das alles führte zu einem regelrechten Exodus. Schleuser aus dem ganzen Land versprachen jedem, der ausreichend Geld besaß, eine sichere Überfahrt nach Europa.

Auch Saliou und Aminata ließen sich von der Aufbruchsstimmung anstecken. Aber sie träumten nicht von England. Saliou wollte nach Paris und den Eiffelturm sehen. Was er über die »Stadt des Lichts« gehört hatte und über »die Champs-Élysées, die schönste Avenue der Welt« ließ ihn nicht mehr los.

Ein ums andere Mal hielt Pascal ihm vor: »Paris! Du wirst enttäuscht sein! Was versprichst du dir davon? Geht es dir hier nicht gut?«

Doch Saliou schüttelte den Kopf: »Ich will dich ja nicht verletzen, aber kein Mensch ist dazu geboren, um einem anderen so zu dienen, wie ich dir diene. Ich bringe dir zu essen und zu trinken, wasche dir die Kleidung, putze dir die Schuhe. In Europa werde ich Arbeit finden, angemessene Arbeit für mich. Ich bin zu allem bereit. Und ich will dir noch was verraten: Mein Traum ist es, dass mein Sohn Amin Arzt wird und Kranke, Arme und Bedürftige heilt. Damit würde er mir eine große Freude machen, dann könnte ich vergessen, dass ich, sein Vater, mich so abrackern musste.«

Das Licht in San Isabel war so grell, dass es unmöglich war auszuschlafen. Ab sechs Uhr morgens machte sich Pascal in knappen Shorts und T-Shirt zu Saliou auf, und dann gingen die beiden eine gute Stunde zusammen joggen. Sie mieden den Asphalt und liefen lieber auf Radwegen, wo sie kleine graue Wölkchen Kies aufwirbelten. Meistens liefen sie bis ans Meer, ein tiefblaues Tuch, das sich bis in die vier Winde erstreckte. Am Strand ruhten sie sich dann aus, setzten sich in den Sand und tranken das Wasser, das der vorausschauende Saliou literweise mitgenommen hatte.

Es gab keinen Französischunterricht mehr, weil es keine Flüchtlingskinder mehr gab. Nicht einmal mehr zehn waren noch in San Isabel, und die sahen sich unter lautem Gejohle wieder und wieder ein und denselben Zeichentrickfilm an. Pascal setzte sich bei sich zu Hause auf die Terrasse und versuchte zu arbeiten, denn er hatte seine Betrachtungen über Caracalla noch immer nicht abgeschlossen. Je länger er darüber nachdachte, desto weiter weg erschien ihm alles. Seine Zeit dort kam ihm vor wie ein böser Traum.

Amin, der in seiner Nähe spielte, kam manchmal zu ihm und schwang unverständliche Reden. Weil er nur

Wolof sprach, verstand Pascal kein Wort. Dann ließ ihn der Kleine nach ein paar Minuten enttäuscht in Ruhe und ging zu seiner Mutter, die in der Küche senegalesische Köstlichkeiten zubereitete. An anderen Tagen breitete Amin seine Laster und Polizeiautos auf der Terrasse aus, offenbar in der Überzeugung, dass Pascal sich dafür interessieren würde. Weil der aber in seine Papiere vertieft blieb, stieß der Kleine spitze Wutschreie aus und spielte eben allein.

Nach dem Frühstück ging Pascal einen Kaffee in einer Bar trinken, die er zusammen mit Awa entdeckt hatte. Überall verkündeten Plakate: »Brasilien ist der größte Kaffeeproduzent der Welt, kosten Sie den Brasilia!«

Dort gesellte sich dann sein neuer Freund Numa zu ihm. Vor einigen Monaten hatte ihn ein Mann um die fünfzig, der am Nebentisch saß, angesprochen. »Sind Sie nicht ein Tejara?«, fragte er ihn in perfektem Französisch.

»Ja«, sagte Pascal, »ich bin der Sohn von Corazón Tejara.«

»Der Sohn von Corazón Tejara!«, wiederholte der Unbekannte ergriffen und wechselte auf den freien Stuhl an Pascals Tisch.

Der versuchte noch, seine Worte zu relativieren: »Na ja, ich bin eigentlich nur in gewisser Weise sein Sohn. Ich kenne meinen Vater nicht, ich habe nie bei ihm gelebt.«

Nachdem er sich einen Kaffee bestellt hatte, erklärte der Mann: »In unserem Land, wo nichts anderes zählt als das Geld, das man besitzt, und die Hautfarbe, die man hat, war Ihr Vater ein Wohltäter. Er war immer bereit, den Bedürftigen zur Seite zu stehen. Er hat Gott weiß wie viele Krankenhäuser und Siedlungen für die Ärmsten der

Armen gebaut. Er hat Sportplätze für die Jugendlichen angelegt. Sie machen sich gar keine Vorstellung, wie viel Gutes er getan hat!«

»Da habe ich schon ganz andere Dinge gehört«, hatte Pascal gesagt. »Die Leute haben sich sogar über ihn lustig gemacht und wollten mir einreden, dass er ein Betrüger war, ein lächerlicher Schmierenkomödiant.«

Ein paar Tage später kam Numa, der Taxifahrer war, in seinem alten Renault Clio zu Pascal und holte ihn ab. »Ich hoffe, Sie können sich ein paar Stunden Zeit für mich nehmen«, sagte er leise und ließ den Motor an, »ich möchte Ihnen eine Seite von San Isabel zeigen, die Sie sicher noch nicht kennen.«

Sie fuhren an die zehn Kilometer an dem gewohnt herrlichen Meer entlang. Ein paar Fischerboote kamen zur Küste zurück, wo sie von etlichen Hausfrauen erwartet wurden. Schließlich sagte ihnen ein Schild: Stiftung Corazón Tejara.

Die Stiftung Corazón Tejara bestand aus einer Reihe von Wohnblöcken aus dunklem Stein, der typisch war für die Gegend, in einer Landschaft aus Blumen und Grün. Alleinerziehende Mütter und mittellose Paare wohnten hier, es gab eine Krankenstation und eine Schule sowie ein paar Spielplätze, auf denen Kinder Fußball spielten. Sie waren sehr dunkelhäutig, also mussten sie arm sein, begriff Pascal. In diesem Land, wie in vielen anderen Ländern der Welt, gab die Hautfarbe den Ausschlag. War sie dunkel, konnte man daraus schließen, dass die Familie in Armut oder gar im Elend lebte.

Nachdem Numa ihm die gesamte Anlage gezeigt hatte,

brachte er Pascal zur Krankenstation und klopfte an der Tür des Arztzimmers. In dem Zimmer hörte ein junger Mann in weißem Kittel ein Kind ab, das von seiner Mutter gehalten wurde.

»Das ist mein Sohn Augusto«, sagte Numa zu Pascal. »Ohne Ihren Vater wäre er niemals Arzt geworden. Als er klein war, hatte er nur Fußball im Kopf, er wollte ein zweiter Pelé werden.« In seinem Ton lag großer Stolz.

Dann tadelte Numa seinen Sohn: »Ich habe dich die ganze Woche nicht zu Gesicht bekommen.«

Der Arzt sah sie mit seinen grünen Augen an. »Das liegt daran, dass hier das Denguefieber wütet. Wir haben alle Hände voll zu tun, das kannst du mir glauben.«

Ab diesem Tag vertiefte sich die Freundschaft zwischen Numa und Pascal. Durch Numa lernte Pascal eine Seite seines Vaters kennen, über die er sich sehr freute. Er mochte zwar kein Gott sein, aber daran, dass er ein großzügiger Mensch war, ein Wohltäter, dem etwas daran lag, Gutes zu tun, wo er nur konnte, bestand kein Zweifel.

Nachdem er sich von Numa getrennt hatte, kehrte Pascal in die Villa zurück, wo Saliou ihn zum Musikunterricht erwartete. Saliou besaß nämlich eine ganze Reihe traditioneller Instrumente: Koras und Balafone, die er selbst aus Leder, Holz und Kalebassen baute.

»Als Kind«, erklärte er Pascal, »war ich schlecht in Mathe, schlecht in Französisch, schlecht in Naturwissenschaften, kurz, in allen wichtigen Fächern. Nur in Musik war ich gut. Es fiel mir leicht, sämtliche Instrumente zu spielen.«

Geduldig brachte er Pascal die traditionellen Klangfarben bei. Manche Melodien waren so alt wie die Welt, andere, vom Jazz oder vom Highlife inspiriert, waren jünger. Ein Metronom gab den Takt an, und er legte währenddessen Pascals Finger auf die Kora. Der Musikunterricht zog sich über viele Stunden, weil sie beide nicht genug davon bekommen konnten. Verschwunden geglaubte Emotionen stiegen in Pascal auf. Er sah die Frauen wieder, die er geliebt hatte, und zusammen mit der Erinnerung an ihre Schönheit stieg ein süßes, mildes Gefühl in ihm auf.

Eines Tages, als er vom Mittagessen mit Numa zurückkam, erwartete ihn Saliou vor der Tür der Villa, mit Amin in den Armen. Er war sehr aufgeregt, als hätte er ihm eine große Neuigkeit zu verkünden: »Sonntag! Am Sonntag, dem Tag des Herrn, wie ihr sagt, brechen wir nach Europa auf, genauer gesagt nach Italien. Dort ist es leichter, eine Aufenthaltsgenehmigung zu bekommen, haben uns die Schleuser versichert. Ich hoffe, dass uns der Herrgott seinen Segen gibt.«

»Soll das ein Scherz sein?«, rief Pascal aus.

Saliou stellte Amin auf den Boden und strich ihm über den Kopf. »Ich habe es dir doch gesagt: Ich will, dass mein Sohn später Arzt wird. Das würde ihm nicht gelingen, wenn wir hierbleiben. Endlich lacht uns das Glück.«

Drei Tage später machten sich seine Freunde auf den Weg, und Pascal brachte es nicht übers Herz, sie zur Anlegestelle zu bringen: Saliou, wie er ihn noch nie gesehen hatte, mit Hut und Krawatte, Aminata in einen Schal gewickelt, als wäre jetzt schon tiefster Winter, und Amin vor allem, der süße Amin in seinem roten Trainingsanzug. Pascal fühlte sich kraftlos und ohnmächtig. Er hatte es nicht geschafft, seinem Freund diesen gefährlichen Spleen auszutreiben. Was würde er in Europa tun? Aus freiem Willen, wie Pierre Perret sang, Mülltonnen leeren? Was für eine absurde Idee, den Eiffelturm sehen zu wollen! Pascal war nie in Paris gewesen, aber der Eiffelturm, der klobig und plump seine Elefantenfüße in den Champ de Mars stemmte, war ihm zutiefst unsympathisch.

42 Nachdem Saliou, Aminata und Amin weg waren, fand sich Pascal allein in einem Haus wieder, das viel zu groß für ihn war. Amin fehlte ihm schrecklich, und er wunderte sich, dass der Kleine, mit dem er doch nicht so viel zu tun gehabt hatte, so viel Platz in seinem Herzen einnahm. Er sah ihn vor sich, wie er im Garten in der Sonne spielte, seine Gestik, seine Mimik, und ungewollt traten ihm Tränen in die Augen. Sosehr er versuchte, sich aufs Schreiben zu konzentrieren, auf seinen Aufenthalt in Caracalla zurückzublicken, es blieben öde Stunden ... Deshalb gewöhnte er sich an, Numa einzuladen, mit ihm zu essen, denn er war, wie Maria es ihm vorgeworfen hatte, nicht einmal in der Lage, sich ein Ei zu kochen. Numa dagegen kam gut zurecht. Meistens bereitete er ein *poulet boucané* zu, das mit gegrillten Maiskolben gegessen wurde.

Doch nicht nur seiner Kochkünste wegen wurde Numa unentbehrlich, sondern weil er Pascal mit seinen unerschöpflichen Geschichten ablenkte. Donnerstags hatte er immer frei, weil er sein Taxi zu einem Mechaniker brachte, der sich über all seine kleinen Probleme beugte. So konnte er Pascal den ganzen Tag lang, von morgens bis abends, sein Herz ausschütten: *Lan mizè pa dou*, wie eine haitianische Freundin meiner Mutter sagte. Das

Elend verändert Hirn und Herz. Es macht dich zu einem Tier, das nur noch daran denkt, etwas in den Bauch zu bekommen, sonst nichts. Ich habe meine Mutter nie mit einem Mann gesehen. Sie war aber, ehrlich gesagt, auch keine schöne Frau. Ich nehme an, dass die Männer sich ein bisschen für sie geschämt haben und erst nach Einbruch der Nacht in ihr Bett geschlüpft sind. Jedenfalls hat sie trotzdem zehn Kinder bekommen. Um all diese Mäuler zu stopfen, hat sie eine Stelle bei der Straßenreinigung angenommen, nichts Tolles, das kannst du dir denken. Sie schrubbte das Kopfsteinpflaster mit einem Besen aus Rosshaar. Und so sind wir an der Schule zu unserem Spitznamen gekommen: *zobalai*, ›die mit dem Besen‹. Das war uns wurscht, Hauptsache, wir hatten was im Bauch, notfalls Wasser, bei uns gab es nicht viel zu beißen. Kein Frühstück. Was Kleines zu Mittag. Wir klauten alles, was uns in die Hände fiel – alles, was nicht niet- und nagelfest war. Mit dreizehn bin ich zum ersten Mal im Knast gelandet und sozusagen erst als Erwachsener wieder rausgekommen. Diebstahl, Drogenhandel, Körperverletzung, ich habe nichts ausgelassen.«

»Wie hast du meinen Vater kennengelernt?«, fragte Pascal.

»Das war später, viel später. Ich lebte mit Rosy zusammen. Sie war mit unserem zweiten Kind schwanger, aber das Leben verrät uns ja nicht, was es für Gemeinheiten für uns in petto hat: Ich hatte keine Ahnung, dass das Kind nie das Tageslicht sehen und Rosy am Kindbettfieber sterben würde. Da fand ich mich also auf einmal allein wieder und noch dazu hatte ich ein kleines Kind zu versorgen. Einen Jungen, der bald schon dasselbe machte wie ich: stehlen und Drogen verticken, wenn er nicht gerade Fußball spielte. Ich habe es dir doch gesagt, es war dein Vater, der ihn unter seine Fittiche genommen und zu dem gemacht hat, was er heute ist, nämlich Arzt.«

Pascal kam auf seine fixe Idee zurück: »Was glaubst du, war mein Vater göttlicher Abstammung? Glaubst du, es stimmt, was die Leute über ihn sagen?«

Numa sah ihm in die Augen und sagte mit Nachdruck: »Dein Vater war ein außergewöhnlicher Mensch, er wollte, dass das Herz der Welt in einem anderen Rhythmus schlägt.«

Pascal wäre eine eindeutigere Antwort lieber gewesen.

Eines Morgens, es war noch nicht einmal sieben Uhr, kam Numa völlig verstört zu ihm. »Es ist etwas Schreckliches passiert«, sagte er leise, »komm mit.«

Sie gingen auf die Straße, wo es schon von Menschen wimmelte. Die Wagemutigsten hatten sich auf ihre Fahrräder oder Mopeds geschwungen und bahnten sich laut hupend und klingelnd ihren Weg durch die Menge. Wohin wollen sie nur so schnell, fragte sich Pascal, wagte aber nicht, Numa zu fragen, der mit verschlossenem Ausdruck ein paar Schritte vor ihm ging.

Bald kamen sie zum Buena-Vista-Strand. Um diese Zeit war niemand im Wasser, und die Luft über dem Meer war noch diesig. Eine reglose Menge starrte auf ein Ding, das unter den Mandelbäumen lag. Von einer seltsamen Vorahnung erfüllt, drängelte sich Pascal in die erste Reihe. Es war ein Kind, das auf dem Strand lag, ein kleiner Junge. Er hatte nichts anderes am Leib als seine dunkelblauen Shorts. Seine Augen waren geschlossen, der Mund aber geöffnet.

Pascal schauderte von Kopf bis Fuß, als er den kleinen

Amin erkannte. Amin, von dem er sich erst vor wenigen Tagen verabschiedet hatte. Hilflos sank er zu Boden. Ein Strom von Tränen rann ihm übers Gesicht, er schluchzte herzzerreißend. Was war aus Aminata und Saliou geworden? Wenn sie nicht bei ihrem Sohn waren, lagen sie sicher tot am Meeresgrund.

Um ihn herum wurden die Menschen unruhig, rempelten sich an und flüsterten. Schlimme Geschichten machten die Runde: Vor ein paar Tagen sei das Wetter plötzlich umgeschlagen, bei dem starken Sturm seien Äste abgebrochen, das Meer habe getobt. Bestimmt sei das Flüchtlingsboot deshalb gekentert. Doch als die Inselverwaltung ein Heer von Tauchern und Seenotrettern losschickte, um nach dem Wrack zu suchen, fanden sie nichts. Gar nichts.

Pascal erfuhr nie, wer ihn nach Hause brachte, wahrscheinlich Numa, denn seine Kräfte hatten ihn verlassen und seine Beine trugen ihn nicht mehr. Amin, den er unbemerkt ins Herz geschlossen hatte, der kleine Amin war tot. Er, der nie ein Kind gehabt, nie eines gewollt hatte, war untröstlich wie ein Vater.

Der Tod von Saliou, Aminata und Amin wirbelte eine Menge Staub auf. In Europa berichteten sämtliche Zeitungen darüber, und sogar in Nord- und Südamerika machte der Schiffbruch Schlagzeilen. Das Drama führte die Verzweiflung der Flüchtlinge und ihr schreckliches Los deutlich vor Augen. Statt Arbeit und eines menschenwürdigen Daseins fanden sie den Tod.

Eines Tages, als Pascal sauber machte, fand er einen kleinen, unter den Möbeln verkeilten Wagen aus Holz: offensichtlich ein Spielzeug von Amin. Niedergeschmettert weinte er den ganzen Tag und bis tief in die Nacht. Es kam ihm vor, als sei er am Tod dieses Unschuldigen schuld, und er begriff, dass es auf der Welt größeres Unglück gab als seines. Er hatte nie die Armut gekannt, nie das Elend, das einen zwingt, die Heimat zu verlassen, und das einen ganz und gar zerstört. Amin würde niemals Arzt werden, niemals das Herz seines Vaters mit Stolz und Freude erfüllen.

Als er versuchte, seine Betrachtungen weiterzuschreiben, erschienen sie ihm belanglos. Was wollte er damit beweisen? Das Herz des Menschen war böse. Der Mensch selbst war der schlimmste Feind des Menschen. Wozu sollten Revolutionen gut sein? Wozu Ideologien?

Um Antworten auf diese Fragen zu finden, die ihn unaufhörlich quälten, ging er am Meer spazieren. Das Meer hatte ihn immer beruhigt, es vermittelte ihm den Eindruck von Unendlichkeit und führte ihm dabei die eigene Verletzlichkeit vor Augen.

Er rief Espíritu an und bat ihn, so bald wie möglich zu ihm zu kommen, weil er sich verloren fühlte und nicht mehr wusste, was er eigentlich in San Isabel zu suchen hatte. Espíritu, den das Los der Flüchtlinge nicht weiter interessierte, bat ihn, stattdessen nach Recife zu kommen. Pascal zögerte lange Zeit. Er war so entkräftet, dass Numa sich schließlich Sorgen machte und ihn zu einem Abendessen bei seinem Sohn Augusto einlud.

Augusto lebte in der Stiftung Corazón Tejara, in einer spärlich möblierten, unordentlichen Wohnung, denn er hatte sechs kleine Wildfänge, alles Mädchen. Jedes Mal wünschte er sich wieder einen Sohn, doch seine Frau Lisa fürchtete, das Schicksal werde ihnen nie einen schenken.

Sie glaubte nicht an die Vorhersagen der Hellseher, die ihr nach ihrer Bauchform versicherten, dass sie diesmal wirklich einen Jungen bekäme. Lisa stammte aus Guinea-Bissau und hatte Augusto in Lissabon kennengelernt, wo sie Medizin studiert hatte wie er auch.

Sie verbrachten einen angenehmen Abend, denn Pascal mochte die brasilianische Küche. Vor allem mochte er Pekaris, Nabelschweine mit besonders saftigem, aromatischem Fleisch. Weil er mehrere Gläser Frontera getrunken hatte – die einzige Art, in diesen grausamen Zeiten das Gleichgewicht zu bewahren –, nahm er nach dem Essen all seinen Mut zusammen, sah Augusto eindringlich an und fragte: »Du hast mir nie gesagt, was du von meinem Vater hältst. Er hatte großen Einfluss auf dich, glaube ich.«

Augusto, der gerade Obst schälte, legte es zurück auf den Teller. Mit leuchtenden Augen erklärte er: »Für mich ist er ein Gott. Er hat in mir den Wunsch erweckt, eine gerechtere und tolerantere Welt kennenzulernen, in der Menschen nicht nach ihrem Aussehen beurteilt werden.«

Pascal ließ nicht locker: »Und jetzt, was glaubst du jetzt? Glaubst du, dass er tot ist?«

Leidenschaftlich sagte Augusto: »Er wird nie sterben. Seine Worte und Taten haben sich für immer in die Herzen der Menschen eingebrannt.«

Pascal gab sich selbst ein Versprechen: Wenn er nach Recife kam, würde er Espíritu bitten, ihm seinen angeblichen Auftrag zu erklären und darauf beharren, dass er ihm nähere Erklärungen gab, was er bisher immer verweigert hatte. Als er das zweite Mal anrief, nahm Hermenius ab und teilte ihm mit, Espíritu sei nicht da.

43

»Auf leeren Bogen, den die Farbe Weiß bewehrt«, so hatte es Stéphane Mallarmé beschrieben, oder? Pascal lümmelte in seinem Sessel, vor dem Computer, wie immer unfähig, irgendeinen Gedanken zu Papier zu bringen, als es am Gartentor klingelte. Wer kam ihn denn um diese Zeit besuchen? Es war nicht Donnerstag, Numa arbeitete also. Im Augenblick kutschierte er sicher schwer beladene Hausfrauen von unterschiedlichen Märkten in der Stadt nach Hause.

Ohne großen Elan ging er durch den Garten und bewunderte die Rabatten mit den vielfarbigen Stiefmütterchen und die gepflegten Hecken, die der Gärtner sorgsam gestutzt hatte. Eine ganze Delegation stand vor dem Tor: zwei Dutzend Männer und Frauen in unterschiedlicher Kleidung und unterschiedlichen Alters, von einem hinreißenden jungen Mädchen im eng anliegenden, strahlend weißen Trainingsanzug bis zu einer beleibten Oma, die sich auf ihren Stock stützte.

Es war ein grauhaariger Mann mit Igelschnitt, der das Wort ergriff. »Mein Name ist Juan Bastos. Ich hoffe, wir stören Sie nicht. Wir stehen vor einem großen Problem und möchten es Ihnen darlegen.« Das sagte er mit einem breiten Lächeln und in langsamem, gewähltem Französisch, wie man es tut, wenn man eine Fremdsprache spricht.

Pascal begleitete die Gruppe zur Terrasse vor dem Haus und holte dann Stühle aus dem Esszimmer, doch bis er wieder zurück war, saßen die meisten schon auf dem Boden.

»Wir sind so zahlreich gekommen«, sprach Juan Bastos weiter, »damit Sie erkennen, dass wir einen bedeutenden Verein vertreten. Denn bedeutend ist er, und benannt haben wir ihn nach einem berühmten argentinischen Musiker, der Ihnen nicht unbekannt sein dürfte: Atahualpa Yupanqui.« Pascal wagte nicht zu sagen, dass er noch nie von ihm gehört hatte, und Bastos fuhr fort: »Die meisten hier verstehen kein Französisch.« Pascal bedeutete ihm, dass das nicht weiter wichtig war.

»Es heißt, die Eltern des kleinen Amin hätten bei Ihnen gearbeitet, und Sie hätten das Kind wie ihren eigenen Sohn behandelt.« Das war keine Übertreibung, und Pascal sagte nichts dazu. »Amins trauriger Tod darf niemals in Vergessenheit geraten, deshalb hat der Verein die Gemeinde um ein Stück Land für ein Mahnmal gebeten. Das lehnt die Gemeinde jedoch ab, unter dem Vorwand, dass ein solches Mahnmal San Isabel in den Augen der Touristen verschandeln würde.«

Schockiert fragte Pascal: »Haben Sie einen guten Draht zu den Beamten dort?«

Der Mann verzog das Gesicht. »Seit der neue Bürgermeister ins Amt gewählt wurde, nicht mehr. Er ist ein rechter Politiker und versucht, uns Knüppel zwischen die Beine zu werfen. Wir haben deshalb beschlossen, eine Petition herumgehen zu lassen und Unterschriften von all denen zu sammeln, die unser Projekt unterstützen. Würden Sie mitmachen? Wenn Ihr Name auf der Liste steht, wäre das eine unschätzbare Hilfe.«

Wenn es weiter nichts war. Pascal nickte und unterzeichnete alle Papiere, die man ihm gab. Danach ging er in die Küche und holte zur Feier des Tages eine Flasche Frontera. Da die meisten Besucher jedoch keinen Alkohol tranken, war die Zusammenkunft bald beendet.

Beim Abschied sagte Juan Bastos leise zu Pascal: »Ich danke Ihnen sehr, dass sie uns so freundlich aufgenommen haben. Sie machen Ihrem Vater alle Ehre.«

Aha, ich mache meinem Vater also alle Ehre, dachte Pascal und schloss das Tor wieder. Hatte er dieses Lob verdient?

Er erzählte Numa von dem Besuch am Morgen, und der freute sich aufrichtig. Tatsächlich war es ihm unbegreiflich, weshalb Pascal San Isabel verlassen und nach Hause zurückkehren wollte.

»Du könntest Ehrenvorsitzender des Vereins Atahualpa Yupanqui werden«, schlug er vor. »Seit dem Wechsel in der Gemeinde gibt es so viel zu tun.«

Der Besuch des Vereins machte Pascal unerwartet Mut: den Mut, dorthin zurückzukehren, wo der kleine Amin vor einigen Wochen tot aufgefunden worden war. Das hatte er bisher vermieden, weil ihm sein Tod zu sehr wehtat.

An dem Nachmittag, an dem er beschloss, hinzugehen, hingen tiefe Wolken am Himmel. Glatt und blaugrau wie ein Grabstein lag das Meer vor ihm. Zu seiner Überraschung war die Stelle zu einer Sehenswürdigkeit geworden. Es wimmelte von Touristen. Einige waren ganz versessen auf die obszöne Erinnerung und schossen Unmengen Bilder, andere beteten. Eine Frau kniete mit ausgebreiteten Armen. Eine andere hatte die Hände aneinandergelegt und weinte hemmungslos. Währenddessen kam ein Jugendlicher mit seinem Verkaufswagen angestrampelt und bot Snowballs an, die er in seinem kleinen Fahrzeug im Angebot hatte: mit Mandelsirup, mit Minzsirup, mit Granatapfel.

Pascal kam nicht über dieses Drama hinweg, »dieses unentschuldbare Drama«, wie Albert Camus sagt, »der Tod eines Kindes«. Sein Leben lang würde er sich schuldig fühlen. Ein schmerzlicher Gedanke, der seit Kurzem verstärkt wurde durch den Drang zur Revolte: Wer war für dieses Leid, diese Verschwendung verantwortlich? Natürlich nicht Aminata und Saliou, sie wollten ihrem Sohn nur das Leben ermöglichen, von dem sie selbst geträumt hatten. Nein, für diese Gräueltat war wirklich ein anderer verantwortlich. Sie rührte von einem höheren Willen her, sie war die Laune eines Wesens, dessen Wege unergründlich sind. Jeden Tag wurde Pascal von solchen Gedanken gequält. Er musste an Awas sarkastische Bemerkung denken: »Du bist der Sohn eines Mörders.« Damals hatte er ihre Worte als Scherz abgetan. Jetzt wurde ihm mehr und mehr bewusst, wie wahr sie waren. Bedrückt kehrte er zum Haus zurück.

Er war bei seinem dritten Glas Frontera angelangt, als Numa ganz aufgeregt zu ihm kam. Er hatte eine große Neuigkeit zu verkünden, Lisas Kind war geboren, und diesmal war es wirklich ein Junge. Bei Pascal rief die Neuigkeit Abscheu und Wut hervor: Erbärmliche Spiele waren es, die der Schöpfer trieb; was er mit einer Hand gab, nahm er mit der anderen wieder weg. Amin war tot, dafür hatten Augusto und Lisa einen Sohn bekommen.

Die beiden Männer gingen ins Haus und setzten sich

zum Abendessen, denn Numa hatte einen Hasenpfeffer und Maronipüree mitgebracht. Sie saßen am Tisch, der Fernseher lief. Pascal starrte blind auf den Bildschirm, als er plötzlich eine Idee kam. Warum war ihm das nicht früher eingefallen? Was hatte er mit Espíritus kleiner roter Schachtel gemacht? Der hatte sie ihm doch mit den Worten gegeben: »Wenn Sie mich brauchen, drücken Sie auf den Knopf, dann melde ich mich sofort bei Ihnen.«

Er rannte in sein Zimmer im ersten Stock, fand den heiß ersehnten Gegenstand in der Kommode, zwischen Radiergummis, Kugelschreibern und einem Kompass, und drückte mit aller Kraft darauf.

Ein, zwei, drei Tage vergingen, eine ganze Woche, und Espíritu hatte noch immer nicht reagiert. Dieses unbegreifliche Schweigen beunruhigte Pascal. Bevor er nach Hause zurückkehrte, musste er Espíritu unbedingt in Recife sprechen.

Über seine geplante Rückkehr zankte er sich die ganze Zeit mit Numa, der Pascal aufgebracht anschrie: »Warum bleibst du nicht bei uns? Ich kann es dir nicht oft genug sagen, der neue Bürgermeister will alles kaputt machen, was wir aufgebaut haben. Jetzt knöpft er schon allen, die in der Stiftung Corazón Tejara wohnen, Miete ab, und er hat den Preis für alle öffentlichen Dienstleistungen erhöht.«

Pascal stellte sich taub, aber Numa gab sich nicht geschlagen, wie sich bald herausstellen sollte.

Eines Abends oder vielmehr spätnachts bekam Pascal Besuch. Er brauchte einen Moment, um den Mann wiederzuerkennen: Es war Juan Bastos.

»Ich habe zwei Neuigkeiten für Sie«, sagte der, »eine gute und eine schlechte. Mit welcher soll ich anfangen?«

Pascal lächelte. »Lieber mit der schlechten.«

»Die Gemeinde weigert sich, uns das Stück Land zu geben, um das wir gebeten haben, wie erwartet.«

»Und die gute?«

»Wir möchten Sie zum Ehrenvorsitzenden unseres Vereins ernennen. Hier können Sie die Liste aller Menschen sehen, die das unterstützen!«

Entschieden schüttelte Pascal den Kopf. »Das ist wirklich schade«, sagte er, »aber ich habe beschlossen, Ende der Woche zu meinem Großonkel nach Recife zu fliegen. Ich glaube nicht, dass ich nach San Isabel zurückkommen werde.«

Enttäuscht ließ sich Juan Bastos auf einen Stuhl fallen. Pascal, der von seiner Verzweiflung gerührt war, kam auf sein ewiges Thema zurück. »Sie haben meinen Vater gut gekannt, nicht wahr?«, fragte er.

»Nicht persönlich, er war einiges älter als ich. Er hat die medizinische Fakultät verlassen, als ich mit dem Studium angefangen habe. Aber ich habe viel über ihn gelesen. Wissen Sie, wir lateinamerikanischen Männer werden nicht zu Respekt vor Frauen erzogen. Am Anfang war Corazón Tejara für seine vielen Eroberungen bekannt. Ihm waren alle Frauen gut genug: reiche Mädchen aus gutem Hause, Prostituierte, Dienstmädchen, junge Frauen, alte Frauen. Dann hatte er eines Tages einen Traum und erkannte, wie verachtenswert sein Verhalten ist. Ein Engel hat ihm verkündet, die nächste, die er verführen werde, würde ihm einen Sohn schenken, der die Welt einmal in Erstaunen versetzt.«

»So, so, ein Engel hat es ihm verkündet«, sagte Pascal

spöttisch, »das ist ja die umgekehrte Verkündigung, was Sie da beschreiben: Der Engel überbrachte also dem Vater und nicht der erschreckten Jungfrau die frohe Botschaft. Was soll nur aus all den Bildern der ›Mariä Verkündigung‹ werden?«

Beide Männer mussten lachen und waren sich plötzlich näher.

Nach kurzem Schweigen fuhr Pascal fort: »Wie stehen Sie dazu? War Corazón Tejara das, was über ihn gesagt wird?«

»Das hängt ganz davon ab«, sagte Juan Bastos, »wen Sie fragen. Für die einen ist er ein Unruhestifter, den man besser verhaftet und ins Gefängnis gesteckt hätte, was tatsächlich passiert ist, als er kurzzeitig für das Gesundheitsministerium gearbeitet hat. Für andere ist er ein Wohltäter, ich würde sogar so weit gehen zu sagen: ein Gott.«

Dabei ließ es Pascal bewenden, und die beiden tranken noch ein letztes Gläschen, bevor sie sich voneinander verabschiedeten. Als Juan Bastos wieder weg war, merkte Pascal, dass er sich freute. Es gab also Menschen, die Corazón Tejara für einen Gott hielten. Vielleicht irrten sie sich ja nicht, und dann hätte alles, was sein Leben schwer gemacht hatte, letztlich doch eine Berechtigung gehabt.

44 Es war nicht weit von San Isabel bis Recife, weniger als zwei Stunden. Aber oft fegte ein starker Wind durch den Luftkorridor zwischen der Insel und dem Festland, und das machte ihn zum Albtraum aller Piloten. Doch an diesem Tag war zum Glück wunderschönes Wetter. Die Sonnenstrahlen färbten die Wolken golden, und Pascal fühlte sich von Wärme durchdrungen, als käme das Leben, das ihm so lange Zeit den Rücken zugekehrt hatte, zu ihm zurück. Die Niederlage, die er in San Isabel erlitten hatte, würde sich, nach der in Caracalla, nicht noch einmal wiederholen.

Der Nachmittag neigte sich dem Ende zu, als er am Flughafen in Recife ankam. Zu seinem Leidwesen konnte er jedoch den wartenden Espíritu nirgends entdecken. Überall nur Zöllner, gelangweilte Polizisten, gehetzte Reisende, die ihre Koffer hinter sich herzogen. Er nahm ein Taxi und ließ sich nach Mengistu fahren.

Die Türen und Fensterläden der schönen Villa, die ihn bei seinem ersten Besuch in Recife so beeindruckt hatte, waren geschlossen. Das Haus sah verlassen aus. Was war geschehen? In seiner Verzweiflung klopfte er beim Gärtnerhäuschen an. Ein langer Kerl kam freundlicherweise heraus und hieß ihn willkommen, doch er sprach kaum

Französisch und konnte ihm nicht weiterhelfen. Pascal fragte sich schon, was jetzt aus ihm werden sollte, als Margarita und Hermenius, Espíritus Hausangestellte, plötzlich vor ihm standen.

»Mein Großonkel war nicht beim Flughafen!«, rief er, doch das schien sie nicht weiter zu erstaunen, und ohne ein Wort nahmen sie sein Gepäck und trugen es zum Haus. Während Hermenius die Tür aufschloss, sagte Pascal: »Ich hatte meinem Großonkel geschrieben, dass ich komme. Wo ist er? Wisst ihr das?«

»Nein, wir wissen es auch nicht. Er ist seit über einem Monat weg und hat nichts von sich hören lassen«, erwiderte Hermenius.

Pascal war überzeugt, dass der Hausangestellte ihn anlog, und murmelte vor sich hin: »Menschen verschwinden nicht einfach so, und wenn, dann ist doch die Polizei dazu da, sie wiederzufinden. Ist er tot, verletzt oder krank?«

»Das wissen wir nicht, ehrlich«, sagte Hermenius erneut.

Pascal nahm den Kopf in die Hände. »Genauso war es bei meinem Vater«, sagte er. »Ich habe nie erfahren, was mit ihm geschehen ist. Espíritu hat mir widersprüchliche Erklärungen gegeben.«

»Sollen wir lieber zur Polizei gehen?«, schlug Hermenius vor.

Pascal lehnte ab. Er spürte, dass er vor einem Rätsel stand, bei dem die Polizei ihm nicht weiterhelfen konnte.

In diesem Augenblick bemerkte er, dass ein paar Briefe für ihn auf der Anrichte im Esszimmer lagen. Wildfremde Menschen schrieben ihm und baten um Hilfe bei den unterschiedlichsten Problemen: ihre Vermieter hatten sie auf die Straße gesetzt, weil sie die Miete nicht mehr zahlen konnten; sie waren krank und konnten nicht zum Arzt gehen, weil der Eigenanteil für die Behandlung zu hoch war; ihr Sohn war grundlos ins Gefängnis gesteckt und zu Tode geprügelt worden ... Nachdem er die Briefe all dieser Unbekannten überflogen hatte, empfand Pascal plötzlich etwas, womit er nicht gerechnet hatte: eine gewisse Gleichgültigkeit. Ja, es stand nicht zum Besten in der Welt, aber was konnte er schon tun? Am interessantesten fand er noch die Post von Maria, die ihn regelmäßig auf dem Laufenden hielt, was sich in der »Arche des Neuen Bundes« tat.

Sie berichtete, die Presse würde Loblieder auf Judas Éluthère singen, der vor Kurzem Staatsminister für sozialen Zusammenhalt geworden sei. Zunächst war Pascal bestürzt, aber dann durchschaute er das Spiel des Staatspräsidenten: Der wollte Eindruck schinden und dem obskuren Land eine Ehre erweisen, indem er einem von dort einen wichtigen Ministerposten gab. Das Bild des sagenhaft gut aussehenden Judas Éluthère sprang ihn auf jeder Seite des Berichts an.

Abends um kurz vor neun kam Margarita aus der Küche, mit einem köstlichen Salat, den sie rasch zubereitet hatte. Sie aßen ihn ohne großen Appetit, alle drei waren in Gedanken vertieft.

»Wir wohnen direkt gegenüber«, sagte Hermenius nach dem kleinen Imbiss, »zögern Sie nicht, bei uns anzuklopfen, wenn Sie etwas brauchen.«

Pascal blieb nichts anderes übrig, als sich in das Zimmer im ersten Stock zurückzuziehen, in dem er schon bei seinem letzten Aufenthalt geschlafen hatte.

In diesem Moment ereignete sich etwas, dessen wahre Natur sich uns nie erschließen wird. War es ein Traum, eine Vision oder Teil der Realität? Auch Pascal könnte uns da nicht weiterhelfen, da er selbst nicht in der Lage war, die wahre Natur des Ereignisses auszumachen. Das hatte aber nichts mit einer Gedächtnislücke zu tun, wie bei seinem Verschwinden viele Jahre zuvor. Im Gegenteil, jedes Detail der seltsamen Begegnung stand ihm glasklar vor Augen.

Die Nacht war hereingebrochen, schwarz und bedrohlich, wie tief im Inneren eines Gefängnisses. Er war auf den Balkon getreten. Warum? Ganz einfach, wegen der brütenden Hitze im Zimmer. Der Kragen seines Schlafanzugs war ganz durchnässt, und der Schweiß rann ihm über die Brust.

Plötzlich hörte er Motorengeräusche, sah aber nichts. Dann trat Espíritu aus dem Schatten, sein ewiges sarkastisches Lächeln um den schön geschwungenen Mund, die Erhebung in seinem Rücken – ein Buckel? – war dagegen verschwunden. Er wirkte jünger und ausgeruhter, seine Haare waren sorgsam frisiert, sein Kinnbart frisch gestutzt.

»Da bist du ja endlich!«, rief Pascal in vorwurfsvollem Ton. »Wo warst du nur? Hast du meinen Hilferuf nicht gehört? Der hieß doch, dass ich dich dringend brauche!«

Espíritu wischte die Vorwürfe beiseite. »Sprechen Sie immer noch von dieser Flüchtlingsgeschichte? Sie sind jetzt alt genug, um ohne mich zurechtzukommen. Was Sie nicht wissen, ist, dass ich vor allem Ihrem Vater gehorchen muss. Ich muss alles tun, was er sagt. Ich gehe überallhin, wohin er mich beordert, wo er mich braucht.

Ich verschwinde, tauche wieder auf, ganz so, wie er es wünscht. Trotzdem dürfen Sie niemals an meiner Zuneigung zu Ihnen zweifeln.«

Damit gab Pascal sich nicht zufrieden. »Kannst du mir erklären, wo mein Vater dich hinbeordert und was er dir befiehlt?«

»Nein, das kann ich nicht, alles hängt vom jeweiligen Moment ab. Meine Meinung habe ich Ihnen schon mehrmals gesagt: Das schönste Geschenk, das der Mensch bekommen hat, ist Freiheit – die Freiheit, zu handeln, zu träumen und die Welt zu deuten. Jedem seine Wahrheit.«

»Du weißt über den Tod des kleinen Amin Bescheid?«, fragte Pascal ernst.

»Und Sie wissen«, antwortete Espíritu, »was ich Ihnen über den Tod gesagt habe. Es ist ein Wort, das für jeden etwas anderes bedeutet. Wenn Sie es verwenden, teilen Sie mir nur Ihre Version der Tatsachen mit, weiter nichts!« Espíritu wirkte traurig. »Ich sage es Ihnen noch einmal: Sie sind jetzt alt genug, um ohne mich zurechtzukommen.«

Pascal stöhnte. »Heißt das, ich kann nicht mehr mit dir rechnen?«

Auf diese Worte hin nahm Espíritu ihn liebevoll in die Arme und verschwand genauso plötzlich, wie er gekommen war. Kurz darauf waren Motorengeräusche zu hören.

Pascal war niedergeschmettert. Wieder einmal hatte er kein Wort von dem verstanden, was Espíritu gesagt hatte. Er bekam lange kein Auge zu und wachte morgens mit einem schalen Geschmack im Mund auf.

Um die Mittagszeit ging er aus dem Haus und lenkte seine Schritte automatisch in Richtung Stadtmitte. Es ist kein Leichtes, sich Städte einzuprägen, denn sie sind aus den unterschiedlichsten Vierteln zusammengesetzt und haben kein einheitliches Erscheinungsbild. Mit Städten ist es so ähnlich wie mit Menschen, alles hängt von der Laune und Bereitschaft desjenigen ab, der ihnen gegenübertritt. Die einen prägen sich die Viertel der Reichen ein, wie Aragon sie nannte: vornehme Häuser, breite, ordentlich gepflasterte Gehwege. Andere haben eine Vorliebe für die sogenannten pittoresken Ecken aus alten Zeiten, als die Stadt noch ein Weiler war, ein Fischerdorf, und wo nichts darauf hindeutete, welche Gestalt sie später annehmen würde, wie prachtvoll sie in Zukunft wäre. Zu guter Letzt gibt es diejenigen, die nüchterne, geradlinige Geschäftsviertel bevorzugen, wie sie zum Beispiel Haussmann in Paris entworfen hat.

Pascal ging erneut zu den Favelas. Favela: sein erstes Wort auf Portugiesisch. Wie hatte eine so schöne und stolze Stadt wie Recife eine solche Geschwulst zulassen können, die sich mitten in ihr gebildet hatte und immer weiter wucherte? Fond-Zombi und Porte Océane, Städte, die als Handelsplatz für versklavte Menschen und Fässer voller Zucker entstanden waren und die er seit frühester Kindheit kannte, hatten so etwas nie zugelassen. Ganz abgesehen davon, dass ihre natürliche Schönheit jede Hässlichkeit im Keim erstickt hatte.

Weil Jean-Pierre und Eulalie immer nur ans Geldverdienen dachten und nie Urlaub machten, war Pascal in den Sommerferien immer mit Banden kleiner Jungs herumgelungert, die sich genauso langweilten wie er. Immer auf einen bösen Streich aus, hatten sie sich mit ihrer gefährlichen Nichtstuerei auf den Straßen herumgetrieben, aber egal, wie lange sie durch die Stadt stromerten, nie waren sie auf Hässlichkeit gestoßen. Im Gegenteil, sie brauchten nur ans Meer zu gehen, um von Schönheit geblendet zu sein.

Einen Sommer hatte er die Ferien bei seinem Freund Marcel verbracht, dessen Familie zu den Ärmsten der Armen auf der Insel gehörte und in einem Fischerdorf lebte. Überall war die See, immer wieder die See. Sie war morgens da, wenn sie die Augen aufschlugen, schlüpfte mit weißen Schaumkronen bedeckt in ihr erstes, zartblaues Gewand des Tages. Je mehr Zeit verstrich, desto dunkler färbte sie sich. Manchmal rollten Brecher vom Horizont heran und brachten die Bötchen, die sich ins offene Meer hinausgewagt hatten, zum Tanzen. Wie kann man nur auf diesen Geruch nach Salzwasser und großer Weite verzichten, der von fernen Ländern erzählt? Pascal war sich nie bewusst gewesen, wie sehr er seine Heimat liebte, mit ihren Kontrasten, der Abwechslung.

45 Nachdem er lange Zeit durch die Favela gestreift war, setzte sich Pascal auf eine Bank an einem kleinen, von prächtigen Ficusbäumen gesäumten Platz. Neben ihm spielten kleine Jungen mit Murmeln. Als er klein war, hatte er Murmelspiele sehr gern gemocht. Heute waren diese Spiele in der Versenkung verschwunden, alles wurde von Computern beherrscht, und es ging sogar schon so weit, dass die Welt in die unterteilt wurde, die mit dem Internet umgehen konnten, und die, die es nicht konnten.

Plötzlich merkte er, wie hungrig er war. Es war schon fast drei Uhr nachmittags. Er stand auf und suchte ein Restaurant, entdeckte ganz in der Nähe eine Kneipe, »Tem boa carne«. Sie sah unscheinbar aus, war aber leider überfüllt. Männer und Frauen drängten sich um einen riesigen Fernseher, während ein paar Unruhige zu den wilden Klängen zappelten, die aus der Jukebox kamen. An der Wand hing das Porträt einer Frau, er hätte nicht sagen können, wer sie war, signiert von einem gewissen Waldomiro de Deus. Mit ihrem breiten Lächeln schien sie alle herzlich willkommen zu heißen.

Er wollte schon kehrtmachen, als ein Kellner ihn vertraulich beim Arm nahm. »Kommen Sie«, sagte er, »ich suche Ihnen einen Platz«, und er führte Pascal an einen

Tisch, an dem sich eine junge Frau mit einem Taschenspiegel in der Hand die Lippen rot schminkte.
»Brauchst du noch lange, Soledad?«, fragte er.
Sie lächelte. »Bin gleich weg.«

Mein Gott, wie hübsch sie war mit ihrem Teint wie eine tropische Frucht, den Augen schwarz wie Achat und den lockigen Haaren, die ihr so gut standen! Auf Pascal übte sie eine solche Anziehungskraft aus, wie er sie noch nie gekannt hatte. Na ja, nie war vielleicht ein bisschen übertrieben! Jedenfalls waren beim Anblick der Unbekannten alle Frauen, die er je in den Armen gehalten hatte, schlagartig vergessen, und er fühlte sich von ihrem Charme angezogen wie von einem Magneten. Eine seltsame Nostalgie überkam ihn, als er ihr nachsah, wie sie das Lokal mit kleinen, aber entschlossenen Schritten durchquerte. Niedergedrückt setzte er sich und bestellte eine Feijoada und ein Bier.

Nach der Stärkung ging er wieder los und spazierte weiter durch das belebte, aber nicht sonderlich schöne Viertel. Ein Kino sprang ihm in die Augen, dort lief ein alter Film, der ihm vor Jahren sehr gut gefallen hatte. Außer ihm war, abgesehen von knutschenden Jugendlichen hier und da, fast niemand im Saal. Er fand genauso viel Gefallen an der Romanze, die ihm in Erinnerung geblieben war, wie damals. Er war immer ein großer Kinoliebhaber gewesen. Als Kind hatte er den Matheunterricht geschwänzt, um Stunde um Stunde im Kino sitzen zu können. Abends war er dann in seine Träumereien versunken und sprach weder mit Jean-Pierre noch mit Eulalie.

Als er wieder aus der Vorstellung herauskam, brach die Nacht herein. Die ersten Laternen sprangen an. Eine armselige Menschheit unterhielt sich auf den Gehwegen. Sinnlos, in dieser Gegend nach einem Taxi Ausschau zu halten. Dann würde Pascal eben Bus fahren. Auf dem Gehsteig erblickte er eine junge Frau, die ihm bekannt vorkam. Tatsächlich, es war Soledad. Rasch ging er ihr entgegen, rief: »Na so was, das Schicksal will offenbar nicht, dass wir uns trennen!«

Die junge Frau musterte ihn zunächst verdutzt, dann erhellte sich ihr Gesicht. »Sie sind das!«, sagte sie. »Ich wohne direkt gegenüber, kann ich Ihnen einen Kaffee anbieten?«

Soledad wohnte im fünften Stock eines bescheidenen Hauses ohne Aufzug. Oben angekommen, öffnete sie die Tür und führte ihn in eine kleine, weder besonders schöne noch besonders komfortable Wohnung, in der ein paar Stühle um einen Beistelltisch aus Korb standen.

Pascal kam sich vor wie im Traum. »Wenn ich das richtig verstanden habe, heißen Sie Soledad?«

Bei diesen Worten dachte er im Stillen, dass ihr Vorname, der an Einsamkeit und Isolation erinnerte, nicht unpassender sein könnte, da die reizende und attraktive junge Frau sicher sehr begehrt war.

»Das stimmt, mein Name ist Soledad Thébia, und ich komme aus Guyana, deshalb spreche ich fließend Französisch.«

»Soledad, der Name passt gar nicht zu Ihnen«, sagte Pascal schmeichelnd.

»Wissen Sie, das Leben spielt manchmal schreckliche Streiche. Mein Vater ist wenige Monate vor meiner Geburt gestorben. Er wurde von einem Mann niedergestochen, den er für seinen Bruder hielt. So musste meine Mutter uns allein großziehen, meine Brüder, meine Schwestern und mich. Und weil ich die Jüngste bin, hat sie mich Soledad genannt.«

Solche Geschichten hatte Pascal schon öfter gehört, aber nie waren sie aus einem so charmanten Mund gekommen. Soledad erzählte, sie sei Sängerin, ein undankbarer Beruf, erklärte sie, weil niemand für Kunst bezahlen wolle, heutzutage drehe sich alles nur um gute Beziehungen.

Der Ehrlichkeit halber muss gesagt werden, dass Letzteres eine Lüge war. Die Armut hatte Soledad und ihre Familie aus Guyana vertrieben, und in Brasilien hatte die junge Frau letztlich keine andere Wahl gehabt, als ihren Körper zu verkaufen. Zum Glück sah sie so gut aus, dass sie viele großzügige Freier anlockte und damit ein einigermaßen anständiges Leben führen konnte.

Natürlich zweifelte Pascal keinen Augenblick an dem, was Soledad ihm sagte. Als sie den Kaffee ausgetrunken hatten, fielen sie sich buchstäblich in die Arme. Keiner der beiden hätte sagen können, wie es dazu gekommen war, dass sie so übereinander herfielen, obwohl sie sich kaum kannten. Eine Verkettung unbewusster Gesten, eine Verzahnung unbeabsichtigter Worte. Plötzlich fanden sie sich aneinandergeschmiegt wieder, und Pascal sog Soledads Duft ein und flüsterte ihr etwas zu, hätte aber nicht sagen können, was.

Die Nacht war schon hereingebrochen, als sie sich endlich voneinander lösten. Soledad sah Pascal ungläubig an, sie hatte nie etwas anderes gekannt als die bezahlte Liebe.

Was gefiel ihr so gut an diesem Mann, der nicht besser aussah, nicht verführerischer war als jeder andere: das ansprechende, aber nicht weiter ungewöhnliche Gesicht, der kräftige Oberkörper, die lockigen oder vielmehr krausen Haare, der braune Teint?

Lachend schlüpfte sie aus dem Bett. Pascal sah ihr hinterher, wie sie splitternackt den Raum durchquerte, mit ihrem prallen Po, den unendlich langen Beinen und den schwarzen Nippeln, und war sicher, dass das ein Traum sein musste. Machte ihm das Leben gerade nicht das schönste aller Geschenke? Warum sollte er sich überhaupt mit Fragen quälen, auf die er einfach keine Antwort finden konnte: Wie kann man eine harmonischere Welt erschaffen? Wie lässt sich der Drang zum Bösen aus dem Herzen der Menschen ausmerzen? Allein würde er das nicht schaffen.

Soledad nahm zwei Gläser und eine mit bernsteinfarbener Flüssigkeit gefüllte Karaffe aus der Anrichte. »Diesen Likör macht meine Mutter selbst«, erklärte sie, »aus Ingwer und Alkohol.«

Pascal trank das Glas aus. Er fühlte sich wie im siebten Himmel, als wäre er allmächtig.

»Ich muss am Donnerstag weg«, flüsterte er entschuldigend, »die Reise ist schon lange geplant, und ich kann sie nicht verschieben, obwohl ich es möchte, jetzt, wo ich dich kenne. Wirst du mich besuchen kommen? Manche denken, mein Land ist gar kein Land. Es wird immer nur erwähnt, wenn es von einer Naturkatastrophe getroffen wird oder ein Hurrikan dort wütet. Von Hugo ist es vollkommen zerstört worden. Von Katrina und Maria wurde es wundersamerweise verschont. Aber trotz allem mag ich es sehr. Als wäre ich ein Kind, das sich weigert, sich

Fragen über seine Mutter zu stellen. Ist sie hässlich? Ist sie zu dick? Hat sie welke Haut?«

Soledad stimmte zu. »Ja, ich komme dich besuchen, wenn du mich darum bittest, aber ich habe nicht viel Geld. Kannst du versuchen, mir einen Job als Sängerin zu verschaffen, oder so?«

Pascal hatte den hartnäckigen Eindruck, dass das Geschenk, das das Schicksal ihm endlich machte, unverdient war, und er versprach ihr alles, was sie wollte.

Die nächsten Tage blieb Pascal bei Soledad, in ihrer kleinen Wohnung ohne Charme und Komfort. Sie stellte ihm eine ihrer Schwestern vor, die alte Lieder von John Lennon sang, den sie, wie Pascal auch, sehr verehrte: *Imagine there's no countries*. Sie stellte ihm einen ihrer Brüder vor und ihre Mutter, die sich nur im Rollstuhl fortbewegen konnte und Wurzelgemüse auf dem Markt verkaufte.

Beim Anblick ihres alten, faltigen Gesichts überkam Pascal eine Welle der Zärtlichkeit. Er streichelte ihre unförmigen, geschwollenen Beine und sprach sanft: »Steh auf und geh.« Daraufhin humpelte die alte Frau über den Platz. Manche sagen, dies sei das einzige wahre Wunder, das Pascal je vollbrachte, da die anderen alle mehr oder weniger fragwürdig wären.

Nach diesem Ereignis blieb Pascal nichts anderes übrig, als Soledad von den Gerüchten über seine Abstammung zu erzählen.

Ernst hörte sie ihm zu. »Ich habe viel von den Tejaras gehört«, sagte sie. »Krankenhäuser, Krippen, Schulen sind nach ihnen benannt worden. Sie sind Wohltäter. Aber so weit zu gehen, zu behaupten, dass sie göttlicher Natur sind, das ist schon ein starkes Stück!« Bei diesen Worten lachte sie laut. »Na ja, du bist zumindest schön genug für einen Gott!«

Unnötig zu sagen, wie das Gespräch endete. Nach ein paar Stunden kam Soledad auf das Thema zurück: »Die Welt kann keiner ändern«, sagte sie. »Mach dir nicht so viele Gedanken und begnüg' dich lieber damit, mich zu lieben, denn Gott hat dafür gesorgt, dass wir uns begegnen.«

Sie hatte sicher recht.

46 Der private Flugplatz Sangue-Grande war nach dem Sklavenaufstand benannt, der dort stattgefunden hatte – dem blutigsten aller Zeiten. In einer einzigen Nacht waren Dutzende Wachmänner niedergemetzelt worden, und unzählige Sklaven hatten den Tod gefunden. Um den Aufstand niederzuschlagen, mussten die Plantagenbesitzer die Franzosen zu Hilfe rufen, die im benachbarten Guyana mit harter Hand regierten. Wenige Monate später wurde die Sklaverei in Brasilien abgeschafft, was laut einigen Historikern der Grausamkeit dieser Revolte zu verdanken war.

Pascal war mit Antonio verabredet, dem jungen Piloten, der ihn freundlicherweise an sein Ziel bringen wollte, trotzdem blutete ihm das Herz, weil er Soledad verlassen musste. Sie hatte versprochen nachzukommen. Aber konnte er sich auf ihre Worte verlassen? Er schleppte sich in die Flughafenbar, wo auch Souvenirs aus den erstaunlichsten Ländern verkauft wurden: China, Hongkong, Südafrika. Eine dicke Frau hatte sogar »Mondsteine« aus Äthiopien im Angebot, mit denen man, ihr zufolge, einen Blick in die Vergangenheit werfen konnte.

Pascal, den dieser ganze Kram kaltließ, bedauerte jetzt schon, Soledad verlassen zu haben, und er fragte sich, ob er je wieder eine solche Liebe erleben würde wie mit ihr. Vor ihr hatte keine Frau ihm je das deutliche Gefühl gegeben, dass er sich über den Sinn des Lebens getäuscht hatte. Plötzlich ging ihm auf, dass er bislang nicht die richtigen Entscheidungen getroffen hatte. Müsste er sich wieder und wieder den Kopf über dieselben Erfahrungen zerbrechen, besonders über die in Caracalla? Eine Zeit lang hatte er sich danach gesehnt, unerkannt irgendwo zu leben, doch inzwischen hatte er begriffen, dass es damit auch nicht getan wäre.

Als Antonio in einer eleganten dunkelblauen Uniform mit breiten goldenen Schulterklappen und einer Kappe mit transparentem Sonnenvisier zu ihm kam, hätte er ihn fast nicht wiedererkannt. Die beiden gaben sich die Hand und Pascal fragte: »Hast du etwas von meinem Großonkel gehört? Weißt du, wo er zurzeit ist?«

Antonio schüttelte den Kopf. »Nein, ich habe keine Ahnung. Aber Espíritu reist ständig durch die ganze Welt. Wenn man ihm folgen wollte, würde man schnell seine Spur verlieren.«

Tief enttäuscht folgte Pascal Antonio nach draußen und wies auf die dunklen Wolken über ihnen. »Was kommt da auf uns zu?«, fragte er, weil seit dem Vormittag Blitze über den schwarzen Himmel zuckten und kräftige Windböen an den Bäumen rüttelten.

»Nichts weiter«, sagte Antonio unbeschwert. »Ein kleiner Regenguss, der ist bald vorbei.«

Pascal, der den Komfort und Luxus von Espíritus Privatjet noch in guter Erinnerung hatte, stieg munter über die Fluggasttreppe an Bord.

Als Antonio jedoch drei große Fotos von Corazón Tejara, Espíritu und ihm selbst aufstellte, die er aus seiner Aktentasche genommen hatte, wurde er zornig. Die Bildunterschrift unter den Fotos lautete: der Vater, der Heilige Geist, der Sohn.

»Du spinnst doch, wirf diesen Mist weg!«, rief er wütend.

Aber Antonio weigerte sich. »Lass mich«, sagte er entschieden und zog die Tür des Cockpits hinter sich zu.

Sie hoben kurz vor Mittag ab. »Mach's dir gemütlich«, riet Antonio, »wir fliegen über Guyana und setzen zum Landeanflug an, sobald wir uns Fond-Zombi nähern. Insgesamt wird es etwa sieben Stunden dauern.«

Pascal rollte sich auf einer Liege zusammen und wickelte sich in eine Decke. Wenige Minuten später hatte ihn das Brummen des Motors in den Schlaf gewiegt.

Er hatte einen seltsamen Traum: Es war Nacht, eine dunkle Nacht, so dunkel wie am ersten Tag der Welt. Am Himmel kämpften Zabulon und Zapata miteinander und schleuderten Feuerstrahlen um sich wie hungrige Flammen. In einer Höhle fraßen ein Ochse und ein Esel Heu, das vor ihnen lag. Zwischen den Beinen des Esels, der ihm mit seiner rauen Zunge sanft über den Kopf leckte, schlief ein auffallend schönes Neugeborenes: brauner Teint, glatte schwarze Haare wie die eines Asiaten, ein runder Mund, prall wie eine Kirsche. Man hätte sich fragen können, welcher Abstammung er war. Sagen wir, dass er wer weiß wie viele Einflüsse in sich vereinte.

Wenige Schritte weiter wusch sich eine junge Frau, sicher die Mutter, die gerade entbunden hatte, mehr schlecht als recht mit dem rot verfärbten Wasser aus einer halben Kalebasse. Sie hatte Talkumpuder und eine große Puderquaste mitgebracht, um das Kind von Kopf bis Fuß zu pudern, doch ihre Gedanken wurden von den Schmerzen und von ihrem Kummer in ganz andere Bahnen gelenkt. Sie konnte gar nicht aufhören zu weinen. Sanfte, himmlische Klänge waren zu hören, vielleicht Mozart? Woher sie kamen, war allerdings unklar. Von einem versteckten Instrument? Es war eine mysteriöse, zugleich melodische und klagende Musik. Dann war der Traum abrupt vorbei.

Was hatte Pascal geweckt? Sicher die Hitze, es war heiß wie im Backofen. Sein Kopfkissen war durchnässt, der Schweiß rann ihm in Strömen über den Oberkörper. Er schlug die Decke zurück, sprang auf und eilte besorgt zum Cockpit. »Was ist los?«, fragte er. »Wieso ist es so heiß?«

Antonio, der gelassen wirkte, sagte beschwichtigend: »Nichts weiter, ich musste die Klimaanlage ausschalten. Leg dich wieder hin, ich wiederhole: Wir haben nichts zu befürchten.«

Wann begriffen sie, dass sie ernsthaft in Gefahr waren? Das werden wir nie erfahren, da dieser Zeitpunkt unterschiedlich analysiert und gedeutet wird. Was allerdings fest steht, ist, dass das Flugzeug in tiefe Finsternis hinabstieß und in Saint-Sauveur am Boden zerschellte. Um drei Uhr morgens. Pascal war dreiunddreißig, so alt wie Jesus.

Saint-Sauveur ist eine große Gemeinde mit zehntausend Einwohnern, nichts Besonderes. Woher der Name stammt, ist nicht bekannt. Die Küste, an der es lag, war sehr fischreich, man brauchte nur ein paar Meilen mit dem Boot hinauszufahren, und schon hatte man Thunfisch, Bonitos und Weißen Hai im Netz. Auf den umliegenden Hügeln wurden Süßkartoffeln, Jamswurzeln und Okraschoten angebaut, ganz zu schweigen von den ewigen Bananenstauden, die dort, wie überall, wuchsen. In Saint-Sauveur gab es eine Schule, eine Moschee, eine Kirche, aber kein Krankenhaus und auch sonst keine medizinische Versorgung. Seit sich Dr. Cassubie zur Ruhe gesetzt hatte, legte sein Nachfolger, ein junger Kerl, dreimal die Woche die fünfzehn Kilometer zwischen Saint-Sauveur und Fond-Zombi zurück.

Als das Flugzeug am Boden zerschellte, leckten rötliche Flammen an den Kapokbäumen im benachbarten Wald und alarmierten die vier Polizisten, die aus Frankreich hierherversetzt waren und mit ihrer Familie in der Kaserne lebten. Sie stürzten hinaus, sprangen ins Auto und stellten Löschlanzen auf. Wenige Stunden später war das Feuer unter Kontrolle, bloß entdeckten sie erstaunlicherweise keinerlei menschliche Überreste in den Flugzeugtrümmern. Das Einzige, was sie fanden, waren die großen, nur leicht angekokelten Fotos von drei Männern. Begleitet waren sie von dem Schriftzug: der Vater, der Sohn und der Heilige Geist.

Zurück in seinem Büro, schrieb der Polizeichef seinem Vorgesetzten in Fond-Zombi einen Bericht über die seltsamen Vorkommnisse. Dabei wäre es sicher geblieben, wenn der Vorgesetzte nicht rein zufällig im »Neuen Bund« gewesen wäre. Er unterrichtete schnellstens Maria, und die interessierte sich sofort brennend für die seltsamen nächtlichen Vorkommnisse. In Windeseile informierte sie Pascals ehemalige Jünger Marcel Marcelin und José Donovan. Weil die in Frankreich vergeblich nach einem Job gesucht hatten, waren sie zurück auf der Insel und wieder arbeitslos.

Die Jünger brachen sofort nach Saint-Sauveur auf. Das war die erste Wallfahrt, die sich von nun an jedes Jahr wiederholte und alle schwer beeindruckte. Bald ließen sie eine Kapelle am Unglücksort errichten und kauften auf Raten zwei alte Thunfisch-Clipper, in die je fünfzig Menschen passten.

Wenige Monate später, als Fatima in die Heimat zurückkehrte, trug sich ein wichtiges Ereignis zu. Sie hatte hart darum gekämpft: Dank ihres Anwalts war das Verfahren gegen Pascal im Zusammenhang mit dem Anschlag, bei dem Norbert Pacheco ums Leben kam, eingestellt worden. Pascals Name war wieder weiß wie Baumwolle.

Der glorreichste Tag war allerdings zweifellos der, an dem Judas Éluthère eine Messe in der Kapelle besuchte. Der Minister, Judas Éluthère, immer noch gut aussehend, immer noch wie aus dem Ei gepellt, lebte natürlich nicht mehr auf der Insel, sondern in einem Sechszimmer-Appartement in der Avenue Mozart in Paris. Man sah ihn oft im Fernsehen, wo er wortgewandt höfliche und wohlklingende Reden über den muslimischen Separatismus von sich gab. Die Mitglieder des »Neuen Bundes«, die an jenem Tag da waren, applaudierten und konnten ihre Tränen nicht zurückhalten, als er das Loblied des verschwundenen Pascal sang. Er erklärte, Pascal sei eine große Seele gewesen, wie Mahatma Gandhi. Er deutete sogar an, dass die Gerüchte, die die Runde machten, wahr sein könnten: dass er der Sohn einer Gottheit war, über deren Namen er sich jedoch nicht weiter ausließ.

Künftig war der Ostersonntag von dieser bedeutenden Wallfahrt geprägt, die Gläubige aus aller Welt vereinte. Saint-Sauveur, eine bis dahin belanglose Gemeinde, wurde zu einer der wichtigsten Stätten im Land.

EPILOG Hätten die Leute jedoch ihren Verstand gebraucht und die Augen aufgemacht, wäre ein gewisses Paar, die Gribaldis, ihrer Aufmerksamkeit sicher nicht entgangen. Wann waren sie nach Saint-Sauveur gekommen? Keiner wusste es mehr. Woher kamen sie? Aus einem Land jenseits des Meeres, aus Brasilien, vielleicht? Trotzdem hatten weder er noch sie auch nur den geringsten ausländischen Akzent. Beide sprachen ein besonders vornehmes Französisch.

Sie wohnten in einem der prachtvollsten Häuser von Saint-Sauveur, dem »Garten Eden«. Eine breite sandige Allee führte darauf zu, verjüngte sich und mündete schließlich in dem Wasser, in das Monsieur Gribaldi bei Wind und Wetter, bei Tag und Nacht, einen Köpfer machte. Dazu trug er eine merkwürdige Badehose, die ihm bis zu den Rippen reichte. Damit versuchte er, eine hässliche Narbe auf der rechten Seite zu verbergen. Sie hatte pigmentlose, rosafarbene, wulstige Haut, und eine unbekannte Flüssigkeit schien aus ihr zu suppen.

Das Paar hatte offenbar keine Freunde. Eine Hausangestellte kochte für sie, und ein Gärtner pflegte ihr großes Grundstück, auf dem Cayenne-Rosen und Tété-Négresse-Rosen wuchsen, die Madame Gribaldi, zu großen Sträußen gebunden, in die Vasen im Wohn- und Esszimmer stellte. Beide Sorten waren selten und kosteten ein Vermögen, aber bei den Gribaldis wucherten sie wie wild.

Monsieur und Madame Gribaldi waren beide sehr schöne Menschen, sie waren gemischter Abstammung, doch es war unmöglich zu sagen, woher ihre Vorfahren möglicherweise stammten. Die Frau hatte einen Teint wie eine tropische Frucht, seidige, schimmernde Haut, strahlend weiße Zähne. Sie versprühte einen halbseidenen, allzu verführerischen Charme, der auf eine bewegte Vergangenheit schließen ließ. Der Mann sah ebenfalls sehr gut aus mit seinen traurigen, sanften Rehaugen und seinem Ausdruck, als beschäftigten ihn die ganze Zeit wichtige Fragen.

Madame Gribaldi war Sängerin. Monsieur Gribaldi dagegen ging keiner bestimmten Tätigkeit nach. Er dachte. Stimmt, seit Descartes seinen berühmten Grundsatz geprägt hat, *Cogito, ergo sum*, ich denke, also bin ich, denkt alle Welt. Aber er fasste seine Gedanken in kleine Broschüren, die in der Buchhandlung »Lernstunden« auslagen, jedoch nie gekauft wurden: *Meine Erfahrungen*, Bd. 1, Bd. 2, Bd. 3 – wobei Band ein großes Wort ist, da keines seiner Werke mehr als hundert Seiten hatte.

Einmal im Jahr machten sie für alle ihre Tore weit auf, am 14. Juli, einem Tag, der an ein wichtiges Ereignis in Frankreich erinnerte, vor allem aber Madame Gribaldis Geburtstag war. Dann luden Monsieur und Madame Gribaldi alle Bewohner der ärmeren Viertel ein, und sie sang ihnen Lieder von Edith Piaf vor, zum Beispiel die »Hymne an die Liebe«. *Ich würde mir die Haare blond färben lassen. Sollen sie nur über mich lachen. Für dich würde ich alles machen.*

Während sie sang, streichelte sie das schöne Gesicht ihres Mannes mit dem Blick.

Eines Tages im Mai waren die Gribaldis verschwunden. Wohin? Als sie gefragt wurden, antworteten die Hausangestellten, sie seien nach Italien gereist, um dort eines von vielen kleinen Flüchtlingskindern zu adoptieren. Zwei Monate später waren sie zurück, mit einem zwei- oder dreijährigen Jungen an der Hand.

»Das ist mein Sohn«, erklärte Madame Gribaldi allen, die es hören wollten, voller Stolz.

Er war ein schönes Kind, so schön wie seine Eltern. Doch nicht seine Schönheit erregte die allgemeine Aufmerksamkeit, sondern seine Hautfarbe. Weil er aus Eritrea kam, war er schwarz, salopp gesagt kohlrabenschwarz. Schaulustig strömte eine große Menschenmenge zu dem Empfang, den Monsieur und Madame Gribaldi gaben, um ihn allen vorzustellen.

»Wir haben ihm den Namen Alpha gegeben«, erklärte Monsieur Gribaldi, »weil wir wollen, dass er in jeder Hinsicht der Erste ist.«

Alpha? Sicher spielte er auf die Vorrangstellung dieses Buchstabens im griechischen Alphabet an. Die Leute in Saint-Sauveur waren jedoch leider nicht sehr gebildet, und seine Anspielung wurde nicht verstanden. Sie rümpften die Nase: »Alpha? Ist das denn nicht ein muslimischer Vorname? Steckt darin nicht schon der Keim des geächteten Separatismus?«

Die Kleingeister sollten bald einen weiteren Grund zur Sorge bekommen. Monsieur und Madame Gribaldi schickten ihren Sohn nicht zur Schule, sie weigerten sich schlicht. Jeden Morgen nahm sein Vater den Kleinen an die Hand und ging mit ihm in einen Pavillon, der hinten im Garten errichtet und mit einem großen Schreibtisch und einem Pult versehen worden war. Monsieur Gribaldi gab sich große Mühe, das muss man sagen! Um seinem Sohn die Weltmeere und die Erdteile beizubringen, ging er zu den »Lernstunden« und kaufte Land- und Weltkarten. Er ließ ihn auch viele Gedichte aufsagen, zum Beispiel »Das Reh ruft im Mondenschein und weint zum Steinerweichen …« oder »Den Herbst durchzieht das Sehnsuchtslied der Geigen und zwingt mein Herz in bangem Schmerz zu schweigen«.

Regelrecht empört waren die Leute aber, als der kleine Alpha keinen Religionsunterricht bekommen durfte und dementsprechend auch nicht die heilige Kommunion empfangen konnte. Sie konnten mit ihrer Missbilligung nicht hinter dem Berg halten. Pater Rousseau schlüpfte in seine beste Soutane und begab sich zum »Garten Eden«.

Nachdem er seine Sache vorgetragen hatte, nickte Monsieur Gribaldi: »Genau das wollen meine Frau und ich vermeiden: dass man ihm den Kopf mit verrückten Geschichten vollstopft, dass man ihm Bücher über umstrittene Fakten zu lesen gibt, dass man ihm einredet, er hätte eine besondere Abstammung. Wir wollen seine Freiheit respektieren und verhindern, dass er sich gefährlichen Illusionen hingibt.«

»Was soll das heißen?«, protestierte Pater Rousseau.

Monsieur Gribaldi sah ihm in die Augen. »Ich will Ihnen eine Frage stellen«, sagte er nur. »Ist Gott, Ihrer

Meinung nach, nicht der Vater aller Menschen? Nicht nur meiner, sondern auch der des Postboten Nestor. Der des Bauers Hugo. Wir sind alle eines Mannes Söhne.«

Wenn jemand eine Lösung für diese verfahrene Situation hätte finden und die Wahrheit ans Tageslicht bringen können, dann der Obdachlose, der im Garten auf dem nackten Boden schlief und den Monsieur Gribaldi, im Gegensatz zu Charles Bovary, von seinem Klumpfuß geheilt hatte – durch schlichtes Handauflegen. Er hätte erklären können, was keiner verstehen konnte.

»Vor einigen Jahren«, hätte er sagen können, »starb ein von Monsieur geliebtes Flüchtlingskind unter rätselhaften Umständen. Ein Drama, über das er nie hinweggekommen ist. Kurze Zeit später lernte er durch Zufall die heutige Madame Gribaldi kennen. Sie verliebten sich ineinander. Sie lieben sich sehr, kann ich Ihnen sagen. Und sie haben verstanden, dass dank der Liebe, die zwei Menschen miteinander verbindet, dass dank dieser Liebe, die ihr Herz zum Schlagen bringt, jeder Einzelne von uns alles Leid, alle Täuschungen, alle Schmach ertragen kann, dass allein diese Liebe die Welt verwandeln und sie friedlicher machen kann.«

ANMERKUNG DER ÜBERSETZERIN

In der französischen Karibik gibt es spezifische Bezeichnungen für Menschen unterschiedlicher Abstammung, für die wir im Deutschen keine Entsprechung haben. Die Begriffe, die wir kennen, sind historisch bedingt auf eine andere Weise rassistisch vorbelastet. Deshalb haben wir die französischen Wörter beibehalten und erläutern sie im Glossar.

GLOSSAR

câpre, câpresse: Bezeichnung für jemanden, der einen schwarzen Elternteil hat und einen, der von einer Person abstammt, die einen weißen und einen schwarzen Elternteil hat

chaben, chabine: afrikanischstämmige Person mit heller Haut und hellen Augen, besonders diejenigen mit krausem rötlichem, goldenem, blondem oder hellbraunem Haar

coolie: im Karibikraum gängige Bezeichnung für indischstämmige Menschen

chapé-coolie: Kinder, die einen indischstämmigen Elternteil haben und einen schwarzen

métis, métisse: allgemeine Bezeichnung für Menschen mit unterschiedlichen Abstammungen

mulâtre, mulâtresse: relativ dunkelhäutige Person, die einen weißen und einen schwarzen Elternteil hat. Ursprünglich bezog die Bezeichnung sich auf die Kinder eines weißen Kolonialherren und einer versklavten Frau.

octorone: Menschen, deren Vorfahren zu 1/8 afrikanisch sind und zu 7/8 europäisch

Die französische Originalausgabe erschien 2021
unter dem Titel »L'Évangile du Nouveau Monde«
bei Éditions Buchet-Chastel, Paris.

Der Verlag behält sich die Verwertung der urheberrechtlich
geschützten Inhalte dieses Werkes für Zwecke des Text- und
Data-Minings nach § 44 b UrhG ausdrücklich vor.
Jegliche unbefugte Nutzung ist hiermit ausgeschlossen.

Penguin Random House Verlagsgruppe FSC® N001967

1. Auflage
Erstveröffentlichung Dezember 2023
Copyright © 2021 Éditions Buchet-Chastel, Paris
Copyright © der deutschen Ausgabe 2023 btb Verlag
in der Penguin Random House Verlagsgruppe GmbH,
Neumarkter Str. 28, 81673 München
Covergestaltung: semper smile, München,
nach einer Illustration von © Alice Peronnet
Satz: Uhl + Massopust, Aalen
Druck und Einband: Nørhaven A/S, Viborg
Alle Rechte vorbehalten.
Klü · Herstellung: sc
Printed in Denmark
ISBN 978-3-442-77366-4

www.btb-verlag.de
https://www.facebook.com/penguinbuecher

Avni Doshi

bitterer zucker

Roman

352 Seiten, btb 77161
Aus dem Englischen von Frauke Brodd

Shortlist Man Booker Prize

»Bitterer Zucker« ist eine Liebesgeschichte. Aber nicht zwischen zwei Liebenden, sondern zwischen Mutter und Tochter. Antaras Mutter war stets eine eigenwillige Frau, die keine Rücksicht auf ihre Tochter nahm: Sie brach aus ihrer unglücklichen Ehe aus, ging in einen Ashram, wurde die Geliebte des Gurus – alles immer mit Antara im Schlepptau. Jetzt ist sie alt, und Antara muss sich um eine demente Mutter kümmern, die sich nie um ihre Tochter gekümmert hat.

»Blitzt wie eine scharfe Klinge – schön und gefährlich zugleich. Ich bin restlos begeistert.«
Elizabeth Gilbert

btb